窥视
厕所

妹尾河童/著

林皎碧　蔡明玲/译

目录

窥视厕所

探险作家

椎名诚 篇

最近用"便所"一词的人变少了。以前常使用的"御手洗""御不净"也越见稀少,"惮"(habakari)或"厕"(kawaya)等古典派说法更是消失得无影无踪了。

根据最近报纸的调查发现,用"化妆室"(トイレ,toilet)来表示厕所的人已上升到 85% 左右。

以前的厕所老让人觉得灯光暗淡、臭气冲天,但这种印象已经扭转过来了。或许是随着抽水马桶普及,恼人的臭味不见了吧。而"化妆室"这种说法,也让厕所特有的臭味消失了。

"那是因为时代演变至今,大家都已经能认同'食物从嘴巴吃进去,必定要排出'是件再自然不过的事了啊。"虽然也有人这么认为,但我想这难道不是因为有坚定的改革意识才有此结果吗?难道不是因为要隐藏的不洁感消失、厕所已不再像从前那样是个令人丢脸的地方了吗?

再加上坐式马桶快速普及，人们也接受了欧美的想法，将厕所当成一间房间。

去年秋天，在东京赤坂的高楼大厦中曾举办"欧洲古典厕所展"。参观一系列各式各样的展品，可以一窥历史上便器的变迁。

隔壁是间茶馆，在里头可以一边欣赏马桶的形状或色彩，一边喝茶吃蛋糕，备觉有趣。

展场外挂着"世界浴厕广场"的牌子，好像连游览团都把这里排入行程了，只见导游领着一整团客人来参观。

近来关于厕所的书大量出版，多得令人吃惊，而排便的话题也在人们的对话中热闹登场。

"差不多可以进行了吧。"

我向《周刊文春》的编辑这么一说。

"我已经等三年了呢。终于打定主意要认命了啊。"

他一脸认真地逼上来。

之所以有这样的对话，是因为我曾答应要写一个窥视人们家中厕所的连载，构想是"希望各界人士能说说与厕所有关的考察或小插曲"。

这样应该能了解各种人的各样想法。其中或许有人会坦率地说出真心话，或是种种失败经验，或阐明与排便相关的深刻思考。不是讲些无聊笑话，而是可以表达此人独有的内涵学养的谈话。但这个企划案也仅止于想想罢了，迟迟没有付诸行动。结果老觉得心有愧疚，没法儿向前迈进。现在，被称为"窥视狂"的我终于来到"窥视人们家中的厕所"的阶段。

虽说厕所给人的印象已经比较开放了，但在家里仍属于要保有隐私的场所。

我有点不知道要如何开启这扇圣域之门。轻轻叩门好像不成，大概得用相当的力道才行。

"这个连载有没有办法进行，关键在于能否获得首肯呢。"

责任编辑 S 君说得好像事不关己一般。

"如果前头两三位相继拒绝的话，那可真的是前途无'亮'了。"

我也开始不安了。

"一开始最好选好像很容易答应的人。你觉得椎名（Shiina）先生怎么样？他有本书叫《俄罗斯尼塔利诺夫的马桶座》，连书名都可以出现'马桶座'了，应该不成问题吧！"

不好意思，这创意过程实在简单得紧。不过打电话时还是讲得有点结巴。结果一说明连载的旨趣后，"好啊！很有意思的企划呢！"椎名先生爽快地答应了。

椎名诚先生是一位风格独特无人能及的行动派探险家，也是位不屈不挠秉性强韧的作家。曾经横越零下五十几摄氏度的俄罗斯，历时两个月之久。而他不久前才从消失在沙漠中的梦幻之城——楼兰回来，整趟旅程十分艰辛。

身在连厕所也没有的沙漠里，到底要如何解决大小便的问题呢？我想应该可以听到不少趣事。

造访椎名先生位于小平市的住所，发现他家里有三间厕所。听说椎名先生最喜欢二楼书房附近的那一间，便要求先去参观。

马桶上安着圆形木制马桶座，和便盆的形状并不相合。椎名太太渡边一枝女士说，这是因为买了单独卖的马桶座再装上去的，才变成这模样。

她去匈牙利时，看到当地的木制马桶座非常喜欢，回国以后到处找，好不容易才买到类似的。本来以为椎名先生可能会介意，没想到他也很喜欢。

他说的时候脸上的表情很可爱：

"木制马桶座很好呢。坐起来舒服，屁股不会冷冰冰的，坐着坐着自然随体温上升，就变得温暖了。"

读了《俄罗斯尼塔利诺夫的马桶座》，才知道西伯利亚的饭店里没有马桶座。

"为什么没有马桶座呢？"

这在外景队 11 位工作人员中间引起了大骚动。有人在屁股底下垫拖鞋，有人爬到马桶上蹲着，更有人用保丽龙削成马桶座，等等，大家各使奇招演出了可笑的马桶奋战记。

大家开始推测谜团的成因。结论是，最初应该有，但因为坏掉后没修理，直接拿掉，所以就只剩下便盆了。

椎名先生的西伯利亚穿越之旅，是为了重现百年前在俄罗斯出事失踪的大黑光太夫的行迹而拍摄的电视节目。

因为听说在零下 60℃的极冷地区，小便时尿液会变成抛物线般的冰柱立在地面，出发前还先做了实验。

"结果不会呢。尿出来后和体温差不多，到着地之前温度仍是零上，所以不会变成冰柱。"

"光太夫这号人物踏遍了西伯利亚原野，他那个时代在零下 60℃的环境里要如何上厕所呢？"

"马拉雪橇上有个箱型便器，也是不会一排出就马上结冰，但很快就会冻住了，所以即使坐在上面也不觉得臭。"

"听说椎名先生在什么环境下都能够睡得好、吃得下、拉得出来呢。"

"置身边境之地，这三要素缺一不可。如果会便秘，那是没办法去探险旅行的。但我当然还是觉得平常的厕所用起来最舒服啰。每次旅行回来，一坐上这木制马桶座，整个人就放松了。"

话虽这么说，椎名先生毕竟还是一个会为了追求与日常生活不同的体验而去参加严酷旅行的人。

在楼兰广阔的沙漠中哪儿都能当厕所的话题也非常有趣。上厕所时间各有不同，分为早上型和晚上型。

早上型的人会趁天色还没亮，偷偷离开帐篷走得远远的，远到人看起来只有豆子般大的地方时，才蹲下来。若看到有相同目的的人走来，便咳嗽或吹口哨，以防对方靠近。对方发现

椎名先生家有三间厕所
第一间，一楼玄关旁的厕所

客人用的厕所紧临着玄关。家人使用的厕所在客厅还要再进去的居家生活区域。虽说是借着取材的名义才有机会看见这些地方，多少还是有偷窥的感觉，不免有点犹豫，放不开。还对招呼我参观的椎名太太渡边一枝女士说：

『一旦开始了就不能后退。实在很不好意思！』

净说着些暧昧不明的借口，真惭愧。

往玄关旁这间厕所天花板一看，直接就看到了楼梯下面凹凹凸凸的部分。有椎名诚先生最喜欢的木制马桶座的厕所，就从这道楼梯爬上去。因为他和夫人的书房在二楼，在家中写作时就使用那间。到了晚上，则使用一楼寝室旁的厕所。总之所有的厕所都让我参观了。

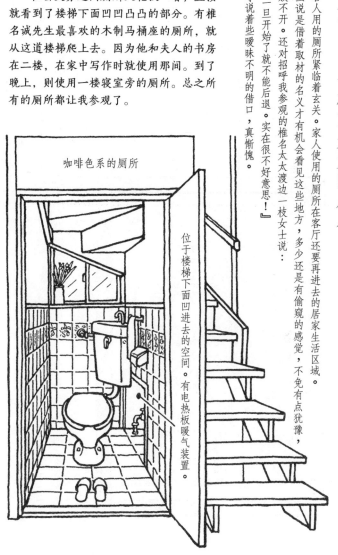

咖啡色系的厕所

位于楼梯下面凹进去的空间。有电热板暖气装置。

第二间，寝室旁的厕所

『温水洗净式马桶！』不觉大声叫出来。这是遇到的第一号温水洗净马桶。型号是 GII TCF 451X。我母亲有风湿病，所以不只是房间，希望连厕所也可以暖和些。其他厕所就是普通马桶了。』『是啊，大概是七年前吧。』这是相当早期的型号。

『温水洗净式马桶！』

听说椎名先生的母亲是四年前过世的，此后母亲的房间成了夫妻俩的卧室，不过把温水洗净式马桶的电源切断了。"现在就当成普通马桶来用。"听了之后我不禁喃喃自语："真可惜！明明特地装了啊。"因为我家没有温水洗净式马桶，非常羡慕。"听说习惯了的话，相当好用喔！"突然一副销售员的口吻推销起它的功效了。最近温水洗净式马桶好像相当普及了，往后还要拜访五十户左右的人家，究竟会有几家装了温水洗净式马桶呢？我对这数字很感兴趣。预估应该有 20% 吧？最后再来算算看。

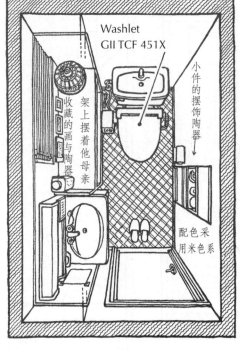

Washlet GII TCF 451X

架上摆着他母亲收藏的画与陶器

小件的摆饰陶器

配色采用米色系

虽然椎名先生家的地板下装有暖气，但他好像很不习惯屁股有暖烘烘的感觉。玄关旁的厕所虽然也有电暖器，但没有装加温型马桶座。

第三间，椎名先生爱用的厕所

椎名先生在《俄罗斯尼塔利诺夫的马桶座》一书中，有个译名叫"支那麦斯基"（Sinamensuki，意为"喜欢中华面"）。这就是"支那麦斯基的马桶座"。

他说：『坐在有加温装置的马桶座上，很奇怪地会定不下心。但是木制马桶座跟屁股的触感很自然，感觉很好。』

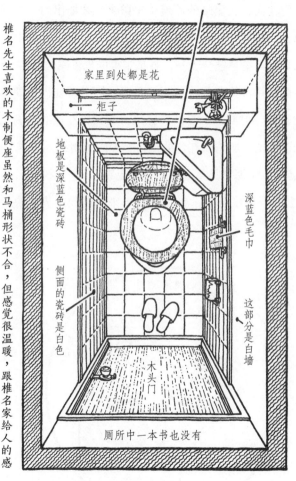

家里到处都是花

柜子

地板是深蓝色瓷砖

侧面的瓷砖是白色

深蓝色毛巾

这部分是白墙

木头门

厕所中一本书也没有

椎名先生喜欢的木制便座虽然和马桶形状不合，但感觉很温暖，跟椎名家给人的感觉一样。万一这马桶座坏掉就糟了，所以又买了个一模一样的。

的话也会保持适当距离，这是沙漠中的基本礼仪；也有绝不拍下彼此上厕所模样的绅士约定。

晚上型的人，在黑暗的沙漠中得戴头灯才能出门。走到适当的距离外，蹲下，然后朝着帐篷的方向办事。在沙漠中看见点点微光与满天星星融合于一，真是难得的景象啊！

完事后都用沙掩起来，经烈日暴晒，隔天就变得干硬，所以不会觉得脏。但要是吹起沙漠狂风，看到粉红色的纸满天飞舞也只能苦笑了。所谓粉红色的纸，是中国的厕纸。

"椎名先生，那您是早上型还是晚上型？"

"早上型。在旅行中，要是上得出来的时候不先解决，那

被称为"失落的湖泊"，消失在沙漠中谜样的湖
罗布泊湖底的贝壳

与实物同大

给太太一枝女士的纪念品
这个螺贝证明了此地从前是湖底

就伤脑筋了。但是适应了环境以后，到哪里都可以解得出来。"

许多人对厕所的干净程度与环境等等很神经质。例如肮脏的话会便意全消，或是在宽广的地方会不安，希望在能让自己安心的环境里上厕所。如果蹲下来眼前一片开阔，走过的人都能一目了然，对日本人来说可是难堪得紧的事情，简直无法忍受。

"我们在前往楼兰的根据地——绿洲米兰（Miran）的时候，住处外面有个厕所，是四周以砖头围起来的建筑。进去里头一看，五个坑一列排开。上的时候得屁股朝墙蹲下。而且是

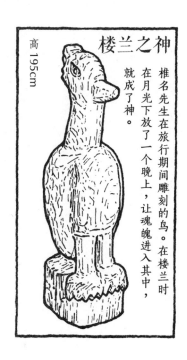

高195cm

楼兰之神

椎名先生在旅行期间雕刻的鸟。在楼兰时在月光下放了一个晚上，让魂魄进入其中，就成了神。

中国式的厕所，没有门。和旁边的区隔只有一米高的隔板，也没有单独成间。眼前一片开放，看得到排队的人手中拿着粉红色的厕纸站着等。拉屎的时候有人从正面瞧着你，还真是难挨哩！"

说到大便时，椎名先生用"kuso"这个字来表示。

"是汉字的'粪'，还是片假名的'kuso'？"

他笑着说：

"是片假名的'kuso'。'unchi'这词听起来总觉得不太有力，'kuso'的讲法感觉比较有男子气概。"

我用的正是幼儿语的"unchi"，真有点不好意思。从怎么称呼那玩意儿可看出该人的风格，这点很有趣。但是，下次不要再问这种问题了，否则接下来没人愿意接受采访的话，可就糟啰。

诗人

高桥睦郎 篇

　　第二回决定请诗人高桥睦郎登场。原因是说不定厕所也有诗意，我对此颇感兴趣。询问他是否愿意接受采访，他答道：

　　"虽说是'诗人的厕所'，却是间稀松平常的厕所。如果这样也可以，非常欢迎！但能否事先告知时间和日期？"

　　原本就会选他方便的时间造访，但从"事先告知时间和日期"这句话里头，就可以知道他不单是调整行程而已，连让我们见识厕所的方式也会隐含着高桥式的美学。

　　关于茶道精神，有这样的说法：

　　"说到茶道，主人有三项要用心招待客人的：酒、饭、雪隐。"

　　利休在茶会当天，除了酒和料理之外，他最用心的就是雪隐（厕所）的清洁了。这是他身为主人招待客人的心得。

客人看见厕所后也会感叹主人的用心，而生"瞻仰雪隐"之心，这是茶会中接受招待时的礼仪。

如果是高桥先生的话，我想他大概会焚香什么的吧，结果却非如此。

"问你来的日期和时间，是为了要准备料理。"

原来如此。茶会中都会附带酒和饭。真不愧是高桥先生啊。正这么想的时候，他接着说了：

"我要你把米变成异物、留在我家后，才让你回去。"

与米相异之物，意思是"粪"。

真是败给他了。

自从他对采访厕所说了"OK"之后，全部都变成像在玩高桥睦郎式的游戏。

他的寓所在神奈川县逗子海边的谷户内，是一栋西洋式两层建筑。目标厕所在一楼工作室深处。打开涂着蓝灰色油漆的门，发现地板和墙上的瓷砖全是粉红色的，让人吓一跳。

"这是高桥先生喜欢的颜色吗？"

"不是，搬来时就是这样的。"

这房子是三年前画家朋友卖给他的。不过他也觉得这个颜色蛮有趣的，所以就尽量搭配成套。

卫生纸、拖鞋、马桶盖，全是粉红色。捡来作装饰用的、已经不会走的时钟，坐在马桶上会吊在眼前的记事本儿、铅笔，也全是粉红色，还真彻底啊！

高桥睦郎先生的厕所

上完厕所后在隔壁浴室洗屁股。他说："所以不能洗屁股的地方就不行了。"

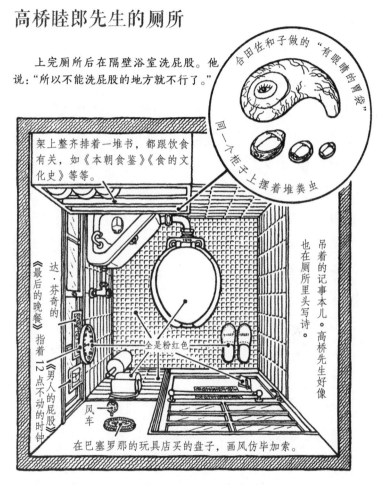

合田佐和子做的"有眼睛的胃袋"

同一个柜子上摆着堆粪虫

架上整齐排着一堆书，都跟饮食有关，如《本朝食鉴》《食的文化史》等等。

吊着的记事本儿。也在厕所里头写诗。高桥先生好像

达·芬奇的《最后的晚餐》指着12点不动的时钟《男人的屁股》

全是粉红色

风车

在巴塞罗那的玩具店买的盘子，画风仿毕加索。

架上摆着的香水有迪奥的"毒药"、香奈儿的"Antaeus"、亚曼尼的"Armani"、佛瑞的"Ferre"等。瓶盖开着的是"毒药"。高桥先生说："香水只放在厕所里。"香水旁边摆着中国制陶猪和埃及的堆粪虫，大大小小约有十个。两者都是吃"粪"的象征。他说："因此把它们摆在厕所里，挺配的。"

摆在柜子上或窗边的饰品，也无不令人觉得"果然是诗人的厕所"！

在相片、明信片上头写着三句拉丁格言。梅普尔索普（Robert Mapplethorpe）拍摄的男人屁股上是"memento excrementi"——"想想大便吧！"，意思近似"就像活着时要想到死亡，吃东西的时候也要想到排便的情况"。

印着达·芬奇《最后的晚餐》的明信片上写着："大完再吃吧！"而指着 12 点不动的时钟钟面上也写着："有进有出。"

看到我在抄那些拉丁文，高桥先生笑了出来。他穿着一件可爱的泰迪熊围裙，这当儿应该在准备料理的，却不时跑过来看我在做什么。他对我在采访时精密丈量厕所的尺寸好像很感兴趣。

"其实，那些拉丁格言是我编的。"

原来那好像搞了什么恶作剧的笑容，是因为这个啊。

不久，厨房飘来阵阵香味。

"河童先生，差不多该吃饭了。边聊排泄的话题边吃吧！"

在铺着地板的房间里围着矮桌开始吃晚餐。

费尽心思安排的菜单上有：

生鱼片：在叶山的鱼寅买的

酒：立山一级

烤厚片油豆腐：油豆腐在逗子车站旁的相模屋买的

鲑鱼卵海带卷：金泽·浅田屋

酒盐锅：菠菜、油豆腐、乌龙面（富山的大门素面）

奈良渍：奈良·森老铺

甜豆沙馒头：叶山·永乐家

"酒盐锅"是京都的家常菜。

"想请你吃的就是这道。"

难怪高桥先生要这么说，因为真的是演出效果十足。掀开砂锅盖子，将1800毫升煮沸的酒用火柴点着，"轰"的一声冒出一道火柱。房间里头灯关掉，熊熊火焰让人看得入迷。

火烧了五分钟才熄灭，然后在酒里滴进酱油，轮流下菠菜和油豆腐，撒上山椒粉和生姜食用。最后放乌龙面。做法很简

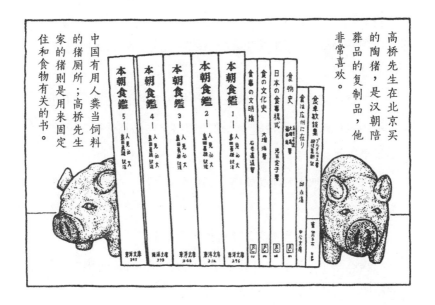

中国有用人粪当饲料的猪厕所；高桥先生家的猪则是用来固定住和食物有关的书。

高桥先生在北京买的陶猪，是汉朝陪葬品的复制品，他非常喜欢。

单，不过很好吃。

吃着的时候一直在谈和排泄有关的种种话题。

高桥先生排便后是用手洗屁股的。

据说是因为年轻时参加某个宴会，看到盛装的绅士淑女齐聚一堂，突然想到眼前这些人在互相打招呼的同时，屁股上都沾着点黄黄的东西。自此之后，便有了这习惯。

到别人家住宿时被认为举止怪异就糟了。"我有怪癖喔！"他会事前告诉对方他有洗屁股的习惯。

"在厕所里摆着堆粪虫和猪，这也是你热衷的把戏吧！"

堆粪虫是一种把大便滚成圆球的昆虫。古埃及人把那颗粪球看作太阳，因此捧着太阳的堆粪虫就成了象征复活和创造的神衹。

"我家厕所的守护神也是堆粪虫。此外，猪和厕所也有很深的渊源呢。"

把猪围起来就成了"圂"，这个字是厕所的意思。因为古代中国是用人粪来喂猪的。从遗迹的出土物品意外得知，这习惯很早以前就有了。

"这猪摆饰是中国汉朝陪葬品的复制品，在北京的琉璃厂买的。"

把排泄的话题当配菜，晚餐终于结束了。

我也遵守了先前的约定，为了将米变成异物，借用了诗人的厕所。

作家 松村友视 篇

松村先生家是茶室风格的优雅建筑。

"好像与和式厕所很相称呢！"

虽然我这么想，但现在在东京都内应该找不到和"厕"（kawaya）一词相称的和式厕所了。不过我却暗自想象，松村先生也许是个恋恋不舍旧式厕所的人。之所以会这么猜，是因为我想起他在汉城奥运会的摔跤观战记中这么写着：

"日本以前摔跤很强，是因为蹲在和式厕所中自然能锻炼出脚力和腰力。现在一般家庭的厕所几乎都已由和式改为西式，所以，这项支撑了日本传统绝艺的因素已不再是确切可依靠的了。今后的摔跤，随着西式厕所时代来临，也必须重新开始。"

我一打开玄关的门，松村先生就说了：

"厕所分为客人用的及私人用的，先看哪一间？"

　　架子上层摆着一大排漫画：《贰十手物语》《戈尔哥13》《曼陀罗屋的良太》。下层有林不忘的《时代小说名作全集》，坂口安吾的《安吾捕物帖》，夏目漱石的《文学论》《大南北全集》《名作落语全集》，谷崎润一郎的《近代情痴集》，世界文学全集15《基督山恩仇记》等等。

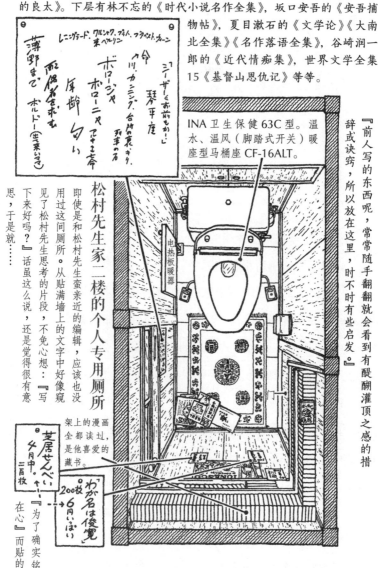

INA卫生保健63C型。温水、温风（脚踏式开关）暖座型马桶座CF-16ALT。

电热板暖器

松村先生家二楼的个人专用厕所

即使是和松村先生蜜亲近的编辑，应该也没用过这间厕所。从贴满墙上的文字中好像窥见了松村先生思考的片段，不免心想：『写下来好吗？』话虽这么说，还是觉得很有意思，于是就……

『前人写的东西呢，常常随手翻翻就会看到有醍醐灌顶之感的措辞或诀窍，所以放在这里，时不时有些启发。』

架上的漫画全都读过，是他喜爱的藏书。

为了确实铭记『在心』而贴的。

当然是先看私人用的。玄关的右边是起居生活空间，左边是工作室。在住家用的二楼的私人厕所并非和式，而是温水洗净及温风烘干的西式马桶。

一坐到马桶上，就看到正面墙上贴着标明截稿日期的纸头。果然是作家的厕所。当我正犹豫是否要照实画下，松村先生马上说：

"没关系，画吧！"

他很感兴趣地看着我工作，还反过来采访我关于描绘房间的方法。果然对什么事都抱着强烈的好奇心。

"一边看着截稿日期，一边构思内容吗？"

"并不会一直想，但是在上厕所的短短时间里瞄到它们，就会留意说，'也有这件事哦'，这样便会加深印象。截稿日期是一条非常不可思议的梦幻底线；如果没有它，搞不好一辈子都写不出来。要截稿了，所以会逼出一股力量，类似火灾现场常有的那种蛮力。那不是作家的酝酿功力，没那么高层次，而是会有梦魇或压力的，需要有相当的觉悟。"

"右边墙上像备忘似的纸呢？"

"这是动笔前的准备阶段，把想强调注意的地方先记下来。比如《河川》和《厨房里》写的是小时候差点死掉的事情。去钓鱼时掉到河里，奇迹般地获救，或是掉进亲戚家厨房里的水缸之类的回忆。这些就像种子一样，会不会发芽完全不知道，只是突然浮现在脑海里的片段。"

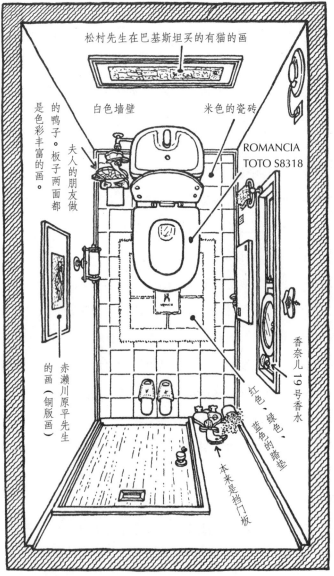

一楼玄关旁的厕所 客人用的是这间厕所

松村先生在巴基斯坦买的有猫的画

白色墙壁

米色的瓷砖

ROMANCIA
TOTO S8318

夫人的朋友做的鸭子。板子两面都是色彩丰富的画。

赤濑川原平先生的画（铜版画）

香奈儿19号香水

红色、绿色、蓝色的雕刻

本来是挡门板

如果写满了字便会换一张新的贴上，但不会将写过的重抄后留下。

"忘记就算了。把它摆一边，重要与否自然而然会慢慢呈现，就像色泽有浓淡轻重。会消失的就让它消失，有时遗忘也是很有价值的。感觉上像在享受重要性浮现的过程呢。"

以浓淡来形容，让我联想到谷崎润一郎在《阴翳礼赞》中关于上厕所的段落。"每次被指引到古色古香、光线昏暗、打扫干净的厕所，总会被日本建筑的价值深深感动。虽然茶室也很好，但日本厕所是为了让人在精神上获得宁静休息而建的。那种地方，最好还是笼罩在一片朦胧昏暗之中，究竟哪里干净哪里不干净，便模模糊糊不了了之了。"

松村先生也有同感。

"如果可以铺张一点，倒是想盖间和式厕所呢，好呈现那种独特的厕所世界。我并不否定西式厕所，也不是想回到从前，只是像我在厕所里贴的纸条一样，那或许会让我想起一些关于日本早先的模样，印象深刻的回忆呢。"

松村先生从和式厕所谈到马桶座，再从马桶座谈到摔跤，接着又谈到进了被前面的人弄脏的公共厕所时的心情、旅途中的厕所，等等，话题连串展开。

"搭新干线的时候，遇到标示厕所无人使用的灯亮起，便会想，刚才经过的那个女人是不是去上厕所了呢？正想着人家刚回座自己马上就站起来会有点奇怪，那待会儿再去吧，没想到就见一个中年男人站起来走过去了。在那个男人后头用厕所有点讨厌哪，心里这么东想西想，时机就错过了。"

我是那种灯一灭就马上起身的人，所以听到有人是这样在思考厕所指示灯明灭的种种，这种作家的思路让我觉得蛮有意思的。

松村先生年轻时曾被厕所深深感动，由这件事可以瞥见时代的风貌，令人不禁会心一笑。

二十八九岁的时候，松村先生第一次搬到屋里有厕所的公寓住。在这之前的住处都得使用设在走廊的公共厕所，所以他觉得在房里有自己专用的厕所比有浴室还奢侈。那个令人怀念的地方，据说在东京都品川区的大井町。

说到大井町，就是松村先生得到直木赏的作品《时代屋的老婆》故事的背景地。

作家 安部让二篇

"你看你看，厨房没桌子吧。给这家伙生气砸坏了。"

快三天没睡好的安部先生边揉眼睛边告状。

"是你先拿碗和筷子丢我，我才开始的耶！"

"我快吓死啦，以为要被宰了哩！这人发起脾气来真的很恐怖。"

夫人被昵称为"狆姐姐"，这两人的对话若是一字一句如实照录，看起来火暴得紧，其实一来一往毫不带刺，而且还笑笑地讲，感觉像在玩游戏。

"什么玩游戏啊，这可是很认真地在决胜负呢。你看你看，外面丢着一张坏掉的桌子不是？"

表面上看起来是这样，的确东西就摆在那儿。但是，我觉得安部先生像个撒娇的孩子，而夫人真由美女士就这么由着他哄他呢。当作家的老婆真辛苦。

大家正笑成一团的同时，催稿及拜托写稿的电话铃声不绝于耳。

"搬到这里以前是住在世田谷的公寓，只有六个榻榻米大的房间。那个房东说：'就当是马桶座的修理费，你出15万吧！'虽然是我坐坏的，可是，'15万太贵了'！结果房东便不愿意续约了。很伤脑筋只好去找房子，最后找到一间'可以养猫'又便宜的，可是很恐怖。地板因为湿气重而凹凸不平，感觉像是可以种香菇哩！"

房屋中介说在河对岸的偏远处有卖剩的预售屋，可以便宜卖，而且还附带谈妥银行贷款。就因为这样，四年前买了现在的房子。

"我这种人，人家连房子都不肯租，却有人愿意贷款给我，当然感激。而且，即使是背着债，但毕竟有了自己的房子，还是很高兴。当时我每月的固定收入只有为《室内》杂志写稿的稿费36000元，所以我老婆只好去电器行做些零件加工，好维持生计。真是一对怪夫妻吧。虽然尽可能避人耳目过普通日子，可是呢，如果人家告状说'安部家的猫偷鱼吃'就惨了，所以猫咪的伙食费可不能省。结果，我们就只能吃饭团了。"

猫咪一直在不断增加，现在共有八只。

"听到刚出生的猫咪喵喵叫，心想'不能去外面看，否则又多一只了'，结果虽然想充耳不闻，但一旦发现三天以来持续不断的叫声越来越微弱，就再也忍不住了。飞奔出去，心想好吧好吧，就照顾它吧！结果就变成这样了。"

府中监狱的独居房

掀起椅背就变成马桶，打开桌面就变成洗脸台。没有比这更节省空间的设计了。

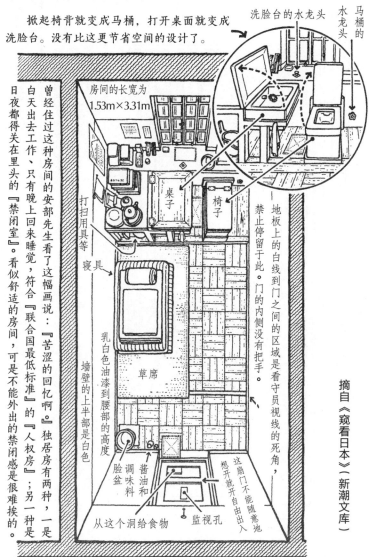

洗脸台的水龙头

马桶的水龙头

房间的长宽为 1.53m×3.31m

打扫用具等

桌子

椅子

寝具

草席

乳白色油漆到腰部的高度

墙壁的上半部是白色

脸盆

酱油和调味料

从这个洞给食物

监视孔

地板上的白线到门之间的区域是看守员视线的死角，禁止停留于此。门的内侧没有把手。

这扇门不能随意地想开就开自由出入

曾经住过这种房间的安部先生看了这幅画说：『苦涩的回忆啊。』独居房有两种，一是白天出去工作、只有晚上回来睡觉，符合『联合国最低标准』的『人权房』；另一种是日夜都得关在里头的『禁闭室』。看似舒适的房间，可是不能外出的禁闭感是很难挨的。

摘自《窥看日本》(新潮文库)

安部先生家的厕所

位于另一栋大厦的书房也让我参观了。那边的厕所和这一间差不多。

米色的厕所里贴着淡粉红色花纹的壁纸。感觉和安部先生不太搭调，因为是家人共用的厕所。

贴纸好像是夫人为了孩子而贴的。安部先生的儿子现在已经中学一年级了。

安部先生笑着说："这房子因为是小型建筑，只有四个六叠大，因此称为'四六庄'。"

他说："虽然写着「请注意小便不要溅到此处」，但这对男生来说实在不容易办到呢！"

"嗯，那个，厕所可不可以让我参观一下？"

"啊！对喔对喔。为了给河童先生看，特地没整理哦。"

是温水洗净式马桶。工作室在对面公寓里，那间厕所装的是普通的西式便盆。

"我是游牧民族，哪儿的厕所都无所谓。厕所枕头都不挑。大部分是早上上厕所，但不是一定得如此。"

在监狱的时候，早上从起床吃早餐到出去工作前的时间很短，却有很多事情要做，所以就变成晚上上厕所了。

他用"吃臭饭"来形容坐牢的那段日子。以前便桶放在房间里，吃饭也是在里头，所以就称为"吃臭饭"。现在已经改为冲洗式的，应该不像以前那么臭了。

"不对，河童先生，不是这样的。进监狱后，嗅觉会变得异常发达。因为那是一个没有色彩、没有声音、没有味道的世界。特别是鼻子敏感的家伙，即使在离厨房很远的地方做工，也可以正确猜出来'今晚的菜色是 rabbit'呢！所谓的 rabbit，是豆渣。厨房煮咖喱的时候，袋子打开的瞬间马上就冒出'今晚是印度风味'（意指咖喱）。连我这种鼻子很钝的人都可以在晚餐前几小时就闻出来呢。还有，虽说是抽水马桶，吃完咖喱后上厕所，那股味道还是会扑鼻而来。不过，出狱后鼻子就不灵了。因为狱外的世界混杂着各种味道。"

虽然睡眠不足，安部先生还是这个那个的跟我聊了很久。

"我最讨厌流氓了。流氓光存在在这世界上就是一种罪恶。

这是我在不当流氓以后才发现的。"

"一般人都会避开'流氓''骗子''政治家'这类不恰当的话题，只会滔滔不绝说些自己得意的事情。"

这种深具安部特色的论调，现场听到比散文读来更有震撼力。

也有些令人感受深刻的话语。

"从出狱一直到可以糊口谋生，也花了八年的时间。所以像现在这样有人约稿，我真的是心存感激，没办法拒绝。不过，如果写不出来的话，搞不好整个人又会不行了吧。即使有那么一天，我还是觉得美梦已经实现了。还有，为了到那种时候也可以保持步调活下去，我会一直住在这栋狭窄的房子里的。啊，已经十年没服刑了呢。（转向夫人说）喂！来办个'庆祝十年狱外生活'的派对吧！"

演员

岸田今日子篇

岸田今日子小姐在电话那端，用她独特的嗓音回答："可以啊。"

我松了口气。打铁要趁热，便想马上决定访问的时间。翻开手上的记事本，试着问："明天可以吗？"

"可以啊。"

我觉得自己实在很走运。今日子小姐目前正在演出冢公平先生编导的《今日子》一剧，应该每天都很忙碌才对。

"刚好明天剧组休假。虽然晚上我得去一个音乐会念旁白，但白天的话就没问题。"

"当然那个时间就可以了。"

我很高兴地挂断电话，接着马上打给编辑部。

为什么呢？因为原本担心大概不会有女性愿意在这个窥视系列里登场。特别是女明星的厕所，我也蛮犹豫的。万一破坏了对方的形象那真的很不好意思，再则，对方应该会觉得为难而拒绝我吧。想到这里我就气弱了。

"咦！ OK 吗？ 真有一套！ "

电话那端响起了责任编辑振奋的声音。

今日子小姐的寓所位于大厦的八楼。她穿着一袭苔绿色宽松洋装，请我进了一间房间，里头的架子上放了一个瑞士民居造型的大八音盒。

"这八音盒现在还会响？ "

"会哦。想听吗？ 这样转动把手就行了。 "

当带着怀旧气息的美妙乐音响起时，突然发现自己偏离正题了，慌慌张张地说：

"待会儿再让我好好欣赏。是不是可以先参观一下厕所？ "

厕所有两间。一间紧邻着今日子小姐的寝室，另一间则在有八音盒的房间隔壁。主人客人都会用这间，寝室旁那间则是今日子小姐专用。厕所的门是两折式，蛮少见的。明亮的光线从窗户照进来。这里的布置也跟其他房间一样，充满岸田小姐的色彩。在我丈量尺寸画图的时候，猫咪果酱君走进厕所，兴趣浓厚地盯着素描本瞧，还用嘴衔住卷尺一端，很积极地想参与我的工作。今日子小姐笑着说：

"没错，这只猫像河童先生一样，好奇心很强，求知欲很旺盛喔。如果忙到连猫儿的手都想借时，请…… "

这只与众不同的猫，经过训练的话搞不好真能成为好帮手。不知是否因为果酱君在看着，丈量和画图都比预期完成得早，于是边轻松地听着八音盒的音乐，边和今日子小姐闲聊。首先聊到了八音盒。

"我去波士顿的时候，夜晚的街头飘着细粉般的雪花。走过古董店亮晃晃的橱窗前，一眼就看到这个八音盒，仔细一瞧，里头有三个小小的芭蕾舞女正随着音乐起舞呢。心想好美啊！一问之下，却是我买不起的价格。这个八音盒从瑞士渡海来到美国，在博物馆和收藏家手中辗转，最后才到了古董商那儿。加上做工精致又有年代，当然价格不菲了。可是，如果没有买下来，我一定会后悔的，所以就向朋友借钱买了。"

光从八音盒这件事，就可以看到岸田今日子小姐特有的梦幻世界。

"跟厕所有关的回忆呢？"

"大概是二十二三年前，新藤兼人导演在拍摄《恶党》时的事了。当时在京都附近的山上搭建布景，晚上住一起，白天拍片。那时勘景小组送来一张'自备物品'的单子，上面详细列着脸盆、盥洗用具、筷子、睡衣，等等，其中也有手电筒。这是为什么？原来厕所离组合屋宿舍蛮远的，晚上去厕所的路上可是一片漆黑。"

在山上的那一个月，虽然过着不太自由的团体生活，今日子小姐倒觉得很有趣。听说新藤导演原本以为她是个更纤弱的人呢。

从外表看不出来，其实今日子小姐很能适应环境。

她说："说到厕所，就想起印度呢。"

那是她和女儿真由以及吉行和子小姐，三个人跟着印度通

八音盒

客厅里的桃花心木八音盒，宽88.8cm，高80cm，长40cm，造型相当美观大方。上紧发条大约可以演奏30分钟，共八首曲子，其间还有三位芭蕾舞女一直跳舞。

把手→

芭蕾舞女

今日子小姐寝室的厕所

要看今日子小姐专用的厕所，就得进她的寝室。虽然她打开门说：『请！』我轻轻松松就进了闺房，但不知怎的，床和睡袍显得有点刺眼，害我心头小鹿乱撞。还看到床边桌上摆着稿纸，她说那是写稿的地方。我想还是不要东瞧西看比较好，说：『今天的目标是参观厕所，其他的东西我什么也没看到。』她看我说得慌慌张张的，笑了出来。

光线从窗户照进来的明亮厕所。墙上挂着一幅影迷亲手做的刺绣。她说：『这位已经过世了。』

挂画

窗户

乳白色毛巾

编着百合花的乳白色踏垫

两折式的门，非常少见。

配色采米色和乳白色

今日子小姐家客人用的厕所

某个秋夜，在屋顶花园举办『收获祭』，友人们齐聚一堂。在市中心的屋顶上种植苹果和葡萄，实在像她的作风。而受邀的宾客也都是非常有意思的人，苹果树就是诗人谷川俊太郎送的。我也和今日子小姐约好，苹果收成了要送我一个。

好奇心强的公猫果酱。身长52cm，尾巴长达30cm，身高38cm，体重5kg。

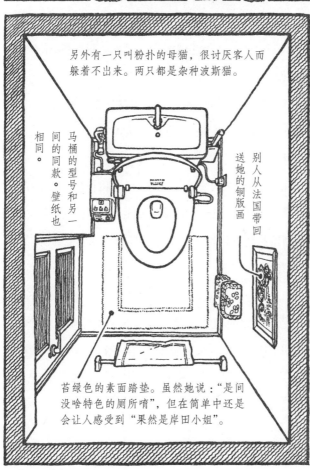

另外有一只叫粉扑的母猫，很讨厌客人而躲着不出来。两只都是杂种波斯猫。

马桶的型号和另一间的同款。壁纸也相同。

别人从法国带回送她的铜版画

苔绿色的素面踏垫。虽然她说："是间没啥特色的厕所唷"，但在简单中还是会让人感受到"果然是岸田小姐"。

山际素男先生到印度旅行时的事情。

"清晨从机场进入斋蒲尔市区时,猪、狗、牛,就连猴子、孔雀也都混在人群之中,在街上漫步。临街的每户人家门口都蹲着两三个小孩。正想他们在做什么呢?结果人家告诉我,他们正在上大号,手中拿的空罐是完了装水清洗用的。在朝雾中看到光屁股的小孩和满街动物浑然成为一景,心里好感动。"

"是因为他们大方不扭捏吗?"

"根本没想说要怎么形容,就只是很单纯地觉得感动呢。"

还有一件,也是在印度发生的事。从孟买坐火车往普那(Poona)时窗外的情景。

"在很开阔的草原正中央,有个头小小、身材又瘦又高的男人,手里拿着那种空罐走着。附近看不到住家,所以他家应该也很远吧!不知道是他都习惯走这么远,还是因为喜欢草原。"

"然后,他蹲下去了吗?"

"有没有蹲下去……后来的记不太清楚了呢。让我留下深刻印象的就只是他走路的模样而已。在广阔的草原中,一个步履悠然的高个儿印度男人。从奔驰的火车往窗外看见这景象,心里想到的是——说得夸张一点——原来也有这样的人生啊。"

"今日子小姐的故事,都很梦幻哪!"

"唉呀,会吗?"

边喝红茶边听她聊了这些话题。这时候,指针正好指着3点,架子上的八音盒响了起来。

艺术家 池田满寿夫、小提琴家 佐藤阳子

夫妇篇

"我是坐在狮子上头的呢！"

在某个派对上，大家正高谈阔论有关厕所的话题时，小提琴家佐藤阳子小姐发出了这番爽朗笑语。听说她家有四间厕所。

"想去的时候，大家撞在一起会很讨厌。人啊，想去的时候几乎差不多。再加上那个人不但上的时间久，又常常去呢。以前我总认为一天上一次就够了，但是和他在一起以后，才发现一天上个几次也不错呢。所以我也就……"

"什么什么？"

"那个人"——池田满寿夫先生插进来，加入我们的谈话。

浴室也有三间。好像很有趣。

"请务必到热海来玩。"

由于受到诚意邀约，很快就去拜访了。搭新干线到热海刚

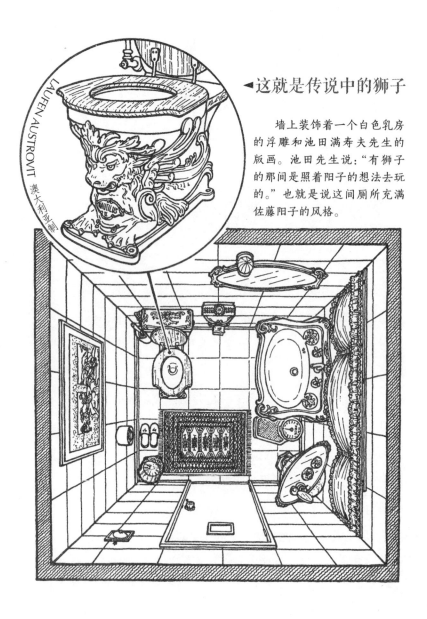

LAUFEN AUSTROVIT 澳大利亚产

◄这就是传说中的狮子

　　墙上装饰着一个白色乳房的浮雕和池田满寿夫先生的版画。池田先生说："有狮子的那间是照着阳子的想法去玩的。"也就是说这间厕所充满佐藤阳子的风格。

好 50 分钟，比想象中来得近。

阳子小姐在车站出口接我，劳驾人家让我蛮不好意思。

"实在很抱歉，他因为工作出门了，人不在呢。"

那就改天再以电话请教池田先生了，现在先去参观厕所。

阳子小姐的车开上一座大斜坡。他们家位于高原的半山腰，可以瞭望热海的街道和海岸。

玄关门一打开，六条狗很高兴地飞奔而至，好像在等女主人回家。有一只母的黄金猎犬，还有一对柴犬夫妇以及它们的三只小狗。

或许狗儿知道我不讨厌狗，所以受到它们的热烈欢迎。而我也就用狗言狗语和它们玩了起来，但今天的主角是狮子。

"狮子在哪里？"

"这里哦！"

她打开给我看的是位于客厅入口的像个小房间的厕所。一片蓝色中坐着头狮子。澳大利亚制的。为了看清楚狮子的脸，我就整个人趴到地上了。趴在厕所的地板上还是头一遭。狮子看起来相当漂亮。

"蛮有味道的吧！我很喜欢它的木制马桶座。在国外时看熟用惯了。光看就觉得很暖和，坐上去也不会冷冰冰的。"

阳子小姐是个美食主义者，也喜欢做菜。当然连最后的阶段也要在良好的环境中结束吧。我想在这里读书什么的应该非常舒服，可以坐上很久。

"在厕所里读书吗？"

"当然啰！"

在卷好的窗帘内侧是一座三层式书柜，书摆得满满的。角落的小桌子上摆着女儿节人偶。据说五月端午节会摆上鲤鱼旗，近年底时则改放圣诞树，就这样随着季节换上不同的装饰品。

"对厕所这么讲究的原因是？"

"一定要去的地方嘛。普通上厕所时，多少觉得有点麻烦吧？但如果是有趣的地方，那不管几次也可以很轻松地去上吧。"

"原来如此。"

"因此旅行时去的次数都会减少，身体状况也变得怪怪的。"

为了让厕所变成舒适又喜欢去的地方，每间厕所都用不同的色彩来搭配。

"尤其厕所是个适合在里头做变化、带来生活乐趣的空间，是不是？不过，如果连住的房间也全跟着变色，不但麻烦，也会变得很奇怪呢。所以客厅采用不会让人有强烈感受的咖啡色系。"

客厅铺着木地板，房间整体以木头色调来统一。

"遭小偷后才养了狗。为了要装地板暖气才把地板重铺过。在我们家好像是以狗狗的生活为第一呢。"

地板上放着一台超大屏幕电视，电视开着的，据说也是为了狗狗。

"接下来是二楼的厕所。"

我和狗狗们跟在阳子小姐后面走，简直像个巡回厕所的游览团。

靠近二楼寝室的厕所在浴室隔壁。桧木建成的房间中有一套苔绿色的马桶、净身盆和洗脸台。线条十分优美，让人联想到花瓣或莲叶。这是法国制的。

打开浴室的门便看到一座全贴着桧木的浴池。真是令人怀念的味道。

"我最喜欢洗澡了。我没别的嗜好，只有一个心愿，就是盖间令人心情舒爽的桧木浴室。因此洗得很高兴，最多一天会洗五次。有时一次洗上两个钟头呢。边泡澡边看书，而且不管是洗三温暖或上厕所我都会看书，所以一天会看个两三本。虽然书都变得硬邦邦的，但也不用在意这个，书还是要读才有价值吧！"

除了这间浴室和一楼的三温暖之外，还有一座石造的温泉池。

第三间厕所在温泉池对面，离池田先生的画室最近，于是便成了他个人专用。墙上一幅画也没有，很简单。

参观厕所的一行人在移动途中，阳子小姐发现小狗大小便了，就赶忙用卫生纸擦地板。怪不得屋子里到处都摆着卫生纸呢。

第四间厕所位于厨房的后面。

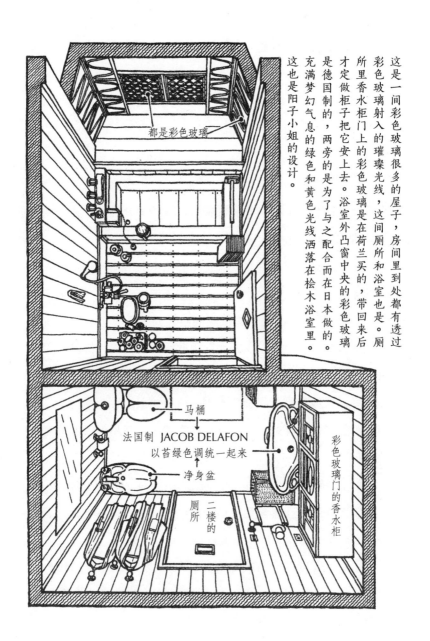

都是彩色玻璃

马桶

法国制 JACOB DELAFON

以苔绿色调统一起来

净身盆

二楼的
厕所

彩色玻璃门的香水柜

这是一间彩色玻璃很多的屋子，房间里到处都有透过彩色玻璃射入的璀璨光线，这间厕所和浴室也是。厕所里香水柜门上的彩色玻璃是在荷兰买的，带回来后才定做柜子把它安上去。浴室外凸窗中央的彩色玻璃是德国制的，两旁的是为了与之配合而在日本做的。充满梦幻气息的绿色和黄色光线洒落在桧木浴室里，这也是阳子小姐的设计。

离池田满寿夫先生画室最近的专用厕所

和阳子小姐的狮子厕所完全相反，是间朴素简单的厕所。

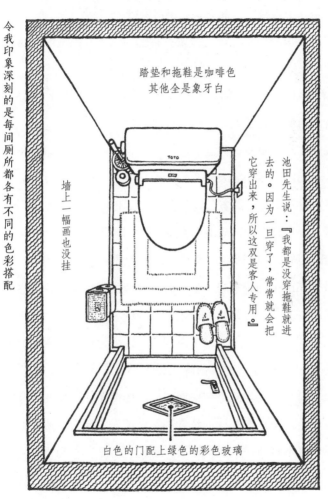

令我印象深刻的是每间厕所都各有不同的色彩搭配

踏垫和拖鞋是咖啡色
其他全是象牙白

墙上一幅画也没挂

池田先生说：『我都是没穿拖鞋就进去的。因为一旦穿了，常常就会把它穿出来，所以这双是客人专用。』

白色的门配上绿色的彩色玻璃

『这是间有缺陷的厕所。您发现了吗？没洗手的地方。我都到隔壁的浴室去洗，但是客人用完后发现无法洗手，好像都会有点不知如何是好呢！』池田先生恶作剧般地笑着说。

"这里是主妇用的。如果客厅有客人，或大家正在吃吃喝喝，从人家面前走去厕所的感觉有点讨厌吧。这种时候就让人觉得我是到厨房来了，此为主妇厕所的妙用。"

厨房地板上摆了几个造型蛮有特色的陶盘。装着水的盘子显得闪闪发光。

"啊，那是狗狗用的。他的失败作品。但被狗狗舔着舔着好像就渐渐变漂亮了呢。"

我忍住没向她要这些盘子。

受开朗的阳子小姐及狗狗们的热情款待，差点错过最后一班车。在月台上急急跑着，终于在车门关上前赶到。

事后，我打电话请池田先生谈谈有关厕所的回忆。

"跟厕所有关的回忆，都是沾满了大便又脏又臭的哦。我八岁时住在中国的张家口，冬天时有次掉到粪坑里头，差点死掉。那时候的厕所只是在地面挖洞，埋进个大坛子，上面再搭两块木板而已。结果因为结冰滑倒了。这个记忆一直在脑海中挥之不去，后来就一直很怕晚上去上厕所。再后来，是小学六年级的时候。因为战争结束回国，从佐世保往广岛的火车大爆满，连走道及车厢连接的地方都挤满了人，要去厕所难如登天。后来好不容易挤到了，进去一看，大便已经漫到马桶外面了。虽然心里头哇哇叫，但实在再也憋不住了，只好踮起脚尖脱了裤子蹲下去。我运气实在很背，居然在这当儿遇上紧急刹车，结果一屁股坐进大便堆里头。实在是太悲惨了，马上就号

主妇用厕所

位于厨房后头的厕所。阳子小姐招待客人，在客厅及厨房间穿梭时才使用的厕所。

马桶坐垫、盖套及踏垫都是粉红色

壁纸有白色和淡灰色的叶子图案

『我想明年的时候换成粉红色贝壳形的马桶呢』阳子小姐说。

如果觉得有四间厕所很令人讶异，『去年才把一间改成化妆间，否则有五间呢！』

不管到哪个房间，狗狗们都很高兴地跟着。我问她：『有没有教狗一些规矩？』『没教。因为我不太喜欢绝对服从主人的狗。即使有时候蛮粗野的，我也不会纠正，就让它顺其自然。而且，我觉得这样它们才会有活力』

嚎大哭了呢。

"住在长野县归国者宿舍时，是十几个家庭共用一间厕所，那里也很脏。在那个时代，用的还是那种得找人来掏粪的粪坑。如果大便掉下去的同时不马上抬高屁股，就会被溅起来的东西给喷脏。当时的我肠胃很弱，一直拉肚子，所以虽然觉得很恶心，也只能屁股一撅一矮地在吹着飕飕冷风的厕所里蹲着。现在的厕所已经舒适到与'化妆室'的称呼很相称了。不过，就如同野坂昭如先生说的，此后再也看不到自己的'作品'了呢。也或许是不想看，所以才尽可能趁早冲掉吧！"

那些沾满大便的后遗症现在好像还残留在池田先生身上。我问他可以这样写吗？他笑着说：

"请。我跟厕所的回忆真的都是沾满了大便的啊。"

"不过，有吃就有拉，这是自然的道理，所以能够快食、快便是最好的呢。我觉得，想上的时候可以开心地上，可是活在最佳状态的证明呢。"

过着开朗、自然生活的一对夫妻，谈起厕所的长篇大论时可一点也不臭呢。

广告人
仲畑贵志 篇

"说到屁股，就好想洗喔！"

曾经有则这样的电视广告。虽然是七年前的作品了，令人至今印象深刻。而写出这文案的就是广告界名人仲畑贵志。即使没听过他名字的人，也会通过电视杂志或报纸的广告接触到他的工作成果。

例如三多利的广告就有好几则。野坂昭如边跳边唱："是苏、苏、苏格拉底还是柏拉图？"穿和服的田中裕子说："这样的话，就是TAKO了。TAKO。TAKO说，有了喜欢的女孩呢！"这些也是仲畑先生写的。其他还有许多，例如新力以随身听为首的系列电视广告、丸井的"因为喜欢，所以送给你"等等都是他的作品。

我想一定得见见这位仲畑先生。因为到目前为止，去采访的人家里大多都使用"温水洗净式马桶"。虽然并不意外，但数量居然有这么多，还是让我蛮吃惊的，这得归功于他把"说到屁股……"的广告带进每个家庭的客厅。我总觉得不和他碰个面的话，这个连载就无法进行下去。

虽然是初次见面，但还是先参观仲畑先生家的厕所。厕所有两间，果然装的都是 TOTO 的温水洗净式马桶。仲畑先生较常使用的是二楼那间。马桶盖盖得好好的。

"随时都盖着吗？"

"不，都是掀着的。应该是我老婆故意做做样子的吧。其实她还曾在这间的墙壁贴上小孩照片。但是在厕所里看见小孩的照片还真是不舒服呢，就把它撕下来了。还真搞不懂我老婆在想什么呢。"

这些不太像是能看透人心或心理变化的仲畑先生会说的话。我顺势说了些合理的推测。

"仲畑先生在家的时间一定很少。因此夫人想，在一定会去的厕所里贴上孩子照片，您就会看见了吧。"

仲畑先生苦笑着说：

"隐含着这种心思吗？"

初子夫人笑着点点头。

坐下来眼前就是一个书柜。仲畑先生在厕所里必定会看书。

他说："在厕所里最好是看些短文或短篇专栏。"总之，他是一个如果不读些字就上不出来的人。

"出外景的时候，若遇上厕所里没东西可读，就读自己记事本上的注意事项。"

真是个条件反射型的铅字中毒者。

"那您到书店的时候，会不会突然想上厕所？"

"会啊！一进书店就想上厕所。但是我没办法对小书店说'跟你们借一下厕所'，所以就跑到咖啡厅。但多半就上不出来了。"

"会不会是屁股挑地方？"

"我还是希望在干净的地方上厕所。并不是有特别的审美观，但总希望在用心打扫过的地方上，这样比较舒服。因此我常常拿卫生纸擦拭咖啡厅的马桶，擦完才离开。"

从外表看不出来，仲畑先生是一个对厕所干净与否蛮神经质的人。

"那个温水洗净式马桶的文案，是您亲自使用过后才完成的作品啰？"

"起初我对那个功能半信半疑。因为我也是消费者，无法让我心服口服的话是不会买的。因为屁股不洗也不会死啊。我劈头就问TOTO的人，'这15万元的价值到底何在？'我想，不能把这件事传达给消费者的话，是没办法开始进行的。最近的广告渐渐都不说明商品的功能，转而找其他卖点，但我们小时候可不是这样。像我妈，买了东西会很自豪地说：'贵志，这件衣服缝得很牢固，可以让你穿上一辈子呢！'但现在已不是

仲畑先生家二楼的厕所

马桶盖是盖着的。仲畑先生说："今天是我老婆刻意盖上的。""那我要画哪一个呢？我是希望连马桶盖都尽可能正确地画出来。""那就请画打开着的吧！"

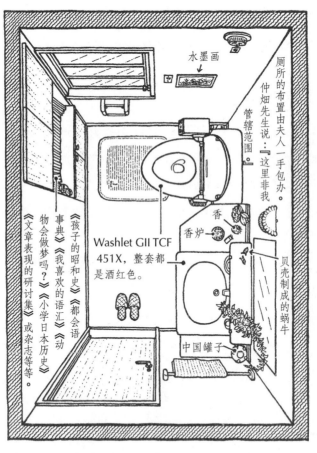

水墨画

厕所的布置由夫人一手包办。仲畑先生说：『这里非我管辖范围』。

《孩子的昭和史》《我喜欢的语汇》《都会语事典》《我喜欢的语汇》《动物会做梦吗？》《小学日本历史》《文章表现的研讨集》或杂志等等。

Washlet GII TCF 451X，整套都是酒红色。

香
香炉

贝壳制成的蜗牛

中国罐子

『除了书以外，我没有别的嗜好』仲畑先生指着水墨画说：『这个很伤脑筋。我老婆最近很热衷画画呢。我说画不适合挂房间，但厕所的话倒还可以，没想到她就真的挂在这里了』我想他是有点不好意思，其实夫人的水墨画画得不错呢。这让我想到『厕所是可以见到家人的地方』。

以坚固为卖点的时代了。在肥皂刚开始生产的时代，会说：'这是可以让油污脱落的东西，称为肥皂。请购买。'这种就是最好的广告。并不需要像现在特意跑到美国西岸拍照，想出流行的营销方式。现在的商品是一点儿也不提它的功能，尽找些非必要的卖点。若非如此，就很难从同类商品中凸显差异、脱颖而出。这是今昔很大的不同。但是温水洗净式马桶，就好像肥皂刚生产的时期，必须说明它的功能才卖得出去。也就是说，已经很久不见这种新鲜的产品了。当 TOTO 的人被问到 '15 万元的价值何在' 时不知如何回答，后来在手掌涂满蓝色颜料然后对我说：'仲畑先生，请用卫生纸擦擦看。'我就用纸一直擦一直擦，直到纸都已经烂到再也没办法擦了为止。这时他说：'纸已经不能再擦了，但手掌上还残留着这么多蓝色呢。其实每个人上完厕所都像这样。'原来如此，很有道理！因此我在广告里才会突然加入把手掌上的颜料擦掉的画面。但是，如果不用简单的话来说明，很难去表现商品的功能，也难流传。为了提高信息传播的速度，有必要想出朗朗上口的文案。而我们这些写文案的人，就像是为广告装上 '把手'。传播这些语言就是在煽动受众者的心。在文案的短句中，只要有一句能深入人心就够了。所以，'说到屁股，就好想洗喔！'这句话像是为了容易捕捉到商品特色而装上的把手一般。"

那则电视广告播放后，温水洗净式马桶的销量一飞冲天；其实温水洗净式马桶是伊奈制陶（现在的 INAX）先制造贩卖

仲畑先生家的一楼厕所

其实平常马桶盖是掀着的，但这样画就无法表示"请勿乱射"贴纸的位置，不得已，只好画出不真实的样子。我说："安部让二先生也曾说，这种马桶是'对女性体贴，对男性严苛'。"仲畑先生也说："我有同感。但女性无法理解呢。"

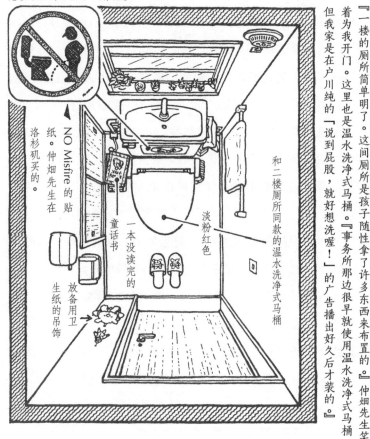

『一楼的厕所简单明了。这间厕所是孩子随性拿了许多东西来布置的』仲畑先生笑着为我开门。这里也是温水洗净式马桶。『事务所那边很早就使用温水洗净式马桶，但我家是在户川纯的「说到屁股，就好想洗喔！」的广告播出好久后才装的』

NO Misfire 的贴纸。仲畑先生在洛杉矶买的。

一本没读完的童话书

放备用卫生纸的吊饰

淡粉红色

和二楼厕所同款的温水洗净式马桶

有本童话《像豆子般大的小狗》（讲谈社·青鸟文库）；窗边摆着小兔子的乐队。这也是他女儿摆的。

的，现在却敌不过 TOTO。

"而到底要命名为'Shower Toilet'还是'Washlet'，也考虑了很久。虽说就马上能说明功能而言应该选'Shower Toilet'，但还是就这么决定了。因为我会比较偏心稍居弱势的那一方。"

虽然觉得是笨问题，但还是问问看：

"您会去积极寻找'把手'吗？"

"那句是突然想到的呢。突然想到的点子比较好。语言不只是意义，它是超越于道理之上的，同时没有与其相应的信息是不成的。所谓的广告，并非'对新生活的提议'这类狂妄的想法，而只是轻微触动接受者潜意识底下的内心世界。这样的语汇想不出来时该怎么办？这就得靠技术了。因为有经验，所以下功夫的话文案还是想得出来的。但这样的东西可没什么爆发力哦。我觉得光靠技术做出来的东西还是行不通的。"

所谓的创意，或许就像在厕所中自然而然的"扑通"一声，都是令人欣喜的吧！

指挥家
岩城宏之 篇

"Iwaki"来电话了。

"Iwaki"就是指挥家岩城宏之。我和他是三十多年的老朋友了，所以叫他"Iwaki"。

"我刚回东京。你的连载《窥视厕所》很有趣喔。身为忠实读者，赶紧打通电话给你。"

他每个礼拜读四本日本的周刊。虽然带着指挥棒在世界各地飞，但秘书会把杂志寄到他的落脚处，大约三天就收到了。因此他可是比我还了解日本发生的事情，不能大意。听过他对这个连载的感想后，又试着问他：

"Iwaki，你一直在不同国家旅行，常常换厕所也无所谓吗？"

"换厕所也是没办法的事。为了让外在条件尽可能保持不变，我有个可以带着走的玩意儿——携带式花洒。"

"你带回来了吗？"

"这个是无论何时何地我都带着的。"

"那我想看看。顺便参观一下你家厕所。"

"喂！我可不是想让河童窥视才打电话过去的啊！"

"我知道啦！你哪天在家？"

他的行程排得满满的。去年秋天他就任音乐总监后办了"重奏在金泽"的音乐会，再加上歌剧录音、指挥 NHK 交响乐团等，结果算一算，停留日本的一个月中在家的时间只有两天。

"无论如何你也给我两个钟头嘛！"

拜托之后终于可以造访 Iwaki 的家。

厕所有两间。私人用的那间和浴室一起；客厅旁的那间客人也可以用，是洗净式马桶。

"我小时候一直生病，是常常住院的老病号，也因此都是护士帮我擦屁股，一点也不会不好意思。我老是拜托她'再擦一次啦！'她都回我'不用啦，已经很干净了'。这就播下欲求不满的种子。到了中学时，因为空袭火灾无家可归，家人都回乡下住，只有我一个人先去东京寄住在叔叔家。当时是用报纸擦屁股，我比别人多用上了好几倍的纸，结果婶婶生气地对我说：'自从你来以后，一个月得请挑粪的人来三次。'从此以后，擦完屁股就把纸装袋子里，心情惨淡地悄悄带到外面扔了。"

照 Iwaki 的说法，他之所以会得痔疮，是擦屁股时用力过

在世界各地飞来飞去的指挥家的旅行用具中，这条携带式花洒是必需品。在墨尔本买的。但看包装上写着 ANSELL made in Hong Kong。换算成日币大约 550 元。

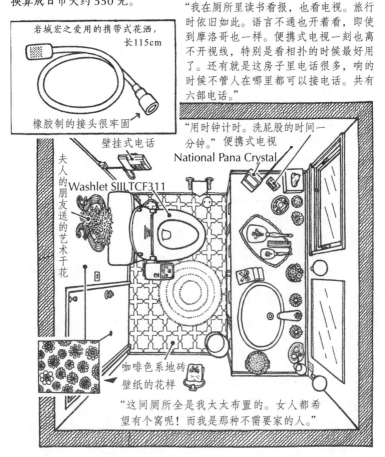

岩城宏之爱用的携带式花洒，
长115cm

橡胶制的接头很牢固

壁挂式电话

夫人的朋友送的艺术干花

Washlet SⅢTCF311

"我在厕所里读书看报，也看电视。旅行时依旧如此。语言不通也开着看，即使到摩洛哥也一样。便携式电视一刻也离不开视线，特别是看相扑的时候最好用了。还有就是这房子里电话很多，响的时候不管人在哪里都可以接电话。共有六部电话。"

"用时钟计时。洗屁股的时间一分钟。"便携式电视
National Pana Crystal

咖啡色系地砖
壁纸的花样

"这间厕所全是我太太布置的。女人都希望有个窝呢！而我是那种不需要家的人。"

火了。动过痔疮手术后，为了保持干净就开始洗屁股。他认定用花洒冲洗具有按摩功效，可以让血液循环良好，对身体很有益处。

"在国外旅行时，如厕后当然也用花洒洗屁股，可是在英语系国家如英国、美国、澳大利亚就没办法。因为他们的花洒都高高固定在浴室墙上，拿不下来。为什么会这样？查了资料才知道，原来英国贵族自古认为淋浴等于是从上淋下的雨水，所以坚持如此。而且觉得从下面喷水就不高尚。因此，在英语系国家就很伤脑筋。虽然谁也看不到，但总不能对着高高的花洒倒立撅屁股吧！所以才带了一条所有浴室都能接用的花洒到处跑。"

这条携带式花洒是在澳大利亚买的。有卖这样的东西，或许表示当地觉得此物方便好用的人为数不少。

"我也想到万一这条坏掉的情况，所以备用品也带着走。"

看不出来 Iwaki 是个杞人忧天的人。

"指挥是一种不知何时会遇上什么意外的职业呢。指挥时总会想：'万一指挥棒一挥没声音跟着出来怎么办？'所以杞人忧天是职业病。裤子的吊带万一断了怎么办？所以就多带一条。燕尾服也是，得考虑到汗湿了的情况，所以是三套带着走。因此我的行李有上百公斤，这也是没办法的事。"

有人看到不停迁徙的吉卜赛人带着全部家当流浪，因而觉得行李越轻越好，那是不了解旅行的人的想法。迁徙是生活的全部，所以一应俱全是必要的，Iwaki 这么认为。

他去年得了一种名称很难记的病，"颈椎后纵韧带骨化症"，动了一个成功率只有 50% 的大手术。手术结果良好，而为了不让头部转动，还戴上一个在头盖骨上钻螺丝好固定住的器材。入院前 Iwaki 就预想到可能得像个机器人般生活一段时间，所以自费买了个温水洗净式马桶，在动手术前先装到他的单人病房里。没想到被他猜中了，大大派上了用场。

"在医院里才真的是需要'自动温水洗屁股机'呢。我能好好清洗屁股，全是拜它所赐。"所以 Iwaki 出院前将这台自动洗屁股机捐给医院的大病房。

Iwaki 也是个和所持兴趣彻底肉搏的人。人家都说我对事情穷究不舍，但和他比起来简直是小巫见大巫。他对厕所的形状和功能的考察也是如此。

"我觉得现在马桶的形状对男人来说很不好用呢。男人小便时，老是得注意不要洒到马桶外。这实在很难办到吧。女性或许不能理解，但光因这点每天得紧张好几次，男人就会比女人来得短命呢！"

其中也有诸如此类的奇怪理论。

"下次我 5 月 21 日回来。"

抛下这么一句话，指挥家又带着他爱用的携带式花洒起飞了。

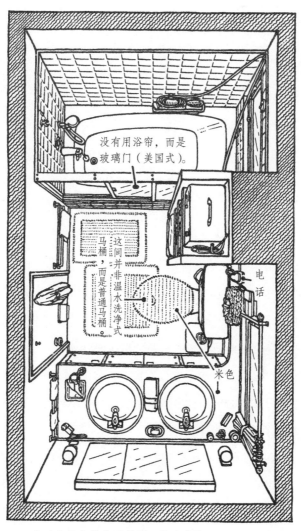

本以为浴室是美国式的，结果是荷兰公司的设计。

作家
田边圣子 篇

摊开田边圣子女士寄给我的手绘地图，边走出车站检票口。车站前有座开满玫瑰花的小公园，再往前不远有条小河，过了小河马上可以看见红砖盖成的房子。这就是田边女士的家。路线完全跟地图所画的一样，实在佩服。

外表看起来这栋房子像没有窗户，进到里面才发现并非如此。感觉很开放的房间呈半圆形地围着有片草坪的明亮中庭。

"很有西班牙宫殿风格呢！"

"是吗？请本地的年轻建筑师伊丹设计的呢。不管从哪个房间都可以直接去中庭。住大楼的话，连出去一下都非得化妆不可。但像这样的中庭，即使是晚上穿着睡衣也可以出去。而且在自己家里就可以晒到太阳了喔！"

在参观厕所之前，田边女士将她心爱的家全部介绍一遍。正如传闻，比人还高的"长男史努"——布偶史努比和其他狗狗坐

客人用的厕所

厕所是五角形的，因为房子整体呈半圆形围住中庭。

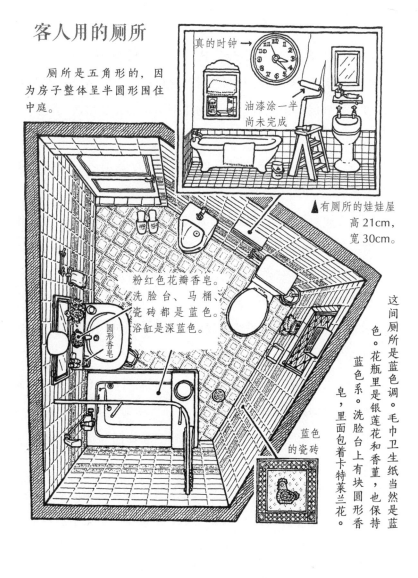

真的时钟 →

油漆涂一半尚未完成

▲ 有厕所的娃娃屋高 21cm，宽 30cm。

粉红色花瓣香皂。洗脸台、马桶瓷砖都是蓝色。浴缸是深蓝色。

圆形香皂

蓝色的瓷砖

这间厕所是蓝色调。毛巾卫生纸当然是蓝色。花瓶里是银莲花和香堇，也保持蓝色系。洗脸台上有块圆形香皂，里面包着卡特莱兰花。

在沙发上。每只都取了名字，个性也各有不同。田边女士抱起它们为我一一介绍。

"这是哲学家欧进。这是其比，它很会说谎。"

我有点不好意思地和它们打完招呼后，田边女士将摆在墙边的娃娃屋指给我看。按实物比例缩小的娃娃屋数一数共有七间。

"小暖炉上的颜色铅笔是我做的。牙签削一削再涂上颜色呢。"

仿照英国式房子做成的大娃娃屋里全照规矩来，设有厕所。各个房间也装有电灯。

终于要参观真的厕所了。靠近玄关这间是客人用的。第一次看到五角形的厕所，附有浴缸。

"这是为了留宿的编辑或客人能够自由使用而设的。我常用的浴室和厕所是靠近工作室的那间。"

个人专用的厕所也是五角形。两间厕所都有包着花瓣的香皂，整体的色彩搭配也很讲究。柜子上摆饰着粉红色蜡烛等小东西，很有田边女士的风格。但这些装饰品却比我预期的来得少。

"以前摆得更多呢！厕所圆形把手上套着蕾丝或毛织的把手套。后来因为我先生'脸色难看'，就全拆下来了。要是在以前，娃娃啦、其他的东西可是很多的。"

我也是男人，很能了解她先生的心情。

"厕所里怎么一本书也没有？"

"因为上的时间很短，短到根本没时间看书。虽然热水澡泡蛮久的。"

"那都想些什么？"

"如果接着要外出吃饭，就会想想该穿什么衣服、要吃什么之类的。"

"工作的事呢？"

"我是个思考正面积极的人，所以想的都是接下来一定写得很顺手，或是那篇稿子编辑一定也很喜欢，等等。泡澡的时候很舒服，所以总会觉得不管怎样绝对没问题。有时还会看看自己的肚子和脚丫说：'哇！好白哦！都已经60了还这么漂亮。'"

田边女士真是个可爱的人。

问她泡澡的时间多久，原来也只是短短的15分钟而已。

刚好遇上这机会，便请教她一个关于女性心理的想法。

"对于有人要求参观厕所，身为女性的您是否会心生抗拒？"

"我们不像男人，男人是在可以公开谈论这种事、对此可以开怀大笑的文化中长大的，而女性的文化则基于'含蓄才是美'的观念。历史上，'含蓄反而能显露魅力'的时期比起'坦然表露一切'要来得更悠久吧。当然全部说出来大家笑成一团是很有趣，但如果变成这样，那也就不需要化妆和流行时尚了吧。所以女人还是含蓄一点比较好。"

"但是您马上就回答'可以啊',那又是为什么呢?"

"我没打算把我家的厕所给隐藏起来啊。因为这种事大家都一样吧。但如果要参观我的书房,那就……"

"这倒是很意外哪!为什么呢?"

"被人家知道我读什么书、用哪种笔或稿纸、怎么写作等等,很讨厌呢。我写的大多是爱情小说,所以就像宝冢歌剧团的后台一样,对于被人摊开在阳光底下会有点心生抗拒。想台词或构思情节时并不会一直坐在书桌前,而是会去摸摸喜欢的衣服,和史努比玩一玩,或拍拍其比的头,或看一看收藏品,等等。"

家中到处坐着的旧娃娃、狗狗布偶们以及娃娃屋,不单是收藏品而已,也是田边女士小说创作的共谋者。

就在我告辞之际,田边女士回忆起了女校时代。

"一年级在学校上厕所时捏住鼻子,结果被外面高年级大声嘲笑:'上厕所还捏鼻子呢!'我吓了一跳,'啊?不能捏吗?'现在已经不这么做了。"

题外篇　东洋与西洋的古早厕所

我来窥视"三代将军家光的厕所"。

占地两块榻榻米大。

两块榻榻米大的厕所听起来好像很宽敞，但是和武田信玄的厕所一比就不算什么了。根据文献记载，信玄的厕所有六块榻榻米大。为何需要这么宽敞的空间呢？原来是怕上厕所时若遇刺客袭击，房间太窄无法挥刀防卫。而且他不仅在那里上厕所，连书桌也搬进去，焚沉香、读书信，思考事情，当成附厕所的书房般灵活运用。虽然很想窥视实物，可惜没有保存下来。

可喜的是将军家光的厕所至今仍可看到。这间大有来头的厕所保存在埼玉县川越市的寺庙——喜多院中。

这里不仅有厕所，"家光诞生的房间"与"春日局的化妆间"等也都迁移至此复建，作为寺庙的会客室或书院。其实这些建筑原本是属于江户城的。

至于为何会迁至四十多公里外的川越市，缘起于家康信赖喜多院的住持天海僧正，所以此寺和德川家代代都有密切交往。

宽永十五年（1638）川越发生大火，喜多院被烧得只剩山门。家康死后，三代将军家光奉天海僧正如父，于是希望尽快重建烧毁的喜多院，便下令把江户城的建物移筑此地以供寺方使用。

我拜访喜多院时有大批观光客涌入，热闹非凡。一方面正值樱花盛开，再加上 NHK 电视台的连续剧《春日局》正在全国播映，"化妆间"也因故事女主角之故备受注目。

目标厕所位于"家光诞生的房间"。厕所里没有配置电路，我带来的手电筒可是派上用场了。到处照来照去，边量尺寸边素描。

问了喜多院的人，他说：

"是不是家光公的厕所——这个嘛……我不是学者，不敢断言。"

不过我认为这一定是家光的厕所。理由是这间厕所并非移建后才盖的。加上这附近是除了家光以外所有男性都禁止出入的区域，而这里却有男用便器。

听说是"摆榻榻米上的箱型便器"，事实却非如此。便器的框埋在榻榻米下面，一打开盖子就看到下头有个洞。现在当然是禁止使用。

我偷偷跨上去，蹲下来看看。从下面吹起了咝——咝——的风声。我把头伸进洞里瞧瞧地板下面，有个接住落下物的箱子。

那个箱子嵌在木制轨道上，可以拉出来。在手电筒的照射下可以看到用墨水写着"昭和二十六年修补"的字迹。

喜多院从明治初年到战后，荒废了很长一段时间。昭和二十四年（1949）起花了几年时间进行大规模整修，这才起死回生。当时也整修了这间厕所吧。

喜多院的建筑虽然已有 350 年以上的历史，粗大的柱子却仍散发着生命力，让人觉得树木好像还活着一般。

我不免开始想："榻榻米的厕所好像不错呢。"只不过，如

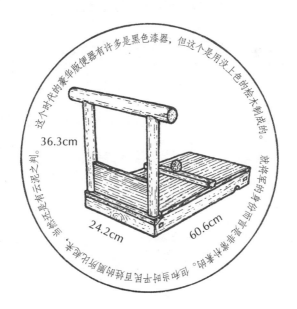

这个时代的豪华版便器有许多是黑色漆器，但这个是用没上色的桧木制成的。

36.3cm

24.2cm   60.6cm

用削得方正且规矩的厕所果然很棒，真不愧是和德川幕府有关的寺庙。

就连小孩子都能蹲着用。

浅浅还是有云泥之判。

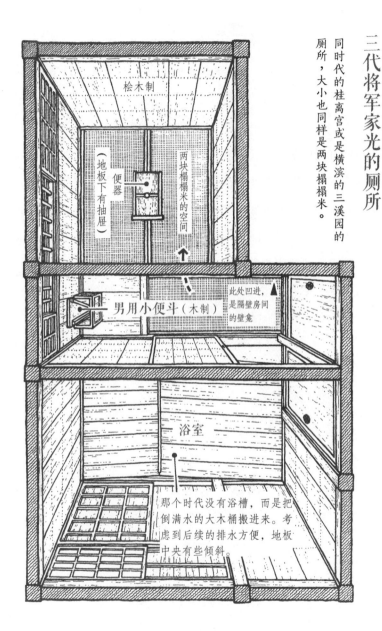

三代将军家光的厕所

同时代的桂离宫或是横滨的三溪园的厕所，大小也同样是两块榻榻米。

桧木制

（地板下有抽屉）

便器

两块榻榻米的空间

男用小便斗（木制）

此处凹进，是隔壁房间的壁龛

浴室

那个时代没有浴槽，而是把倒满水的大木桶搬进来。考虑到后续的排水方便，地板中央有些倾斜。

果真蹲在这种地方，我的穷酸本性一定会开始作祟而没办法安心上大号的。

说到古代的厕所，就想起熊本城有"空中厕所"。把那个画下来！就飞快出发了。

只为了窥视厕所而去熊本，真是够会干蠢事、够奢侈、够怪的。

从机场打电话给当地的友人，结果他说：

"请不要再被逮到了啊。"

他知道我曾经在熊本城被警卫大骂的事。

"熊本城的石墙又陡又直，绝对爬不上去的！"

由于当地人一脸得意地说明，我那喜欢确认事情真假的恶习又跑出来了，就往墙上爬去。下面的部分简直像在引诱攀登一样，非常平缓好爬；但越往上去，遇到称为"武者当返墙"的悬突设计就窒碍难进了。当我爬到一半，"你在干吗啊！告示牌上不是写着不准攀爬吗！快下来！"

一听到大喊，我赶紧慌慌张张往下降，回程的时候脚抖个不停。本来应该在下面仰头看着的朋友早就逃得没影儿了，一个也不剩。

后来，熊本的《日日新闻》一定要我把这段始末写出来，所以我就交了一篇题为"对不起"的文章。因此我常被熊本人嘲笑。

"不会再做出攀登石墙那种傻事了。这次是要窥视城里的厕所。"

那位爱看热闹的朋友在城堡前的银杏树下等我。从正下方望向熊本城，真是气势磅礴得令人震撼。

进入熊本城前不远处，可以看见在左侧石墙凹陷的部分有个凸出空中的地方。

"那里就是厕所唷。"

"咦，是那个？连本地人也不知道哩！"

朋友大叫出声。这样说来，大部分人都是没有发觉就直接从下面经过，进入熊本城。

城墙中最难防御的部分就是凹陷的地方。因为和向外凸出的墙角比起来，不但容易攀爬，而且死角很多。所以就利用这部分盖成厕所，以妨碍敌人攀登。

在城壁上盖着向外凸出的厕所，事实上不只日本，欧洲各地也有。不管东洋西洋，中世纪的城堡都有同样的点子，真是有趣。

列支敦士登宫（Liechtenstein Palais）位于维也纳郊外，这儿也有"空中厕所"，而且还名实相符呢。

从外面眺望，可以清楚看见墙上的污痕。虽然按理说，下面应该是长年堆积而成的粪山，但当时的人似乎不像我们会觉得那有多不干净。

住在市区的人一到早上就毫不犹豫地把夜壶里的排泄物从窗户往街上倒。宽檐帽、包住身体的斗篷和高跟鞋等，都是为了保护身体不被从天而降的和堆积街头的秽物弄脏。虽然长久以来都这样"放生"自己的粪尿，然后一边告诉自己"我不在意我不在意"，假装若无其事，其实大家对此都非常困扰。

1585 年法国的波尔多市下令市民盖厕所，而且规定"严禁任何人从窗户往街上倾倒秽物、尿液和不干净的水"。

而 19 年前，巴黎市也颁布了同样的法令，却形同具文。欧洲各地好像都有同样的烦恼，这个问题可是跨越了国家和地区。

尽管巴黎的凡尔赛宫建于 17 世纪后期，同样没有厕所。进出宫殿里的王公贵族、朝臣、与宫廷有关的人员、士兵等等，合计近两万人，所以即使有许多开着洞的椅子应该也无济于事。因此宫廷到处弥漫着恶臭，淑女会在庭园里林木花草茂密处蹲下解手，以及香水会广泛流行等种种现象，也就不难理解了。

随着时代潮流的变迁，已经可以无视屎尿公害而一笑置之了，那是由于下水道建设完备的关系。

在日本，由于粪尿是重要的肥料，所以处理方式不会粗糙随便。

讽刺的是，这却是下水道发展得太迟缓的结果呢。

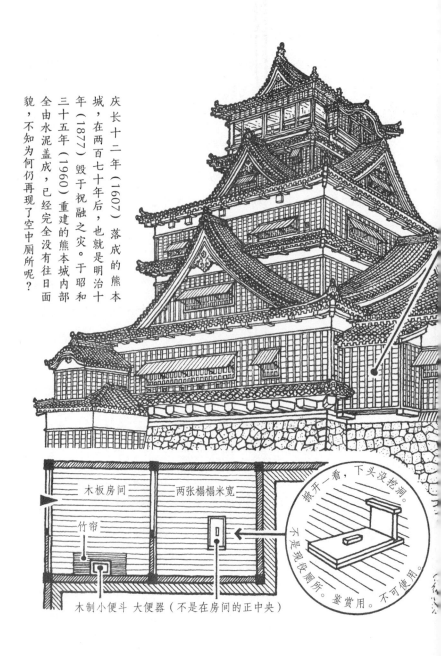

庆长十二年（1607）落成的熊本城，在两百七十年后，也就是明治十年（1877）毁于祝融之灾。于昭和三十五年（1960）重建的熊本城内部全由水泥盖成，已经完全没有往日面貌，不知为何仍再现了空中厕所呢？

木板房间　　两张榻榻米宽

竹帘

木制小便斗　大便器（不是在房间的正中央）

揭开一看，下头没挖洞。不是现代厕所。鉴赏用。不可使用。

熊本城的
空中厕所

左边的『大天守』高
30m，右边的『小天守』
高 17m。

列支敦士登宫的空中厕所

奥地利 维也纳郊外

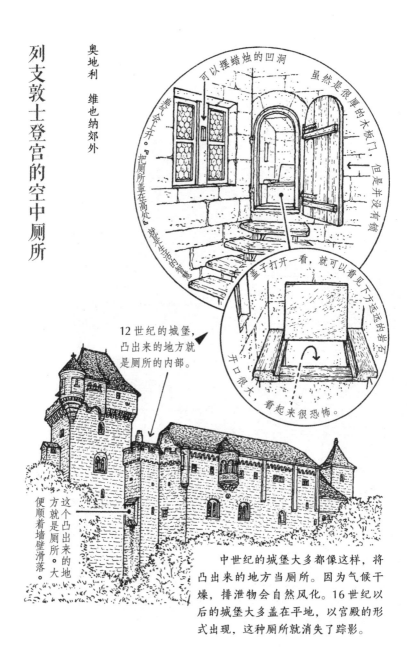

可以摆蜡烛的凹洞

一直开着。『把厕所盖在高处』的看法由来已久。

虽然是很厚的木板门，但是并没有锁

盖子打开一看，就可以看见下方远远的岩石。

开口很大，看起来很恐怖。

12 世纪的城堡，凸出来的地方就是厕所的内部。

这个凸出来的地方就是厕所。大便顺着墙壁滑落。

中世纪的城堡大多都像这样，将凸出来的地方当厕所。因为气候干燥，排泄物会自然风化。16 世纪以后的城堡大多盖在平地，以宫殿的形式出现，这种厕所就消失了踪影。

欧洲开洞的座椅（18 世纪）

平民百姓与漂亮的"便器"无缘，这是王宫贵族的用品。以叠起的书本形状来掩饰。

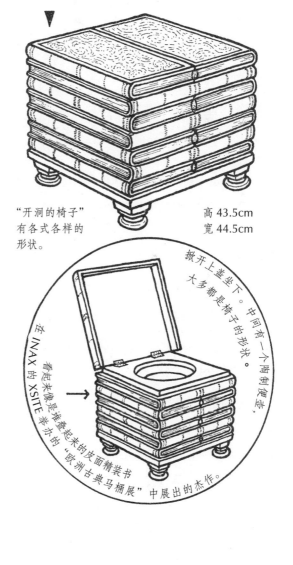

"开洞的椅子"有各式各样的形状。

高 43.5cm
宽 44.5cm

掀开上盖坐下。中间有一个陶制便空，大多都是椅子的形状。

看起来像是堆叠起来的皮面精装书，在 INAX 的 XSITE 举办的"欧洲古典马桶展"中展出的杰作。

好像坐在房间中有洞的椅子上大小便，即使有人在场也不会不好意思。法国的亨利三世（Henri III）就是坐在便器上接见廷臣时被暗杀而亡的。通过便器可以看到，每个国家的气候、风土、宗教不同，对于排泄的观点、羞耻心的纠结或文化的本来面貌也会随之改变。

坂田明 篇

萨克斯风演奏家

坂田先生是爵士萨克斯风的顶尖演奏者，但只有熟人才知道他也是"鱼的权威"。称他为权威，他一定会急忙摆手否认吧，因为他是个可以理解鱼的感觉的人。曾听他说过关于高体鳑鲏的事，非常好笑。

"正如名字一般，玫瑰色闪闪发光（按：日文名为"大陆玫瑰鲫"），心想好漂亮啊，一开始就养了 10 尾。过了不久就泛出婚姻色，显示交配期到了，却迟迟没有产卵。一查淡水鱼图鉴，才知道竟然全是公的，当然不会产卵了。所以我才不是什么权威呢。"

听说他慌慌张张踩着脚踏车去水族店买母鱼。

"飞快骑回来，一放进 10 尾母鱼后，水槽里醋海生波，吓了我一大跳呢。公鱼们春心大动，色泽更加闪亮耀眼，背鳍臀鳍也张得老开挺得直直的。看了觉得真是对不起它们啊。也就是说，我之前只是把一群小伙子给塞进工寮里嘛。"

坂田先生比手画脚谈的不只是鱼，接着也聊到了男女话题。

"不，其实都一样呢。说人和鱼都一样，不知道会不会对鱼太失礼。公鱼会靠近自己喜欢的母鱼旁边，其他公鱼一过来就发动猛烈攻势，将之击退。公鱼想和母鱼留下自己的后代。不久，母鱼便将水槽中双壳贝的排水管当产卵管来产卵。在一旁焦急等待的公鱼看了赶紧朝贝壳的吸水管射出白色精液。过了几天，水槽中开始有几尾5厘米左右、细长黑色的生物游着，那是由卵孵化而成的小鱼。想到其间的基因承续，我感动得眼泪都快流出来了。"

坂田先生说，不管是饲养生物或自己的人生，若非抱持以人为本的人道主义是不行的。他饲养的座右铭是"不需多有学问，也不需多么专精，只要和生物一起生活"。他屡经失败而逐渐适应的过程好像很有趣。

"我养了当鱼饲料的水蚤，很可爱喔。你要不要来看？"

承蒙邀请，我就去位于埼玉县蕨市的坂田先生家拜访。只是水蚤和厕所到底有什么关联？多少有些担心。

庭院里有大大小小各式各样的水槽。有木桶，也有在木框贴上塑料布的自制水槽。

水蚤最大的也只有两厘米左右，所以即使把头伸进水槽仔细瞧也不见踪影。

坂田先生从有水蚤的桶中舀水倒进玻璃瓶，对着光举起

高体鳑鲏（四五月间婚姻色特别明显，那几天玫瑰色闪闪发光，嘴边也会出现银色角质斑点。）

背鳍 ↓

胸鳍　腹鳍　臀鳍　尾鳍

——全长 40cm 到 80cm——

◀ 借用坂田明先生素描本里的画

水槽里除了高体鳑鲏之外，还有矛鳎、缘鳎、罗汉鱼、喇蛄、双壳贝、水蚤等。除了养鱼以外，他还有个特技是用扁担挑粪桶。他笑着说："现在已经没有任何用处啰。"

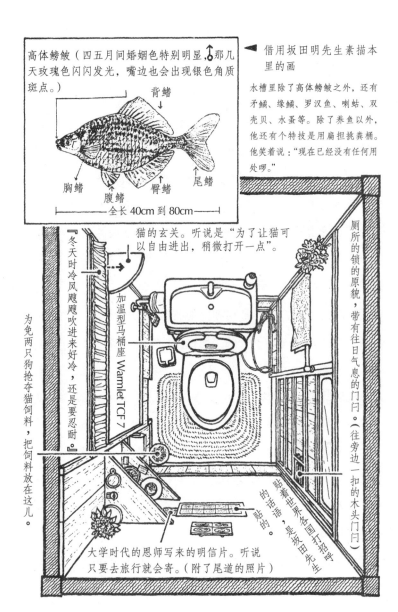

猫的玄关。听说是"为了让猫可以自由进出，稍微打开一点"。

『冬天时冷风飕飕吹进来好冷，还是要忍耐』

加温型马桶座 Warmlet TCF 7

为免两只狗抢夺猫饲料，把饲料放在这儿。

厕所的锁的原貌，带有往日气息的门闩。（往旁边一扣的木头门闩）

贴着世界各国厕所招呼的话语，是坂田先生贴的。

大学时代的恩师写来的明信片。听说只要去旅行就会寄。（附了尾道的照片）

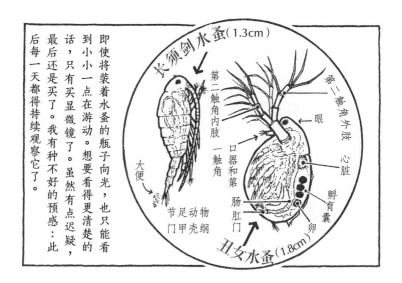

即使将装着水蚤的瓶子向光，也只能看到小小一点在游动。想要看得更清楚的话，只有买显微镜了。虽然有点迟疑，最后还是买了。我有种不好的预感∶此后每一天都得持续观察它了。

来说：

"这样就看得到了吧！"

像垃圾一样漂着，上下左右一张一缩地漫游。他用放大镜看，

"啊，这只抱着蛋。你等一下。"

他拿了显微镜来，放在镜头下观察。

"啊，有三个小孩。"

坂田先生说水蚤有"三个小孩"。我也来看看。可以看到刚由卵孵化的水蚤宝宝在孵育囊中蠕动。

"在我们肉眼可见的东西中，最小的就是浮游生物吧。水蚤身体是透明的，就像是生命的缩影，因此什么都可以看得一清二楚。由卵孵化的水蚤，从产卵到死亡只有六天的生命。

"所谓仅仅六天，是人类依照自己的时间来计算的。若就

生命的延续来看，它们已经活了几亿年了。"

这样一说，水蚤世界好像变得如宇宙般广阔。

"因为自然环境遭破坏，生态系统改变，别说什么几亿年、什么生命的延续，都很容易就中断了。人为了过更便利的生活，干了许多破坏自然、改变生态的事。在孕育水蚤的沟渠中曾经有很多贝类。因为贝类多，当然也会有鲫鱼。可是现在都整治成"U"字沟了。确实，河川变得很干净，不再有孑孓了，但在全用水泥糊住的河里头，水蚤、贝类也无法生存了，鲫鱼当然也就跟着消失。它们的生态环境已经被破坏了。对它们而言，这个生态系统就是它们的宇宙。我们随随便便地破坏了许多东西；我想，不知什么时候，我们居住的世界也会轻易地就被破坏了吧。因为事情的成因正是出自我们本身啊。"

这么说，最近很盛行的水耕蔬菜等等，不需要太阳也不需要土壤。但是如果没有了石油，又无法借助电力的话，那就糟了。

"像以前的有机农业，要等那种有虫啃咬的青菜长大得花上一段时间，但绝不会有土壤坏死的情形发生。破坏水或土壤与破坏地球是相关联的呢。不是说要把现在所有事情全都归零、回归自然，但我认为，无论是自然生态系统中的食物链，或者万事万物的存在价值等等，即便只占脑中一隅，也都要牢牢记住才好。"

说到这里，终于谈到了粪便。

"现在的粪尿处理方式和以前不同，但是一到濑户内海的岛上，就又可以看到自然环境中的食物链喔。像在船舶停靠的地方，有根直径一米左右的排水管凸出海面。鱼儿在那里游来游去，等着定期排出的粪便。一有东西出来，鱼儿便哗地聚集过来，转眼间就吃光了。大鱼吃小鱼，人类吃大鱼，这就是食物链啊。或许有人知道这事之后就不敢吃鱼了。但这是千真万确的事实。否定了这个就等于否定自己，那就毁了。'对粪便也要有爱''对水蚤也要有爱'，因为它们都和地球或宇宙有很深的关联啊。"

回家时，我向坂田先生要了一小瓶水蚤。为了将"以宇宙规模来思考"的想法纳入自己的观点，从此开始饲养水蚤。

赛车手
三好礼子 篇

"我最——喜欢有关厕所的话题了。可以讲个三天三夜喔！"也有这样的人。

依照下面的提示，问问喜欢摩托车的人或年轻人，应该马上就知道是谁。

"以摩托车挑战巴黎—达喀尔赛车的年轻女性。"

正确答案是三好礼子小姐（现在已经是山村礼子了）。

她参加过人称"世界最严苛的赛车"——"巴黎—达喀尔"，正式名是"巴黎·突尼斯·达喀尔"。

赛事于每年 12 月 25 日在巴黎展开，经过巴塞罗那，横越突尼斯、利比亚、尼日尔、马里、几内亚、塞内加尔 8 国，要在 20 天内跑完全程，约 1.1 万公里。汽车和摩托车混合竞速，这次有 155 辆摩托车参赛。礼子小姐是日本第一位参加摩托车赛的女性。

可惜她中途就出局了，但她随即搭别人的便车一直坐到目的地达喀尔。

让我感兴趣的是，她在接受采访时表示，对于自己被淘汰并不懊悔：

"这么说或许有点奇怪，虽然我遇到了挫折，却非常开心。"

我想见识见识她的飒爽作风。

去拜访时马上就让我参观的厕所果然也很有她的个人风格。

非洲大地图、南极朝上的地球仪、布告栏上像是她正在学的法文单词。真是间明亮的厕所。

"没错，我喜欢明亮又有开放感的厕所。租房子的时候我都以厕所来决定。我甚至觉得，如果厕所干净，在里头睡觉也没关系，我不觉得脏。13年前，我还每天在厕所吃早餐呢。"

"咦？为什么特地在厕所吃早餐？"

那是18岁周游日本途中，在大阪地下街的服装店打工时的事。因为开始工作就没时间吃饭，于是上早班的她一到店里就先去隔壁的厕所，坐在里头一边吃买来的面包，一边看书。

"早上的地下街一个人也没有，很安静，所以厕所变成能度过个人时间的舒适的单人房。虽然在排出的地方吃东西，但我一点也不在意。"

她之所以对厕所抱有亲切感，据说是因为10岁时读了漫画

《厕所博士》，大受感动。里头的内容具体又科学，而且以活泼开朗的手法画出大便的种种事情，令人读来有"对啊，就是这样"的共鸣。

"我喜欢把自己当作别人来分析，乐此不疲。"

她说不管便便或赛车都一样。

"我认为不管便便也好，赛车也好，都可以通过它们看出一些事情呢。也就是说，它们像一种滤镜。我想，从巴黎到达喀尔之间的沙漠让我'看到自己'。在那之前，我只觉得沙漠就是沙漠，其实并不只是这样。我在沙漠中才知道，原来自己只是个既可怜又软弱的人类罢了。虽然有点像是忏悔，但我真的心想：从今以后要开始第二个人生了。从内心的纠葛中看到的，仍旧只是自己呢。便便也是如此。通过便便也会看见自己。即使它只是便便，但是，从怎么看待便便也可以知道……"

她说，不能把日本人对厕所的想法或对干净的标准带到其他的国家。

"去参加香港—北京大赛时，或许人家觉得来了个珍奇人物，结果不管到哪里都有将近千人往我这边瞧。即使要上大号而去草丛里，也有上百人跟来呢。我也会害臊啊，被那么大群人盯着拉野屎，实在是羞死人了，白天再怎样也上不出来。一直忍耐到半夜，才在加油站的阴暗角落解决呢。"

在非洲的时候，就已经可以像当地人一样了。

"虽说在学法文，其实只是刚起步而已，真是有点丢脸啊！""那我就别画了？""嗯……还是画吧！反正我已经有被窥视的觉悟了。"

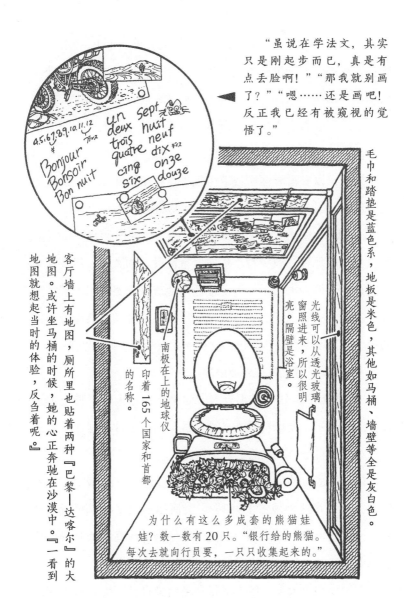

毛巾和踏垫是蓝色系，地板是米色，其他如马桶、墙壁等全是灰白色。

光线可以从透光玻璃窗照进来，所以很明亮。隔壁是浴室。

南极在上的地球仪 印着165个国家和首都的名称。

客厅墙上有地图，厕所里也贴着两种『巴黎—达喀尔』的大地图。或许坐马桶的时候，她的心正奔驰在沙漠中。『一看到地图就想起当时的体验，反刍着呢』

为什么有这么多成套的熊猫娃娃？数一数有20只。"银行给的熊猫。每次去就向行员要，一只只收集起来的。"

"在马里街头问人厕所在哪儿，路人笑着往地上一指。'唉呀！这种地方不行啦！不是小号，是大号耶！'结果指给我一处用矮泥墙围起来的地方。进到里面才发现，墙的高度只到脖子，一蹲下脸就会露出来，所以可以看到街上的人。但是，谁也不会往这边张望，这已经自然而然地成了一种规矩。"

她说，以有没有厕所或卫生纸来论断不同文化地区的优劣是不对的。因为气候风土不同，自然便便也不同。

"到非洲的时候，我虽然带了卫生纸，但因为是在沙漠，所以会拉出那种一粒一粒不擦屁股也没关系的大便。但人在东京就拉不出那种大便了。因此他们用沙或水来擦是出于资源方面的考虑，很有道理。我这人像变形虫，到哪儿都会随着容器的形状马上改变，适应环境。这样子比较轻松，收获也多。"

"周游日本时也是在外面解决？"

"日本无论走到哪里都有人。如果会在意人影，那根本还没拉就得跑了，所以都是在各地野放。只要估计好迎面来人的距离，告诉自己'现在的话还来得及，赶快上赶快上'。"

她不能适应的反而是太气派的厕所。她笑说："我会惶惶不安地担心'在这种地方上好吗？'"而能令她安心上厕所的是感觉"大便可以回归大地"的地方。她蹲冲水马桶的时候似乎总想着大便的去处。

在沙漠中上大号，她不觉得那是污染自然环境；但看到被丢弃的空罐，却有心痛的感觉。

非洲马里的公共厕所

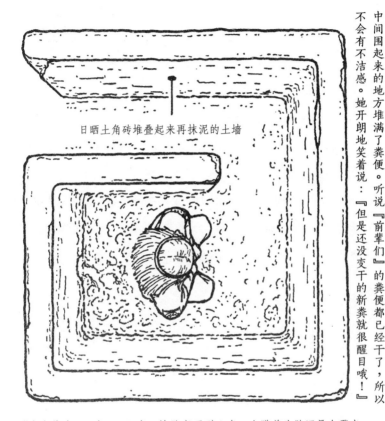

日晒土角砖叠起来再抹泥的土墙

中间围起来的地方堆满了粪便。听说『前辈们』的粪便都已经干了，所以不会有不洁感。她开朗地笑着说：『但是还没变干的新粪就很醒目哦！』

"大小约为2.5米×1.7米，墙壁高不到1米。人蹲着头脸还是会露出来。所以从外面就可以知道正在使用中呢。但是在外面走着的人，即使看到也会装作没看到。"并非在非洲每个地方都可见到这种厕所，但是呈旋涡状的露天厕所世界各地都有。我在印度的城镇中就见过。

"在赛车通过之后，营地会有空罐或轮胎等各种垃圾堆积成山，我问：'谁来打扫？'有人回答：'我们付钱给经过的地区，没问题的。'我听了大受冲击。我也丢了两三次垃圾，十分后悔，淘汰出局后就边捡垃圾边前进。我觉得，要守护地球或要破坏地球，关键都在我们自己本身。啊！说了大话了。"

"你还会再去参加巴黎—达喀尔？"

"想再去挑战一次。想清楚确认自己。但我并不想死，所以遇到危险迎面而来的时候或许又会退出。"

她在厕所中望着地图、死命背法文、想着巴黎—达喀尔大赛。

告辞时，礼子小姐用小瓶子装进撒哈拉的沙送我作纪念。这沙和日本海滨的沙不同，带点红色，粉状又光滑。

插画家
和田诚、
料理爱好家
平野里美
夫妇篇

好久没来和田先生家了。

首先让我感兴趣的是马桶座的位置。因为听说里美女士曾对和田先生说：

"男人在上完小号后不把马桶座放下来，是男人处于优势地位的证据。所以在家里是否重视女人，从马桶座就知道。"

自此之后，"马桶座都不掀起来"成了和田家的规矩。

当时还小的唱君现在13岁，率君也9岁了。男性人口已经是三比一的多数，那项规定到现在还没改变吗？

里美女士笑着打开厕所门说："当然还是放下的啰。你看，不用我说小孩也会照做。好像是小便时单手扶住圈座，完了就顺手放下。如果马桶座不放下来，我可是会离家出走喔。"

里美女士在和田家的地位仍然没有改变。

"没错。女人在家里得强势些。"

最近他们家厨房大整修，所以也顺便参观一番。厨房里处处可见充满里美女士风格的合理设计，例如将放砧板的料理台面倾斜，装上专用的水龙头。这样即使不移动砧板也可以直接清洗，水会自然流进水槽排掉。又如把抽屉内侧设计成一平面，这样就可以防止东西卡住而拉不出来，诸如此类的点子不胜枚举。

里美女士曾经请木工在壁隙间做出"食品柜"。她敲着厕所的墙壁说：

"咦，这面墙也有空隙。在厕所里做个食品柜不也挺好的吗？厕所虽说没办法像花园一样，但总想设计得比其他地方漂亮呢。原本希望厕所能更宽一点。洗脸台是货真价实的大理石哦。在厕所上我们可花了不少钱。正因为是厕所，才花这么多钱的。"

设计全由她一手包办，和田先生好像什么也没说。

"他只说在这里做个书柜。"

里美女士在厕所上费了不少心思，希望让狭窄的空间可以感觉更宽敞，还有声音不会外泄。

"我非常喜欢这间厕所。因为坐在里头好舒服啊。即使上完了我也会一直坐着，直到把书看到告一段落。"

二楼有另一间厕所。

"因为在寝室旁，大多是半夜或大清早还睡眼蒙眬时进去，就称为'睡眼惺忪专用厕所'。所以这里的装潢很简单。"

自家的厕所

虽然是长 2.3 米、宽 1.03 米的窄长型房间，却让人觉得很宽阔，好像是大了一倍的正方形。因为有整面墙全贴着镜子，效果挺不错的。

这间厕所的设计全出自里美女士之手，和田先生只要求『要有书柜』。

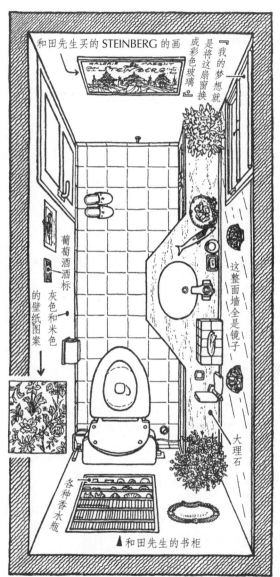

和田先生买的 STEINBERG 的画

『我的梦想就是将这扇窗换成彩色玻璃』。

葡萄酒标

灰色和米色的壁纸图案

各种香水瓶

▲ 和田先生的书柜

这整面墙全是镜子

大理石

的确，和一楼的厕所比起来，这儿什么都没有。也有书柜，但其他就只有马桶了。

为了与和田先生聊一聊，我告别了里美女士，往和田先生的工作室去。依照和田先生每天通勤的路线，换乘地下铁，约二十分钟后就到了。

"等了好一会儿呢！先看厕所？厕所是租的时候就这样，我没有再添加什么。"

这里的马桶座和家里的相反，是掀着的。

"因为公事上的访客大多是男性？"

"不是。我和人家谈事情通常速度很快，所以客人很少用厕所。马桶座保持掀起来是为了我自己使用方便。"

"里美女士说，家里的马桶座如果不是放下的，她就要离家出走喔！"

"哈哈哈……"

和田先生只是笑。

"要求在家里的厕所做书柜的是和田先生吧！"

"我啊，在厕所里几乎都不看书。只是因为穷酸本性作祟，知道墙壁里有空间没利用到就觉得浪费，所以才做的。"

不过，这书柜不只装饰用而已，他会瞄瞄书脊，看到有引起兴趣的题目就抽出来带到电车上读。

"那个书柜可以说像个索引呢。因为我一定会瞧那里的。"

和田先生工作室的厕所和家里厕所的气氛完全不同。

和田先生工作室的厕所

图案很奇妙的瓷砖

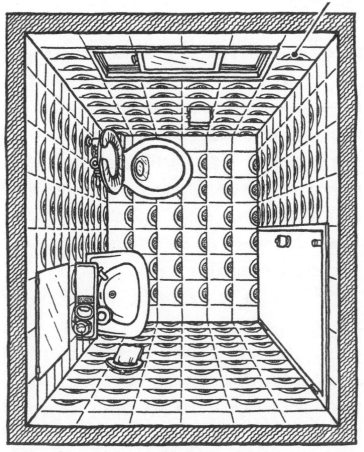

　　进了厕所后大吃一惊。好像被很多双眼睛包围、监视，让人心神不宁。"很多人这么说呢。我搬进这栋楼时就是这样，没增加什么喔。"因此这并不是和田先生的喜好。

"和田先生，你是对厕所没有特别要求的人吗？"

"我看起来好像很神经质，其实不是。和里美完全相反，我不管哪里的厕所都能上，睡哪儿也都没关系呢。"

和田先生在厕所里有个奇癖，听了不由得笑出来。他一坐到马桶上就会开始揉卫生纸，而且揉个不停。虽然现在的纸很柔软，已经没这个必要了，但40年前的记忆却不知不觉会苏醒过来。在以前，不管哪个家庭都是用旧报纸当卫生纸。进了厕所之后，大家都会在使用前揉搓报纸，好让它变软。

"在旧报纸之后，便是用回收报纸制造灰色卫生纸的时代。再生纸中的铅字痕迹都还历历可见呢。今天会出现什么字呢？每次我都会找找看。"

原来如此。那也是一种乐趣呢。想起来还真是引人发噱。

"和田先生对外国的厕所有兴趣吗？"

"比起厕所本身，我倒是对厕所入口的标示牌比较感兴趣呢。每个国家都各有不同的表现方法。以图画标示的就清楚明了，但如果只有文字，常常会有不知道哪边才是男厕所的情形。我曾经看到M字开头的厕所就进去了，结果却是女用厕所。图画标示的大多是用 King 和 Queen，或是大礼帽等等的。"

令我意外的是，和田先生竟然不曾设计过厕所入口的标示牌。那么就马上请他画在我的素描本上。

和田诚先生画的厕所标示图

佐野洋 推理小说家篇

有本名为《一块铅》的推理小说，它的命案现场设定在女子公寓的厕所里。作者是佐野洋先生。

曾听过这样的传闻："佐野先生的书房里有间小便专用厕所。"我心想，这可得去拜见一番。

到了采访当天，我先到他家门口，然后盯着手表等待约定的时间来临。

既然拜访推理小说家，那就来制造一点气氛。时间一到，我分秒不差地按下电铃。

"哇！您还真准时呢！"

被来开门的夫人这么一说，单纯的我马上喜形于色。

接着被引进客厅，享受美味的下午茶。

"听说书房里有厕所？"

"我习惯大量喝水，所以常去上厕所。每次都得走到房间外面实在很麻烦，所以改建的时候就想，那干脆在书房盖间小便专用的厕所吧。"

偷偷告诉各位：我曾经被押到旅馆专心写稿，那时候因为厕所在外面很麻烦，我就在房里的洗手台解决了。

所以，会想在书房里盖间小便用厕所是极为自然且符合佐野先生作风的想法。

"对我而言，那不仅是生理上的排泄，也有心理层面的效果。写着写着遇到瓶颈，马上就想上厕所。可以说是转换气氛，或者说像占卜一样。'卡住就排掉。'所以，不管到哪里，我一定会先确认厕所的位置。不知道厕所的所在就无法安心。"

说到无法安心，我也因为想早点看到厕所而心不在焉，马上就被佐野先生识破了。

"还是先参观厕所？"

佐野家在一楼、二楼各有一间厕所。一楼的是深蓝色，很时髦。但是——

"唉呀！这可是失败之举。这是我看了目录，觉得真好看啊，就决定的，结果因为是深色，就无法看出大便的颜色，而且一弄脏就很醒目，实在不好用。虽然不必像健康检查那样精确，但总是想确认一下颜色或粪便量等等的。"

佐野先生好像都会确认自己大便的颜色。佐野先生得过肝炎，所以会特别留意大便的状态。

"排出白色的大便时吓了一跳。小便反而是咖啡色的呢。

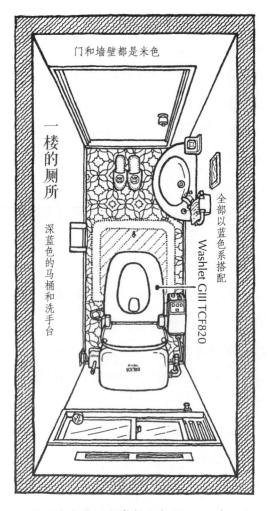

一楼的厕所

门和墙壁都是米色

深蓝色的马桶和洗手台

全部以蓝色系搭配

Washlet GⅢ TCF820

佐野先生说："打高尔夫球最让人在意的就是痔疮，因此才使用温水洗净式马桶。洗了屁股后再做右一百下、左一百下的佐野式按摩。"

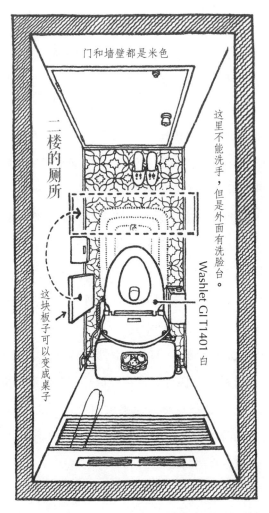

门和墙壁都是米色

二楼的厕所

这里不能洗手，但是外面有洗脸台。

Washlet GI T1401 白

这块板子可以变成桌子

一般家庭厕所的主导权都是掌握在太太手中，但佐野家不同。"我们换温水洗净式马桶吧！"据说10年前佐野洋先生就这样主张。

粪便的颜色来自于胆汁，所以，一旦胆汁没有进入胃肠而是混合到血液里面，大便就会变白，小便就会变成咖啡色的哦！"

二楼的马桶是灰白色的，这样就可以仔细端详排泄物的颜色了。

这间厕所的墙壁上靠着一块板子。

"坐在马桶上，把这块板子往前一摆，就成了一张简易桌子。"

"在厕所里会看书或想事情吗？"

"只带必要的书进去读。厕所里没什么特别醒目的东西，容易集中精神思考，所以我很喜欢进厕所。曾有人向我约稿写篇以'落笔前的五分钟'为题的随笔，我写了'静下来坐着的话'。我一旦坐下来大号，就文思泉涌，各种点子全冒出来，落笔就可成文呢。挺有趣的吧？"

从厕所里的一块板子可以看出佐野先生专注的样子。

从厕所所在的二楼可以往一楼探身，中间是个挑高空间。从厕所这边的走道望得见对面书房的门，但没办法直接走过去，得先下几阶楼梯，穿过中间的夹层，再爬上楼梯，才能到达。简直像戒备森严的城堡一般，真是有趣。

"这房子是 12 年前盖的。四年前增建时盖了书房，所以才变成这么奇怪的模样。"

进了书房就想窥视传说中的厕所。

乍看之下，不觉得里头藏着间厕所。一打开门，发现二楼的房间向外凸出——这不就跟"城堡的空中厕所"一样吗？虽

然只向外凸出了 51 厘米，但要容纳一座小便池却是绰绰有余
了。上厕所时门得开着，但这房间只有佐野先生一个人使用，
所以不成问题。

面向小便池，眼前就是窗户，可以看见外头有座高压电
塔。面前就有扇窗户敞开，这种开放感应该有助于转换心情，
实在是个好点子。

佐野先生用来转换心情的事还有一样，那就是众所周知
的"折纸鹤"。听说这已经被称为他的拿手绝技，赶紧请他折
给我。

据说折纸鹤有集中精神的效果。手上做的完全是机械化动
作，脑子里便可以想些别的事，和女性一面编织一面想事情是
同样的道理。

听说他曾经坐在马桶上边折纸鹤、边构思推理小说的
情节。

"女儿笑我说，全日本大概找不到第二个会在厕所里折纸
鹤的人了。总之，只要手边有纸，我就会无意识地折起纸鹤。
这是从小就养成的癖好。在宴会中只要一觉得无聊，就会用装
筷子的纸袋来折。"

就这样边说边折，马上就折好了两只。说是两只，却是用
一张纸折出来的，翅膀的地方还相连呢，而且两只居然是红白
双色，令我大吃一惊。

"这算简单的了。豆子大小的鹤得用牙签折；遇到要折超

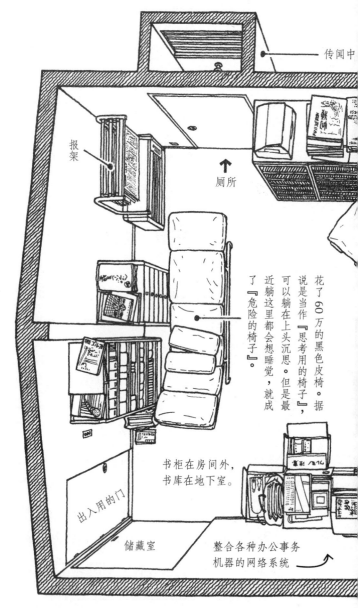

传闻中

报架

厕所

花了60万的黑色皮椅。据说是当作『思考用的椅子』，可以躺在上头沉思。但是最近躺这里都会想睡觉，就成了『危险的椅子』。

书柜在房间外，书库在地下室。

出入用的门

储藏室

整合各种办公事务机器的网络系统

坐在旋转椅子上透过外凸窗的窗帘，就可以清楚看见是谁站在门前。

小便专用厕所，从房间向外凸出。

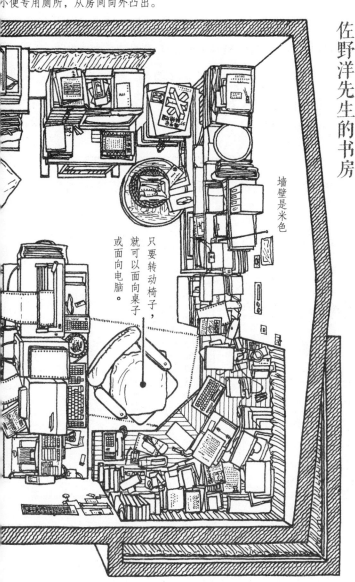

佐野洋先生的书房

墙壁是米色

只要转动椅子，
就可以面向桌子
或面向电脑。

大纸鹤的时候，还得用脚踩呢。”

　　据说他还会折多种变形鹤。什么亲嘴的鹤啦、怀孕的鹤啦、屁股相连的鹤啦、小孩骑父母身上的亲子鹤等等，还有把纸鹤放进瓶口很小的威士忌瓶里。这次要不是为了厕所而来，一定要请他折出更多种纸鹤给我看。

　　“曾经截稿时间逼近，却整天不停地折，结果整张桌上纸鹤堆得满满的。”

　　在旁人眼中，折着纸鹤的佐野先生好像一派悠闲，其实却……

　　“被逼得走投无路，写不出来的时候，就会拼命地做这个

这间厕所利用从书房向外推出去的空间，也就是说，跟『城堡的空中厕所』一样。这样就可以闭门专心写稿了。

开门→

做那个。试着做些不一样的事情。也曾经在家里挂着电车的吊环，然后抓住它摇着身体边思考呢。"

"？"

"这是 30 年前的事了。那时我还在当新闻记者，有时也写点东西。在通勤途中的电车上抓着吊环时，常常会涌出连自己都觉得不可思议的点子。辞去工作不久，有段时期什么都写不出来，于是想如果抓着吊环应该就又能写了吧。所以就把朋友送我的吊环挂在拉门的通风口上。"

"那，效果如何？"

"完全没用。果然眼前还是得有一幕幕移动的风景才行。只好作罢。写不出来的时候上再多次厕所也还是写不出来。去年 1 月的某个晚上，明明隔天就得从成田机场出发了，却怎么样都写不出来。一边上厕所一边看着窗外，月光映照着眼前的高压铁塔。白天只看得见铁塔，但那时不知为何，居然瞧见一根粗细刚好可以卡住脖子的树枝。当时我真的很想就这么吊上去呢。"

正当我哈哈大笑收起他折给我的纸鹤时，却听到这种可怕的事。

作家
盐田丸男、
料理研究家
盐田蜜琪
夫妇篇

　　盐田丸男先生在某期杂志有篇以"纸派？水派？"为标题的文章，写到如厕后到底是用卫生纸擦呢，还是用水清洗呢？

　　根据那篇文章，盐田先生属于"水派"。曾有很长一段时间，盐田先生是纸水兼用派；但两年前厕所改建，引进温水洗净式马桶之后似乎就完全变成水派了。

　　"在那之前，我是先用卫生纸擦拭再到浴室冲洗，所以装了新型马桶对我来说真是如获至宝。"盐田先生赞不绝口。

　　到盐田家参观厕所，原本打算从丸男先生采用温水洗净式马桶的来龙去脉着手，没想到居然是由夫人蜜琪女士对丸男先生的吐槽拉开序幕。

　　"一开始盐田可是大大反对。但是，现在呢？常常到处推荐：'温水洗净式马桶很好哦！'总之这个人啊，只要是新事物，二话不说，一概先排斥。就拿我们家厨房装饮水机来说吧，就比邻居家晚了很久，不是吗？光会说什么'热水还是用水壶煮沸比较好，要滚几次都可以'，一堆有的没的借口，反正就是不让我装饮水机罢了。"

"那个不已经是很早很早以前的事了吗？"

"你啊，一直都这样！就拿冰箱的事来说吧，不也是？'我们不需要那种东西。那是美国生活方式下的产物，在日本只要每天到早市或黄昏市场买新鲜东西就行了。'买吸尘器时也是如此：'只要有扫帚跟抹布就可以打扫干净了。'大概只要能让老婆轻松点的东西，他一律反对！"

作家盐田丸男先生可是以守备范围宽广闻名的，居然敌不过夫人蜜琪。不管是回马枪或平日的犀利口才，全都不知道跑到哪儿去了。

听说他们目前正打算改建厨房，便问问他们的构想。虽说是料理研究家，但蜜琪女士的厨房居然没有洗碗机，真令人觉得不可思议。

蜜琪女士笑着说：

"因为他一定会反对，那下次不跟他商量就……"

丸男先生紧接着说：

"我可不讨厌洗碗哦。我第一次站到厨房时，就是被叫去光整理善后呢。"

"那是你的说辞，我可不记得叫你这么做过。你说料理拍摄完一定很累吧？看不过去才来帮忙的，不是吗？"

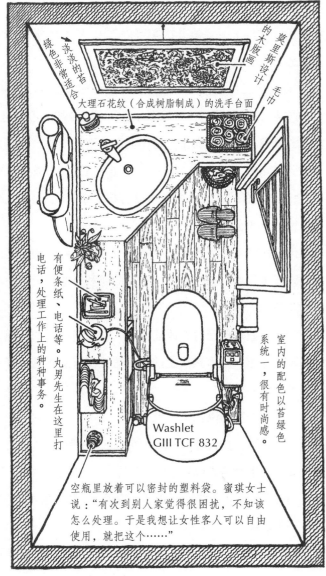

莫里斯设计的木版画

毛巾

淡淡的苔绿色非常适合

大理石花纹（合成树脂制成）的洗手台面

有便条纸、电话等。丸男先生在这里打电话，处理工作上的种种事务。

室内的配色以苔绿色系统一，很有时尚感。

Washlet
GIII TCF 832

空瓶里放着可以密封的塑料袋。蜜琪女士说："有次到别人家觉得很困扰，不知该怎么处理。于是我想让女性客人可以自由使用，就把这个……"

这间厕所的隔壁是洗脸台和浴室。在洗脸台那边有个特别装置的猫厕所。盐田家猫儿们的生活实在是舒适又奢侈啊。据说不管人或猫用的厕所都是依照蜜琪女士的想法而设计的。

"最后出手帮忙是担心你会打破餐具啊。我不管什么事都会很小心注意,做得很仔细。"

"你才不是什么做事仔细呢,根本就是烦人而已。我开车时你坐旁边,一直'喂!红灯红灯!'地鬼叫鬼叫,这种情况也不知有几次了。"

"你还不是气呼呼地说:'红灯这等小事我也看得见!'"

"当然会生气啊!"

"但最后你翻脸大吼:'你很啰唆耶!'噼里啪啦就把驾照撕破了。我是怕万一啊,万一你漏看了红绿灯怎么办,所以才提醒的嘛。"

看这对结婚已经 36 年的好搭档唇枪舌剑你来我往,我也顾不得什么礼貌不礼貌的了,不禁捧腹大笑起来。

至于最重要的厕所,从门打开的那一刻我就了解,蜜琪女士不仅握有引进温水洗净式马桶的主导权而已。整间厕所以柔和的苔绿色系统一,非常有整体性,连墙上莫里斯(William Morris)设计的壁纸图案木刻版画……全是苔绿色的。我想,就算丸男先生个性仔细一板一眼,要他做到这么精致细微的搭配,应该也是件不太可能的事情。

"厕所里要有电话是我的主意,其他全是她的设计。我们家小事全由老婆一手包办,我只决定大事。但到现在大事一次也没发生过。"

丸男先生笑着回答。或许因为他也觉得这间厕所比其他地

为了让猫咪可以自由出入，开了一个没装玻璃的洞。

厕所旁边通往洗脸台和浴室的门

←43.9cm→

↑31cm↓

丸男先生说："我家有两间厕所。"
这是玩笑话，另一间指的是猫用
厕所。

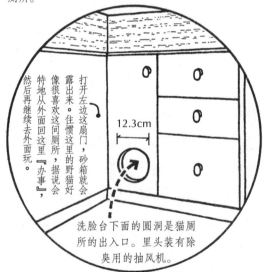

打开左边这扇门，砂箱就会
露出来。住惯这里的野猫好
像很喜欢这间厕所，据说会
特地从外面回这里『办事』，
然后再继续去外面玩。

12.3cm

洗脸台下面的圆洞是猫厕
所的出入口。里头装有除
臭用的抽风机。

方的都来得舒适，听说一天至少要进去上五次大号。

"我得了慢性下痢，一年大概只有两三次的大便是固体的。所以一遇到这种情况，我就会叫老婆：'喂！这次是成条的，快来看！'她总是很生气：'谁要看那种东西啊！'其实我只是想让她了解一下老公的健康状态嘛。"

一定要请他用理论来好好说明这种想让喜欢的人看自己大便的幼儿心态，不过还是另找机会吧，今天暂且放过。

"厕所里一本书也没有？"

"每次都会抱着一大堆数据进去呢。刚刚也抱了五本。在必要的地方夹上书签，打电话联络，边查看记事本边调整时间表。因此记事本也一定会带进去。"

厕所简直像书房的延伸。他也让我参观了书房。依照项目编列索引的档案夹成排摆在架上，各领域的相关资料或文献之充实程度不逊于报社的资料室。不擅长整理的我环视这间功能强又实用的书房，突然一阵晕眩，好像要昏倒了。

这时蜜琪女士又开口了：

"这是他的兴趣呢。我说，整理可是非常花时间的，真像在做傻事。不过话说回来，想知道的事情他都能马上答出来，我也是受益不少呢。"

书房里有两张一样的椅子。

"曾经在我去厕所的时候，猫咪跑进来睡到椅子上。把它叫醒的话很可怜，这时我就会去坐另一张椅子。"

盐田家并不是以人为中心在过日子，而是秉持着"猫本主义"来生活呢。

真是个流露出愉快气氛的家庭啊。

建筑师
藤森照信 篇

星期天的午后，我拜访了在"东京建筑侦探团"及"路上观察学会"中熟识的藤森照信先生府上。

穿着凉鞋的藤森先生到东京郊外的国分寺车站来接我。从车站走到他们家只要十二三分钟。

从商店街拐进去，走进一条没什么车子的小路，再从竹林旁边出来。旁边有条干净的小河。感觉还留存着武藏野的自然风貌，让人不禁心生缅怀之情。

"夏天这附近会有萤火虫飞来飞去喔！"

这条他常走的路可不是寻常道路。会穿过人家的前庭，一边对着在温室前工作的农家妇人说"您好"，一边继续往前。

"那里就是我家。本来应该是从那边进来才对。"

好不容易才从邻家围墙的空隙中钻进藤森家的庭院。庭院里草长得非常茂盛。在掘土挖洞积水而成的小池子旁，有个少年正捏着泥巴。池子好像是他挖的。少年害羞地说着"您好"，迎向我们。这是藤森家的长男高史君，小学一年级。

他们一家人都到玄关来打招呼。

夫人美知子说："长女文乃参加高中的登山社，今天去爬山不在。这是次女百势，小学六年级，11 岁。三女若菜则是快满五岁了。"

藤森家是 13 年前盖的，看起来好像用货柜组成的房子。

"这是朋友开发的组合式住宅，当时每坪只要 20 万元左右，是最便宜的了。我格外喜欢这种'箱子'，一点也不像是房子。"

"如果要重新改建的话？"

"我不喜欢半调子的房子，很有家庭气氛那种不错呢。我正在考虑，到底是要让我评价很高的建筑师来彻底改建呢？还是像现在这种没特色的箱子就好？"

对建筑内行的藤森先生当然有很多建筑师朋友。他会想拜托谁，我很感兴趣，但却不敢问。

"你会不表达居住者的要求而完全委托建筑师一手包办吗？"

"自己的要求是一定会表达的，但说了他们一定也听不进去，这我可清楚得很。我的好友正在找可以让他们放手大干一场的业主呢！"

他愉快地笑着说出这番话，我也不禁笑了起来。因为脑海

◀ 藤森先生喜欢的场所。说不定会有男性羡慕他能在自宅里头保有一块这样的地方。但是对女性来说这或许很难理解吧。

或许因为家里女性较多，马桶盖是放下来的。墙上挂着一幅高史君的画。听说曾经是家里的墙壁全被他的画给淹没了。

这里……
边看星星边在

白墙上有灰色线条。地板是贴木皮。

可以洗涤的美丽刺绣马桶套。听说是夫人住神户的母亲送的礼物。

高史君的画

"这里有什么特别设计吗？""很可惜，没什么有趣的机关。隔壁是浴室，所以墙壁这儿装着热水器，这只是维修保养用的出入口罢了。"

庭院里有石榴、柚子、奇异果、橐吾、束子、满天星等。内院有长野县移植来的白桦随风摇曳。

里浮现了几副想法激进的建筑师的面孔。

若谈到住家，有一点藤森先生是一定会坚持的，那就是不要围墙，而且庭园里的花草树木要让它们尽可能地自然生长。

的确，这里没有围墙也没有门，五十坪左右的庭院里杂草丛生，树木没有经过修剪或矫正姿态，全都以藤森家的"自由造型"茂盛地生长着。

"虽说家里有间起码可用的厕所，但如果要正式介绍我的厕所生活，得从外面说起。庭院的树丛这儿就是了。"

"咦？"

他对吃惊的我笑着说：

"不在这里上大号啦。但是在这儿小便最有解放感，最舒畅了。每次回家时都已经将近深夜了，进家门前在这儿一边仰望星空，一边悠哉游哉地小解。在屋内的厕所就没办法这样了，对不对？多少得注意往下看嘛。还是户外好。"

"那么，确保一个既不造成他人困扰、又能安心站着小便的环境，也成了盖房子时的重要考虑？"

"没错。所以，才会选在国分寺这个城市啊。"

不知是否因为从小就有崇尚自然的倾向，说到上厕所，藤森先生比较注重小号，而且相当执著于站着小便。

"其实，我曾想创造一个'可以站着小便的市镇'，就像有人的目标是'绿色市镇'。然后写成标语来大肆宣传，只不过呢，大都市里实在没有空间可以让每个人都站着小便，所以也只是一阵空想罢了。"

这个出人意表的话题连我也不禁有点儿退却。重新调整心情后，请教这位走遍日本的"建筑侦探"有没有看过令他满意的厕所？

"会令我感动的厕所，很可惜，实在很少呢。说起来，我觉得很多厕所都只被当成建筑的附属部分，并没有很用心去设计。虽然也看过让人觉得还蛮有意思的厕所，但总觉得还是少了些什么。我喜欢那种功能性强、看起来有点呆呆笨笨的造型。过于雅致的反而会让我定不下心。"

因此他所推荐的厕所是东京增上寺大门前的地下公共厕所，但现在已经拆除了；还有丸之内地区的"丸大楼"里造型大方的厕所，以及位于国立市的一桥大学的男厕所等等。

"一桥大学很近，要不要去瞧瞧？"

于是在"建筑侦探团"团长的率领下，马上展开厕所之旅。

一桥大学的厕所

听说是 1927 年（昭和二年）建造的。比我还要大三岁。怀着对前辈的敬意入内。厕所里到处贴满了社团活动或招募社员的海报。

藤森先生赞不绝口："前面很宽敞，令人心情舒畅，白色的大理石隔间也很不错吧。"

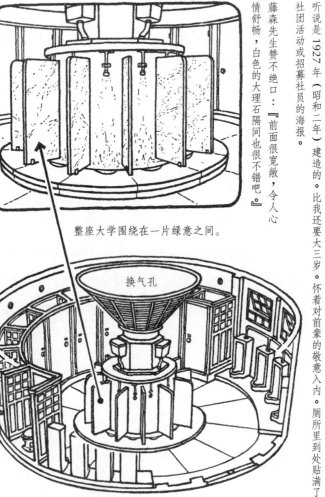

整座大学围绕在一片绿意之间。

换气孔

从校园就能清楚看出圆形的外观，进到里面一看，正如藤森先生所推荐的，"是间造型坚固有力又具机能之美的厕所"，完全可以理解。上大号的厕所有十间，其中一间是西式的。中间的小便池有 14 个，周围有 8 个。

演员
三木则平篇

　　三木则平先生在当演员前曾是舞台美术设计，我知道这件事的时候吓了一大跳。我的本业也是舞台美术设计，所以则平先生就成了我的前辈。怪不得他对舞台布景的要求非常具体。

　　"从昭和十六年（1941）到终战的昭和二十年的短短时间而已，称不上舞台美术设计家啦。"

　　最近不只演戏，也接了不少剧场导演的工作呢。

　　"我不算什么导演啦，只是爱演戏罢了。我演戏也蛮久了，就根据自己的经验提供一些建议啰。对了，你今天是为了窥视厕所而来的吧。我家厕所有七间，不过没什么特别有趣的喔。会有这么多间，是因为我家盖在悬崖边，玄关进去的地方不是一楼。而哪里算二楼哪里算三楼也搞不清楚——不管到哪个房间都得上下楼梯呢，因此在每个房间附近都盖了厕所。玄关旁的是客人专用，上了楼梯走到尽头是我的练习室，那里有两间。其他还有我们家妈妈的、女儿的、儿子夫妇的。除了自己的厕所之外，其他的我也没进去过，不晓得里头什么情形。全部都看看吧！"

则平先生会不会在厕所里读剧本，或想些与演出相关的事情呢？

"我不在厕所里读报纸，也不抽烟。因为我速度很快，不会在那种地方待太久。"

剧场后台的厕所通常只有一两间，有没有什么互让的规矩或默契呢？

"大约在开演了三天之后，演员差不多能掌握彼此的规律了，所以不会撞一起。每个人的出场时间不同，各自决定上厕所或吃饭的时间。不像一般公司，一到中午大家就都吃饭去，因此不管上厕所或洗澡，大家都能协调得很好。以前澡堂也不分男女，大家都在同一个地方洗。后台的澡堂不能泡澡，因为脸上的妆会糊掉，只能淋浴。在浅草附近也是，戏一演完，喊声'辛苦了！'大家便哗地涌进澡堂。虽说是吃同一锅饭的伙伴，但连洗澡都在同一个澡堂，那感觉就像家人一样。但是现在，公演时才会聚到一块儿，不方便说的话也要说清楚。例如对跟在女演员旁打点的阿姨说：'那孩子好像生理期来了，请帮忙多注意些。'这种时候很多说不出口的事，就请旁边的人帮忙一下。长时间相处下来，遇到这种时候大概都会知道。妆也会比平常来得浓些。还有，如果新人因为紧张而有点生硬时，

则平先生专用的厕所和浴室

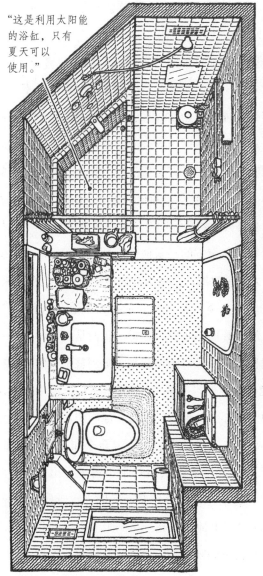

"这是利用太阳能的浴缸，只有夏天可以使用。"

『从瓷砖开始全部采用蓝色系，这是则平先生偏好的颜色吗？』『不是，我完全没要求，所以跟我的喜好没关系呢。改建这里的时候，我正好长期出外景不在家，回来一看，就已经是这样了。不管厕所是什么样子我都无所谓。如果非得用自己喜欢的厕所，那就无法从事电影或舞台工作呢。』

我便会问她'要不要上个厕所?'去过就会变得比较稳定。"

有没有哪出戏里头是有厕所的?

"前阵子在俳优座剧场演出的《妖怪大杂院的盛开季节》里,舞台上就出现了厕所。这部戏是明治维新时期的故事。被官兵追捕的幕府侍卫逃到大杂院躲进公共厕所里头,进进出出的。厕所呢,通常在说体面话的场合不会提,只有聊真心话时才会说说,不是吗?所以一旦有厕所出现,就会让严肃紧张的情境也变得滑稽了。对了对了,以前演过一出彻底用厕所来表现的戏呢。我和森繁久弥君合演的《佐渡岛他吉的一生》,是从第一次世界大战期间在南方的马来西亚当捆工、回国后在大阪当人力车夫的真人真事改编,但这出戏的主要场景设定在茅厕。森繁君演他吉,我则是受他托付留守的友人。他吉迟迟不归,我正觉得无聊,忽然看见一瓶酒,心想'我们是朋友嘛,喝一点应该没关系吧!'就一口口啜将起来。喝到整个人醉得摇摇晃晃,突然发现整瓶酒快被我喝光了。'糟了!'便用厕所洗手的水灌到和原来一样多。他吉回来后,晚上想小酌一番,结果,'这酒怎么喝起来像掺了水啊!'观众全知道怎么回事,当然就觉得好笑。还有,他吉从茅厕小小窗子探出头来,叫住正要回家的我,那模样也好笑得紧。我因为重听便走近他,'啥?'他说了句:'那里地很滑喔!'结果醉醺醺的我脚步不稳滑了一大跤,脸就正好跌在掏粪口上。真脏啊!所以那出戏被叫作臭气熏天的戏。"

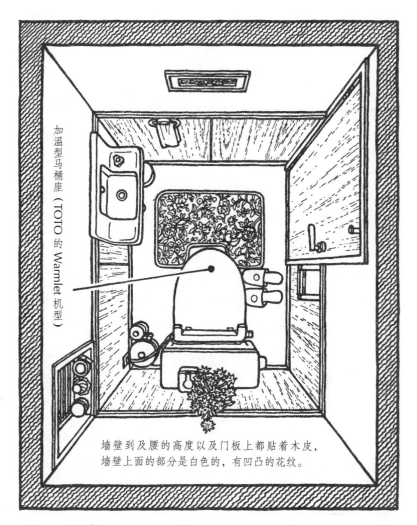

加温型马桶座（TOTO 的 Warmlet 机型）

墙壁到及腰的高度以及门板上都贴着木皮，
墙壁上面的部分是白色的，有凹凸的花纹。

夫人的厕所

马桶和洗手台是酒红色的，毛巾、拖鞋、踏垫也全都与之搭配。则平先生笑说："我是第一次看到这里头的样子呢。"

　　因为拍戏而出游的机会也不少吧。有没有令您印象深刻的厕所？

　　"应该属四国宇和岛的某旅馆吧。一栋四层楼的建筑。进到厕所里，下头的洞好像直通到很远的地方。的确大出来了，但却没有任何回应就掉下去了。只有从下面吹来的风轻抚着屁股而已，总觉得毛毛的。"

　　在最近上映的《黑雨》中，则平先生也参与了演出。电影在冈山县的山里拍摄，从导演今村昌平以降，全体同人全都驻扎当地拍外景。他也告诉我当时关于厕所的二三事。

　　"在连旅馆都没有的地方住了三个月。住的是露营地里的平房，没厕所。要去厕所得往山上走个十分钟左右。实在很麻烦，便想在树林里解决。没办法，只好自己就近做一个。平房里有洗脸台，我从窗户往悬崖下一看，废水从排水管慢慢流进一条小溪。我把那水流引到旁边，挖了个过道，再把石头排在两边，这样就可以蹲下来了。完事后再到上面让洗脸台的水哗地冲下来，过不久就看见自己的大便冲走了。看到那个，不免想到和原始形态的'厕'（kawaya）很接近呢。对了对了，厕所有人称为'厕'，也有'惮'（habakari）、'雪隐''后架''化妆室'等多种说法。虽然大家都受其恩惠，但在人前还是想把厕所给藏起来，所以才有种种隐喻。即使到现在，女学生或百货公司售货小姐都还会用暗号来表示厕所吧。但暗语也是随时在变换的。正因为隐讳，知道的人一多马上又创造出新的了。到底有多少种呢？总有三四十种吧！"

接着又谈到剧场的厕所。

"最近女用厕所增加了呢。也有些剧场翻新厕所。从厕所的转变可以看出观众层的变化。透过厕所看到的事情可都是八九不离十喔。"

我终于了解"涂白脸的英俊小生不能谈厕所话题"的说法了。

"因为从厕所引发的种种谈话内容就能看穿一个人。绝对是如假包换的真心话，很有趣吧！"

脱线篇
水蚤大骚动

最近总觉得眼睛刺痛，但不是因为老花眼度数增加，而是这两个半月来迷上用显微镜看水蚤所致。上回到坂田明先生家参观厕所，要来水蚤之后每天观察，把自己搞得狼狈不堪。

水蚤是一种被当成鱼饲料的浮游生物。

"你为了成就大事，而被人拖下水去干坏事呢。"

坂田先生嘴里虽这么说，我知道他内心其实得意得很。不仅如此，我还被他怂恿去买了一台贵得令人咋舌的显微镜。水蚤就算长大成形，长度也不足二厘米，肉眼看不到，所以显微镜就成了必需品。

我问坂田先生：

"买哪种显微镜比较好？"

"嗯，最近我也想买台好的双眼呢。如果要买，就买卤素光源的双眼显微镜吧。"

听他轻轻松松就说出"双眼",其实他好像不太了解行情。翻翻目录,发现最便宜的也要日币二十几万。而我属意的是那种双眼机种再加上有相机、附接头的,一算下来将近六十万。

我拨电话向店家询问。

"机种的选择视观察对象而定,不知您是要观察什么?"

电话那头听到"水蚤",忽地没了声音,我知道对方正死命忍住不让自己笑出来。

"咱们就来个'水蚤篇'吧!"

听花田编辑长这么说的时候,我以为他是同情我买了台超贵的显微镜才有此提案。

"不,而是有好几位读者寄明信片来问那些水蚤后来到底怎么养,所以我觉得这正是个好时机呢。"

因此,才有这回打着"脱线篇"名号的"水蚤大骚动"。

从坂田先生那儿要来的是他从荒川的水池捞回来的野生水蚤。我有点担心它们是否能适应在大厦 10 楼阳台的生活,但还是照着坂田先生写给我的处方来制造水槽的水。

其中最重要的是绝对不能用刚从水龙头流出的水。得先将水搁两天左右,然后放进十来根稻草,再摆个两三天让它产生有机物,好让水蚤有养分可以摄取。

从坂田先生那儿要来的水蚤有三种:栖息在河川、沼泽等淡水区域的丑女水蚤、剑水蚤(Cyclopsstrenuus Fischer)和长须剑水蚤(Copepodite of Calanoida)。名字怪怪的丑女水蚤

这和以往在学校用的显微镜完全不一样，真是太棒了！也因为实在太高兴了，什么东西我都拿来放镜头下看。用显微镜观察撒哈拉沙漠的沙子，更是美极了！

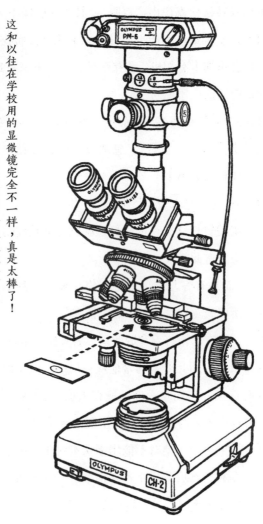

高 53.7cm

OLYMPUS CHS

内装 6V·20W 的卤素灯。物体观察起来非常清晰。

（Okamemizinko，Okame 在日文中意为塌鼻高颧的丑女人）学名是"Simocephalus vetulus"，物如其名，表情相当有趣。

我将三种水蚤从水槽里一只只移入瓶中，再贴上标记着号码的贴纸，一长列排在阳台上。号码由 1 至 14，要是每天观察，那写《窥视厕所》的时间就……心里冒出一股不祥的预感，但也只能硬着头皮继续了。

首先，以显微镜替每只水蚤做健康检查。我用玻璃滴管将水蚤一只只放到玻璃片上。水若滴太多，水蚤就会游来游去绕圈圈儿，很容易跑出镜头视野之外。水抽干的话水蚤不能动，这样虽然便于观察，但它们好像很痛苦。觉得那样它们太可怜了，所以尽可能缩短时间，赶紧把它们放回瓶子里去。

水蚤的身体是透明的，所以好像用 X 光透视一般，心脏的跳动、肠子里的大便全看得一清二楚。特别是心脏剧烈跳动的样子看起来有种神秘气息。比起我每分钟 78 下的脉搏，它们可是快得多了。

我计算各"样本"的心跳数，理所当然，有个别差异存在。刚出生的丑女水蚤心跳约每分钟 338 下，真快。"成年年轻女性"约 275 下。抱着很多卵的母亲约 230 下，快的也有到 256 下的。已经生过很多胎的"年长女性"，则慢到 210 左右。

很有趣的是，水蚤和人类的状况很类似。人类新生儿的心跳数在 130 至 140 之间；五六岁的孩童是 100 左右；成人则因年龄的变化，从 60 到 80 下不等。

显微镜下的丑女水蚤

体型及表情会随着各个成长阶段而有不同，所以我总离不开显微镜。

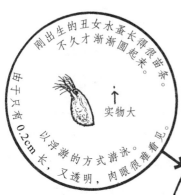

刚出生的丑女水蚤长得很苗条。不久才渐渐圆起来。

↑ 实物大

以浮游的方式游泳。

由于只有 0.2cm 长，又透明，肉眼很难看见。

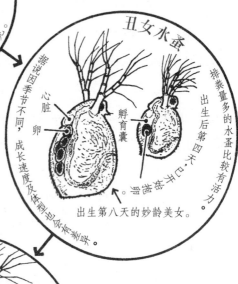

丑女水蚤

听说因季节不同，成长速度及体型也会有所差异。

心脏
卵

孵育囊

排粪量多的水蚤比较有活力。

出生后第四天，已生出宝宝。

出生第八天的妙龄美女。

当我发现有玻璃粉般闪耀的微粒在浮游时，兴奋地大叫："生了生了！"要家人赶紧来看，可是大家一脸不耐烦，懒得搭理我。

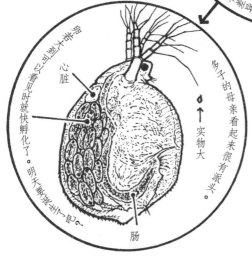

卵很大，已经可以看见时就快孵化了。明天可要早点一起床。

心脏

肠

多子的母亲看起来很有派头。

♀ ↑ 实物大

弃工作于不顾，每天从半夜盯着显微镜看到天亮，真糟。而且还眼睛充血通红，叽叽咕咕对水蚤叮咛着"很健康呢，老妈。要多生点啊！"这副德行可不想给人看到。

为了拍摄水蚤，最后还是买了显微镜用 VTR 相机。

　　光是为了调查水蚤的心跳数就花掉我半天时间。本来就过着每天被时间追着跑的日子了，却又干起这档子傻事，真有点后悔。事实上，每天持续记载的观察日记页数日益增多，数量已经颇为可观。

　　若将这些记录全部公开，专栏名称恐怕得改为"水蚤日记"了。这当然不成，所以我将范围缩小，只写一只健康的丑女水蚤。

　　我之所以选择丑女水蚤，是因为在水蚤中它繁殖力最强、生命周期最短，比较容易观察到生命循环繁衍的情形。

　　据说丑女水蚤出生三四天后即可当妈妈，约六天就会死亡。它的一生真是如此短暂吗？而一只水蚤可以繁殖多少子孙呢？世代交替的周期又是多长呢？

　　坂田先生说他也希望能了解这些事情。水蚤好像还有许多未为人知的部分有待揭晓。

　　我从水槽中捞起一只看起来健康且有孕的水蚤，放在显微镜下一看，孵育囊中有八只已孵化的小水蚤动来动去。不久，有只健康宝宝从腹中跳出来，我决定就来观察这第一只吧，于是赶紧用玻璃滴管把它放入瓶中，贴上写着"A"的标签，让它独居一瓶。

　　鱼类无论大小，若不将雌雄放在一起就繁殖不出第二代，但水蚤是单性繁殖，所以没有所谓的"雄性"。听到坂田先生这么说的时候我不禁惊叫出声。他一脸要安慰我的表情，又说了：

"也不尽然是那样啦。必要时也会有雄性出现。譬如河水干枯或水质恶化啦，环境不佳的时候就会生出雄性。只有在这时候会行两性生殖，然后生出所谓的休眠卵来。这种特别的卵有硬壳保护，因此就算池水干枯也不会死掉，可以静待孵化时机来临。即使遇到艳阳高照、缺水一整年，也能毫无问题地休眠，直到水量增加，环境好转，这时休眠卵就会孵化出下一代了。也就是说，当生命延续有中断的危机时，雄性就会出现。"

原来除此之外都不需要雄性啊。知道这真相虽让人有点沮丧，但还是劝勉鼓励自己要多多加油。

原只是一个小点点的Ａ日益成长，到了第四天约有一毫米，这时可以看见孵育囊中有些黑色小粒，那就是卵。隔天用

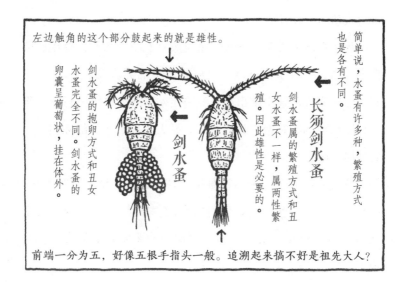

左边触角的这个部分鼓起来的就是雄性。

剑水蚤的抱卵方式和丑女水蚤完全不同。剑水蚤的卵囊呈葡萄状，挂在体外。

剑水蚤

长须剑水蚤

剑水蚤属的繁殖方式和丑女水蚤不一样，属两性繁殖。因此雄性是必要的。

简单说，水蚤有许多种，繁殖方式也是各有不同。

前端一分为五，好像五根手指头一般。追溯起来搞不好是祖先大人？

显微镜看看，发现又增加了十几个，看起来蛮像鱼子酱的。

第六天早上，看到瓶子里面有碎玻璃般的闪耀光点游来游去。小娃娃诞生了！它们实在太小了，没办法细数。我想等它们长大一点，就将 A 移到别的瓶子。主要是怕它们也长成亭亭玉立的女性后，我会分不清哪只是 A。

第八天，看到 A 的瓶中又冒出一堆在泅泳的小娃儿，吃了一惊。原本以为丑女水蚤只生一胎，然后就世代交替死掉了，没想到不是这样。它不仅生了好几次，而且卵的数目还愈生愈多。当我知道这回事，目光更是离不开这些水蚤了。

每天看着这些水蚤，感觉 A 好像变成一位稳重可信赖的母亲了。当我每天早、中、晚去看 A 的时候，就会自然而然跟它打招呼："您好不好啊？老妈！"结果就这么给它取名为"老妈"。

事实上，它抱卵、卵在孵育囊中孵化、然后分娩的过程不知重复几次了。最近我又把它移到新的瓶子里，而有它的第二代在游来游去的瓶子已经排着四个了。而且最早生的那些孩子也生了小孩，"老妈"的孙子可是越来越多。

数量无限增加称为"鼠算"[1]，我想应该叫"水蚤算"才对。说得更精确些，或许该称为"丑女水蚤算"。因为比起剑

---

[1] 鼠算是日本发展出来的一种等比级数的计算问题。假设一对老鼠一个月生 12 只小老鼠，第二个月老鼠及其第二代又各自生出 12 只小老鼠，如此重复一年，最后会有几只老鼠？

水蚤，丑女水蚤的繁殖力异常惊人。为何它的繁殖力比其他水蚤来得强？我推测，可能是丑女水蚤不像剑水蚤是咻—咻—地游，身手敏捷得很，而是在水中慢慢浮游，所以相对地处境也比较危险。以它们为食的鱼儿只要嘴巴一张一合，就可以把它们连水一起吸到肚子里了。丑女水蚤简直像生来当别人食物的，因此，为了摆脱这种命运、留下子孙，必得大量繁殖。若非如此，生命就无法延续了。我从瓶里一点一点的丑女水蚤身上明白了食物链和生命延续的因果关系，因此我不断为它声援："加油啊！老妈！"

到了第11天，"老妈"还在生。到底它会生几只？又会生到什么时候？它的寿命比之前听说的六天可是长太多了。坂田先生也相当吃惊，特地跑来探望"老妈"。

第12天，和"老妈"同时出生、取名为"Kameko"的水蚤死掉了。果然还是有个别差异。Kameko和脱褪的壳一起沉到瓶底，不久就溶解归于水了。

看到这个，突然想起鸟取大学平野茂博教授的研究：从蟹壳萃取甲壳素，制成手术用的缝线。这种线会溶于体内，因此手术后不必拆线。这项划时代的发明进一步还可运用到隐形眼镜、人造血管、治癌剂等医疗用品上。

水蚤也是甲壳类，和蟹虾属同类。它们从太古时代如此不断繁衍至今，实在厉害。

为探望水蚤母子来到舍下的坂田先生，看到并列的瓶子相当吃惊：

"这些全是由一只生出来的吗？"

一脸感动的样子。

为了确认至今到底生了几只，决定动手数数看。

说到计算的方法，也只能用玻璃滴管将瓶中的水一点一点吸上来，滴到小碟子中，然后数清楚在里头游来游去的水蚤，再移到别的瓶子。要计算这些肉眼不易看清楚的透明家伙，实在是个大工程。

数着数着忍不住喊道："咦！真的吗？"居然有81只。我忽然想到，会不会是"老妈"一生下第二代就被移到新瓶子里，它以为孩子不见了，所以才一直拼命生下去呢？

它在第18天又产下31只小水蚤。

令人讶异的是，第20天又生了。从显微镜可以看到孵育囊里还有一只没出来。这个爱撒娇的小鬼虽然触角都已经长出来了，却还在孵育囊里游来游去，好像把那儿当成水槽了。宽大的"老妈"对这个伤脑筋的孩子只有苦笑的份儿，似乎打算让它玩个够。等到半夜再看，发现"老妈"终于一身轻了。

翌日，也就是第21天的早晨，看不到"老妈"的身影，凝目注视瓶底，发现它躺在那里。心脏已经停止跳动，死了。终究还是死了。有几个朋友曾经来家里通过显微镜探望"老妈"，我一一通知他们"老妈"的死讯，然后将"老妈"的遗体移到新的玻璃器皿来为它守夜。

　　"老妈"最后又产下 36 只小水蚤,总计它一辈子共生了 148 只。

　　坂田先生以传真送来吊唁文:"老妈你真伟大! 很努力了呢! "

　　十几天后,玻璃器皿里"老妈"的遗体开始在水中溶化。自水而生的它,就此又回归水中。

评论家
田原总一郎
篇

我边看地图边找田原先生的家，眼前出现一栋连屋顶都是白色、有如大型花式蛋糕的房子。正觉得有趣想把它拍下来，才发现门前挂着"田原"的门牌。

咦？那位田原先生的家，就是这栋白屋子吗？

说什么我也无法将他的形象和这栋房子连在一起。我满腹狐疑"？？？"地按下门铃。

我很想知道他为何会住在这栋白屋子里，待会儿一定要问问。

不过，最重要的还是他的厕所。听说他除了自家厕所外，绝对不上别的厕所。因此就算到外县市演讲，也一定当天赶回家。

"此事当真？"

"嗯，这有点难以说明哪。"

那位在电视上以犀利的谈吐逼问对方的田原先生，现在居然一副有难言之隐的样子，这可一定要他告诉我们真相。

"其实，对我而言，有'好厕所'和'坏厕所'之分。一般这么说的时候，通常指的是马桶的形状。我却不是，所谓的好厕所是跟马桶盖有关。"

"马桶盖？就是马桶座上的那个盖子？"

"嗯，就是盖子的形状。我有一种怪癖，如果不是看了觉得'对！就是这种'的就不行。因为我消化系统不太好。"

消化器官和马桶盖到底有什么关系？实在搞不懂。

"我曾经得过溃疡性大肠炎，所以很注意肠子的状况。此外，痔疮会流血，而又因为很在意这个，结果就导致便秘。有一次无意间坐在马桶盖上，发现如此大便很舒服。"

为了田原先生的名誉特此补充：他并非在马桶盖上大便，而是坐在上面直等到便意来了才赶紧掀开盖子办事。

"自从我摸索出这个方法以来，身体状况逐渐好转。在那之前失眠很严重，常常得服用安眠药。"

田原先生的工作压力确实很大。坐马桶盖上很像在厕所内进行禅坐，为保持良好的精神状态，这种仪式确实有其必要。

"是啊。因为一直都坐自家马桶，结果就变成非那个马桶盖办不了事。若弧度或硬度有点差异，屁股就要抗议了。就算是我家二楼厕所，就只因为马桶盖稍宽了些，我就从来不用。"

"差别那么大吗？"

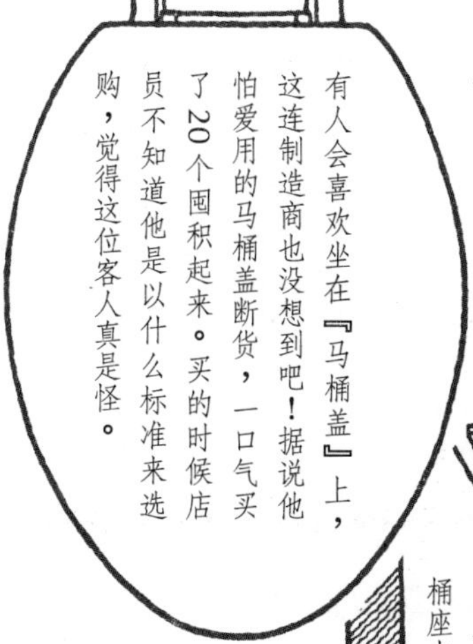

有人会喜欢坐在『马桶盖』上，这连制造商也没想到吧！据说他怕爱用的马桶盖断货，一口气买了20个囤积起来。买的时候店员不知道他是以什么标准来选购，觉得这位客人真是怪。

◀ 田原先生对马桶盖忠心耿耿，为对此表达敬意，左图是将盖子直接放在纸上，如同拓印般地画出形状，再依比率缩小的。

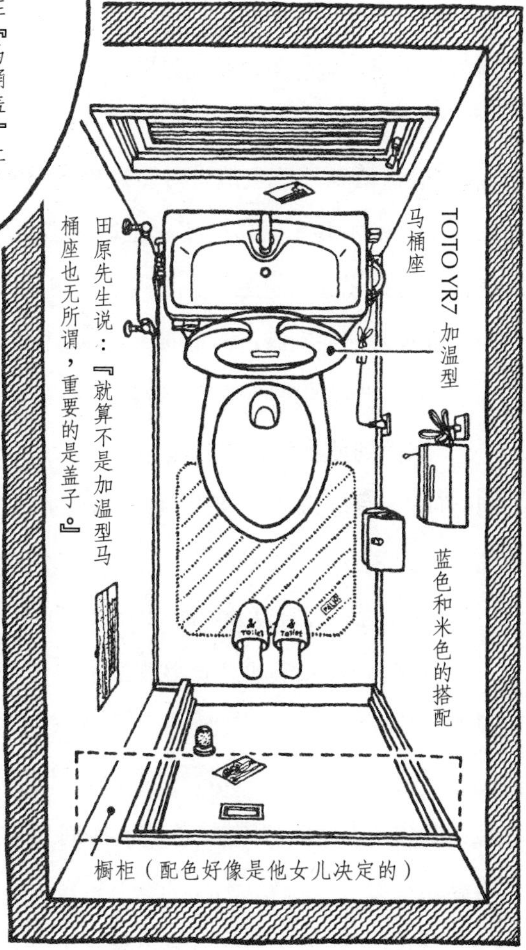

马桶座

TOTO YR7 加温型

蓝色和米色的搭配

田原先生说：『就算不是加温型马桶座也无所谓，重要的是盖子。』

原来每个马桶盖都有这么大的差异，以前我完全不知道。田原先生一脸认真地说：『就算是同一型的马桶盖，厚度及弧度也会有微妙的差异。要找到合适的可得千中选一』据说臀部是人体各部位中神经较迟钝的地方，看来田原先生的屁股可是特别敏感。听了这个他从未向人提起的秘辛怪癖，虽然觉得失礼，还是忍不住笑出来。

橱柜（配色好像是他女儿决定的）

"有差别呢。对我而言，五六年前发售、两年前停产的TOTO牌是好马桶。起初要坐坐看才知好坏，现在一眼就看得出来。"

"您这样会不会太宠自己的屁股了？"

"可能吧。但与其勉强接受，不如允许自己屁股任性些。因为日子能过得舒服才是优先考虑。"

"如果当天无法回家，怎么办？"

"被邀请到外地去演讲时，我会告诉主办单位希望投宿哪家旅馆。日本各大城市的哪家旅馆的哪个房间OK，我大概都晓得。若是无法指定旅馆，那就自掏腰包搬去想住的旅馆的房间。就算是同一家旅馆，不同房间的马桶也会不一样呢。"

"如果指定的房间被捷足先登，怎么办？"

"那就到该旅馆的别馆地下室，三间公共厕所的最右边那间。反正不管到哪里都要找到最合适的马桶盖，所以我已经搜集了不少这类信息了。"

"这么说，您是打开厕所门一间一间确认啰？"

"是啊。说起来那真是形迹蛮可疑的，很容易被误会，若被人看到可就糟了。因此，我不喜欢投宿在陌生的地方，总希望赶紧回家，这就像习惯在熟悉的店里吃饭一般。一间旅馆能否让我安心投宿，跟它的床铺或房间气氛都无关，重点在马桶盖。"

"到国外就无法事先调查清楚了吧。若遇到那种情况，就只能要屁股多多忍耐了吗？"

"国外有许多付费厕所，每间马桶盖都完全不同，只要多找找，总会发现屁股说'行'的。"

"先不谈适合的马桶盖，如果到如厕概念完全不同的国家，怎么办呢？总不能忍耐几天不上厕所吧。"

"那就非带通便剂不可。如果硬要屁股忍耐，那十二指肠溃疡又会复发，拉出黑色血便来。最后就只得用强效通便剂了。总之，对排便之事费心是我唯一的健康管理方法。只要这部分做好，其他方面随便混乱些也没问题。"

"您什么时候上厕所？"

"早晚各一回。得坐个 30 分钟至 1 小时。正确地说，并非白天晚上去厕所，而是去的时候就是我的早上和晚上。例如那种通宵的现场直播，我会在节目开始前上个厕所，那时可能已经半夜了，但对我来说却是早上。等到节目结束可能已经快天亮了，但对我来说却是夜晚。工作结束，告诉屁股上个厕所后'就要睡觉啰'，那就意味着夜晚来了。也就是说，我只要上个厕所就能很容易地晨昏更换。"

"如果忙到早晚都分不清楚时，怎么办？"

"无所谓。这和实际的时刻无关，上厕所是依据生理时钟而定。因此就算人到国外，我也没有时差问题。"

坐在马桶盖上才能愉快舒适地过生活，那么，这种仪式确实是马虎不得。

"对我而言，厕所是一切的基础，所以若不能顺利进行，那我的生活、身体状况全都会跟着乱了步调。所以我还打算定做一个可以装着马桶盖的旅行箱。这种事听在人家耳朵里，会觉得真是蠢事一桩吧。"

田原先生有些不好意思地搔搔头。

因为他让自己的屁股享有这种怪癖，紧凑忙碌的工作与生活才得以顺遂进行。

告辞之际，我问了有关房子的事。

"连自己都奇怪怎么会住这种房子。最初也很不好意思，差不多有两个月我都从后门进出呢。"

听了他住进这白色房屋的理由，也就不以为怪了。原来是五年前因癌过世的夫人在治疗期间，和长女一起设计了这栋房子。

"以前住的房子比较昏暗，又听说风水不好，对此一直耿耿于怀。既然要盖新房子，那就盖得明亮些吧。于是随意乱加凸窗，甚至连屋瓦都特别定制白色的，结果弄得像童话屋。最后就变成这样了。"

据说夫人在此时得知自己罹患癌症。

仅从外观无法明白细委，家家都有本难念的经啊。

田原先生好像打算迟早要把这栋房子让给长女夫妇。

白色之屋

屋瓦、墙壁、门、围墙，全都是白色。

"可以画屋子的外观吗？""请。"取得田原先生的同意后，我将之描绘下来。

画家 田岛征三篇

画家田岛征三先生的简易冲洗式厕所非常有特色。一打开厕所的门，眼前的墙壁上用五颜六色的文字写着：

> 本厕所之物将作为农田的肥料。水分太多发酵就慢，所以请用少量水冲走即可。特别是女性总要将厕纸整个儿冲掉（那样得用掉一桶水），那些纸等下个人以小便冲走即可。（请用水冲走、将纸留下是很丢脸的想法吧。）小便时请勿用水。（为了农田里的蔬菜请多多合作。主人启）

所谓的主人，当然就是田岛征三先生，他为了边务农边创作，在 20 年前搬到东京西边的西多摩郡日之出町。

从市中心来此拜访感觉距离很远。从新宿换搭中央线、青梅线、武藏五日市线，到终点后还得叫出租车，车程 10 分钟。就算换车很顺利，也得花上两个半钟头。

"以往说起日之出町谁也不晓得，现在，'就 Ron，Yasu 会谈的地方啊？'[1] 大家都知道。"征三先生苦笑着说。

到此发现粪尿仍然很受珍视，一如往昔，忍不住扑哧笑出来。说到"水肥"，我们这一代会觉得很怀念，但现代的年轻人应该不知道那是什么吧。

"到我家来的人好像也都不知道。还亏我把字写那么大贴那儿呢。"

电视上曾播过"土地死了"的记录片。挖掘使用人或动物粪尿等有机肥的农地和施用无机化学肥的农地各一立方米，来比较两者的土壤。施有机肥的土一揉就成细粉状，使用化学肥料的土壤则硬得像水泥，弄都弄不碎。有机肥这边的土里有蚯蚓、昆虫等各种生物栖息，无机肥这边则没有任何生机，宛如死界。

由此可知"土地死了就再也无法复活"的事实。

征三先生之所以会执著于水肥、有机肥，应该是与"杀死土地就是毁掉地球"的想法有关吧！

"而且种出来的农作物完全不一样。施了水肥的蔬菜不但颜色鲜艳，也长得好。而说到料理，味道可以分为来自厨房的调味跟从田里得来的原味吧。韭菜的例子就很清楚。施下大量

---

[1] 1983 年美国总统里根赴日访问，与当时的总理大臣中曾根康弘在此会谈。Ron，Yasu 是取自他俩名字的简称。

发酵过的尿，韭菜味道会不一样。那是韭菜原有的臭味。"

这时候，喜代惠夫人的声音从厨房料理台那边传过来：

"不是臭味，是香味啦。"

征三先生接受她的抗议改了口。

"有很多人误以为有机肥就是将人粪洒在田里的蔬菜上，不是吗？"

"没错。虽然跟他们说不是直接浇上去，但有人只要是土里长出来的就不吃呢。他们只吃那种没沾着土、包装很漂亮的蔬菜。"

喜代惠夫人把炒豌豆、蟹肉炒蛋、肉派及炖煮蔬菜等等端上桌，非常丰盛。

"除了蟹肉是罐头的以外，其他全是自家产的。"

由于水肥的功效，菜真是好吃极了！

我问征三先生"自给率"如何？他不好意思地说：

"别说什么自给自足，大概只有 30% 左右吧！因此，什么'务农'的话我可不好意思说。以前还勉强可以说是，现在稻子也不种了，倒有点像因兴趣而动手的园艺，玩票性质啦。不过，这种小规模也有好处，可以认真地种、好好地吃、着着实实地拉，再回馈给大地。"

听来这家人好像是为了着着实实地拉才好好地吃一样。

"是这样没错啊。我们这一家和周边环境已经形成一条食物链了。田里种出的蔬菜分由家人及两条狗、16 只小鸡来吃。

家人及客人用的厕所

◀ 　一打开厕所的门，田岛征三先生的字就直逼眼前。文章的内容固然犀利，文字的气势更是慑人。或许他是害羞吧，说："没有啦，我没什么力量，只好靠画和文字来补其不足。这只是个很有力的请托而已啦。"

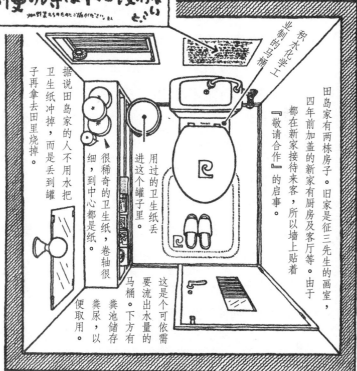

このトイレは畑の下肥につかいます。水があんまりタタイと発酵がおくれます。水はちょっとだけ流してください。牛寺に女'生はおしりをふいた糸氏が流れるまで水を使うようです糸氏は次の人の小便で流れます小便の時は水を使わない

据说田岛家的人不用水把卫生纸冲掉，而是丢到罐子再拿去田里烧掉。

很稀奇的卫生纸，卷轴很细，到中心都是纸。

用过的卫生纸丢进这个罐子里。

田岛家有两栋房子，旧家是征三先生的画室，四年前加盖的新家有厨房及客厅等。由于都在新家接待来客，所以墙上贴着『敬请合作』的启事。

这是个可依需要流出水量的马桶。下方有粪池储存粪尿，以便取用。

不能吃的菜渣就放到肥料屋作堆肥。最后拉出许多能做好肥料的好大便来。那是因为大家都很努力啊。"

我记得田岛家应该还有个成员才对啊，一只叫"阿静"的山羊。

"已经不在了。阿静还在的时候，乳制品全都是自家生产的。早晚各挤一次奶，大约有一升。不但全家五个人喝得饱饱的，而且还有剩，所以就做成酸奶或奶酪。想想那时候真是幸福啊。很想再养一只，可是草料不够。山羊的食量可是相当大呢。"

最近这一带建了很多房子，所以草地愈来愈少了。

"还有一件事情很麻烦，就是白天没办法施肥。简直像在干什么坏事一样，人家看到都会赏个卫生眼。所以只好白天在田里挖好几条深约三十厘米的沟渠，然后趁有月亮的晚上将水肥引到沟里，再掩上土。通常得在邻居熟睡的半夜动手，到凌晨4点多才能告一段落呢。"

据说一年得在田里埋三四次水肥。有机肥的效力较慢，但小便的养分却立竿见影，所以如何搭配使用相当重要。

"出外旅行时，觉得最浪费的就是小便。刚撒的尿实在干净，真想装桶带回家。家里那些尿根本不够用。"

以往我认为厕所只与排泄有关，但现在只要一进厕所，眼前每每就会浮起田岛征三先生的脸孔。

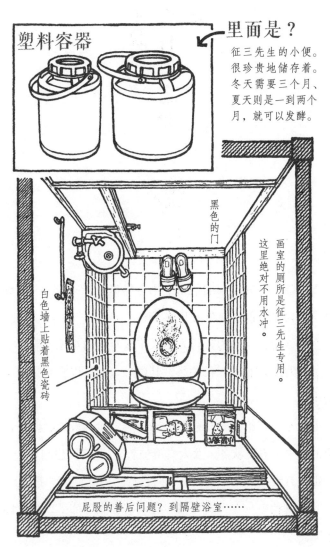

塑料容器

里面是？

征三先生的小便。很珍贵地储存着。冬天需要三个月、夏天则是一到两个月，就可以发酵。

黑色的门

画室的厕所是征三先生专用。

这里绝对不用水冲。

白色墙上贴着黑色瓷砖

屁股的善后问题？到隔壁浴室……

　　"尿渍加上不冲水，便形成这么严重的污垢。但想到这也算是自己的印迹，就不觉得讨厌了。"

小说家

吉行淳之介

篇

吉行淳之介先生家的信箱上用奇异笔写着"吉行·宫城"。
这种事，再怎么说也未免太开放了吧。

会这么说，是因为吉行先生二十多年前的小说《黑暗中的
节庆》描写了悲壮的三角关系，其中一人即是以宫城真理子女
士为本。

那本小说带给我非常强烈的恐惧感。尤其最近刚读完吉行
先生的新书《春夏秋冬·女人真可怕》，让我又回想起来。

走过有暖炉的客厅，我马上向吉行先生提起这件事。

"《春夏秋冬·女人真可怕》这书实在太恐怖了，简直像怪
谈集呢。"

"全都是事实哦。女人原本就很恐怖，你不觉得吗？"

"我倒没这种体会。可能是还没遇上女性恐怖的那一

面吧。"

"真的吗？我绝不相信世上有不怕女人的男人。除非是同性恋。如果能不怕，那就太轻松了，真好啊。"

看来连吉行先生也有点离题了，我赶紧提道：

"今天要谈的不是女人，而是为了看府上的厕所而来。"

"那就言归正传吧。我家有两间厕所，玄关旁边是传统的蹲式，洗澡间旁的是坐式。先看哪一个？"

"当然先看蹲式厕所啰。"

打开门时我忍不住暗叫："太棒了！"打这个连载开始以来，无论哪家都是坐式，一直没见过蹲式厕所。终于，在此遇见了梦幻的"蹲式"。

"为什么用蹲式厕所呢？"

"建这房子时我们都还年轻，因为常有长辈来访，想说有间他们用惯的蹲式厕所比较好。还有，当时我若不蹲下来膝盖用力，就会大不出来，所以每次都特地跑来这间上。不过，现在一蹲下去就站不起来，只使用坐式马桶了。"

看完两间厕所又听了说明后便返回客厅，接着就听吉行先生述说他对厕所的回忆。

"我们那时候一提厕所，不是想到'扑通'一声尿屎飞溅的情景，就是各种妖怪出没的传说。什么会有毛茸茸的手突然从下面伸出来摸人屁股之类的，真是恐怖啊。一直到了十几岁的时候，读完江户川乱步的书还会吓得不敢上厕所呢。但厕所是个不得不去的地方，只得赶紧完事好尽早离开。15 岁时得了肠炎，医治后肠胃好像强壮起来，可以大得很快。几年后，由于战败后粮食不足，肚子拉得很厉害，真惨。现代的人只知道吃太多会闹肚子，其实没东西吃营养失调也会。无论学校还是哪里，若不知道厕所在哪儿可是很危险的。但是，到处都客满呢。因为大家都一样肠胃衰弱啊。那时候我最大的希望就是有一间能上锁的厕所，可以一个人安心地上。"

我比吉行先生小六岁，也有类似体验，因此很了解他所说的事。

"22 岁时，我在目黑区的柿之木坂附近租房子住。从学校回家途中，出了车站步行约 15 分钟，会来到一块空地，上头长了一棵大松树。每次走到那边就会有便意，就蹲在松树根茂密处解决。慢慢地，一看到那棵树就想大便，变成反射性动作了。我很气自己养成这种怪毛病，有天晚上喝醉酒，便拿着锯子打算去锯断松树。但是锯子太小松树太粗大，反而只把自己给弄伤，铩羽而归。"

看来吉行先生的青春时代似乎和大便纠缠不清。不过，之后便转为和女人的恐怖纠缠了。

这栋屋子建于 21 年前，还留有那个时代的余韵。

"吉行先生对住房有什么特别要求吗？"

"完全没有。我当时抑郁症相当严重，哪管得了家的事，一切都委托给建筑师。宫城倒是这个那个要求了不少。这暖炉

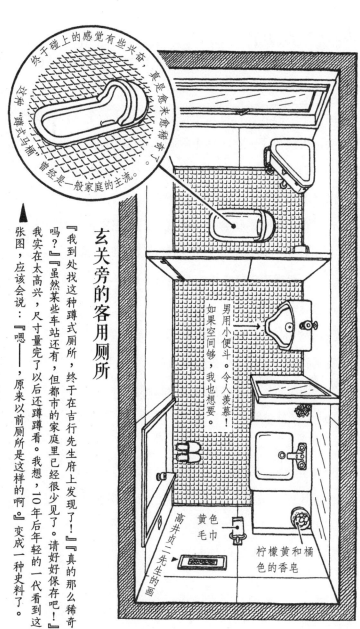

终于碰上的感觉有些兴奋，真是久违稀有了。

这种"蹲式马桶"曾经是一般家庭的主流。

家里到处都插着庭院摘来的花。虽然宫城真理子女士外出不在家，却随处可见她的品位与眼光。

男用小便斗。令人羡慕！如果空间够，我也想要。

色黄毛巾

柠檬黄和橘色的香皂

高井贞二先生的画

玄关旁的客用厕所

『我到处找这种蹲式厕所，终于在吉行先生府上发现了！』『真的那么稀奇吗？』『虽然某些车站还有，但都市的家庭已经很少见了。请好好保存吧！』我实在太高兴，尺寸量完了以后还蹲蹲看。我想，10年后年轻的一代看到这张图，应该会说：『嗯——，原来以前厕所是这样的啊。』变成一种史料了。

就是她要求特别设计的。"

宫城女士坚持要有暖炉，但目的不在冬天取暖或营造屋内的气氛。

据说有个下雨天，吉行先生在庭院里挖了一个洞，将自己的西装丢进去烧掉了。宫城女士看到他撑伞蹲着凝视火焰的背影，心头一阵战栗。如果在新居他依旧这么行径诡异那可糟了，所以要求建筑师一定得设置个暖炉。

直到现在，这种燃物癖仍没有戒掉。我想象在他内心的深处应该有些什么，而作家或许正刻画透露了那个部分。可是，面对吉行先生我说不出来这点，只能默不作声。

我很想看一看暖炉里的火焰。

"光看暖炉的外观不太能懂呢。得看看东西在烧的样子。"

一听到我如此说，吉行先生马上起火烧给我看。

确实是一座好暖炉。火焰美得让我感动。

"真是个好暖炉啊。原本来采访厕所，结果快变成采访暖炉啰。"

"不错吧。烧起来真痛快，有种清爽利落的感觉。垃圾自不用说，退还的稿子我也一并烧掉。已印成铅字的还可以，但我再也不想看到自己千辛万苦写出来的字。"

《春夏秋冬·女人真可怕》出书后，好像原稿也同样都烧掉了。

"烧得很旺呢。可能是因为里头怀有怨念吧，余烬到最后

吉行先生的私用厕所

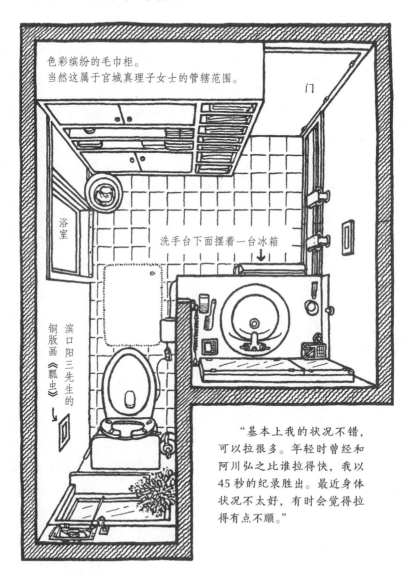

色彩缤纷的毛巾柜。
当然这属于宫城真理子女士的管辖范围。

门

浴室

洗手台下面摆着一台冰箱

滨口阳三先生的铜版画《瓢虫》

"基本上我的状况不错，可以拉很多。年轻时曾经和阿川弘之比谁拉得快，我以45秒的纪录胜出。最近身体状况不太好，有时会觉得拉得有点不顺。"

仍然红彤彤的。"

　　吉行先生说着说着，最后还是又转回女人真可怕的话题。

　　据说男孩子幼年期对性的兴趣是表现在自己的排泄物上，之后才转移到女性身上。我至今对厕所相关的事情仍旧兴趣盎然，一点也不明白女人的可怕，看来还没转成大人呢。

　　话虽如此，我可是真的很喜欢女人耶。

相扑教练
九重亲方 篇

我小时候正逢双叶山^[1]的全盛期，零用钱全花在买相扑力士卡片上头。

只要是与相扑有关的事我都想知道，连相扑发轫期的画作也看过。所以像土俵^[2]曾是四角形、之后才改圆形，或昭和六年前土俵直径是 13 尺（3.94 米）、以后 15 尺（4.55 米），我都如数家珍。

幼年时的我一直对某件事抱着"嗯，是这样吗？"的疑问，那就是"横纲^[3]大便完一定是随从替他擦屁股"。因为他们太胖了，自己的手够不到嘛！

---

[1] 双叶山定次（1912—1968）为相扑力士第 35 代横纲。优胜 12 次，69 次连胜纪录，至今无人能破。

[2] 土俵，相扑的竞技场。

[3] 横纲，相扑中最高等级的力士。

一见到九重亲方[1]，首先便想解开自小以来就有的疑惑。

"那是胡说八道啦。不过，我也听过那种谣言，入门时心里就想，若真有人要帮我擦屁股，那可讨厌了。结果根本没那回事。因为力士天天锻炼，身体比一般人还柔软，哪有可能够不到屁股。"

确实如此，上午我看他们练功，激烈得连地面都嘎吱作响。

千代富士休息时两腿直线劈开，"啪！"的一声屁股就着地了。换作是我的话，稍微拉开一点就会痛得大呼小叫。

"劈不开腿就没办法练功。踏四股[2]时要使腰力，将上半身提起来，一下一下确实地踏，所以很辛苦。腿劈不开大概踏不了 50 下吧。但腰力慢慢会增强，如果连这个基本动作都做不到，那什么也别谈了。"

"如此说来，为锻炼腰力，相扑部屋[3]的厕所都是蹲式的啰！"

"蹲式只有一个，是在靠近土俵的地方。那里之所以用蹲式，是因为练习以后全身沾满泥土，坐马桶上会搞得脏兮兮的。而全是坐式马桶的理由是，力士的膝盖经常会擦伤什么的，用蹲的伤口容易裂开。关节有毛病的时候蹲起来也很辛

---

[1] 相扑界的教练称为亲方，多由退休的力士担任。

[2] 踏四股是相扑的基本准备动作。两手放在膝上，两足交互伸起、踏下。

[3] 相扑的练习所。

苦呢。"

听说力士常会把马桶坐垮，确有此事。

当九重亲方还是横纲北富士的时候，到中国地区[1]比赛曾坐坏旅馆两个马桶。

"我才 132 公斤，和现在的力士比起来算体型小的。连我都会坐垮，那 230 多公斤的小锦不知已坐坏几个了呢。"

以往抽水马桶很少，几乎都是地底有粪坑的汲粪式便所。若铺的是木地板，听说上起来让人提心吊胆。

"有位名叫大内山的力士，真的踏破地板掉到粪坑里，还好他身高二米多，头还

山野凉风亲笔所写的招牌

有办法伸出才获救。要是普通人，大概早就淹死了。到外地去巡回比赛，通常会请投宿的旅馆补强地板，如果还是有点担心，就得两手伸开撑在墙面，别让身体重量全落到地板上，然后才小心翼翼地办事。在乡下旅馆或学校上厕所时真是挺恐怖的呢。不过，那种怕会踏破地板的感觉最近慢慢没了。"

看了九重部屋的力士厕所，马桶是白的，马桶座的颜色则有好几种。那是因为坏了就换，而买来的 20 个备用马桶座都用完了。

---

[1] 中国地区是指日本本州岛西端的鸟取、岛根、冈山、广岛、山口五县。

九重亲方府上的个人用厕所

トイレの神様

ウッサマミョウオウ
ナムシュリマリママリマリ
シュシリソワカ
オンクロダ
ラシャノウバクウン
ジャウンコク

七回える

（真理夫人亲笔写的）

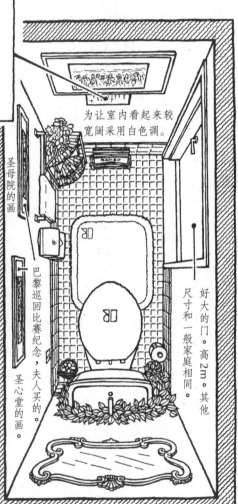

室内的色彩搭配及装潢等全由夫人真理女士打点，亲方完全不插手。

为让室内看起来较宽阔采用白色调。

圣母院的画

巴黎巡回比赛纪念，夫人买的。

圣心堂的画

好大的门。高2m。其他尺寸和一般家庭相同。

墙上贴了这么一张纸。问其原委，原来是『因为这个厕所的方位不好，就请教风水师父安部芳明先生，给了这篇咒文』。听说亲方每天在厕所都要念几次，请他念一下，马上『乌沙嬷缪欧乌——』非常流利地背出来。『真的很灵验，大便很通畅呢。』从里面传来夫人的声音：『你是开玩笑的吧！』亲方回答：『不，我很认真在念的呢。』

国技馆准备室的力士用马桶与一般马桶之比较

为了昭和五十九年（1974）新建的国技馆所开发的力士用马桶。九重部屋在这之前所建，没能赶得上。

（资料提供・东陶机器株式会社）

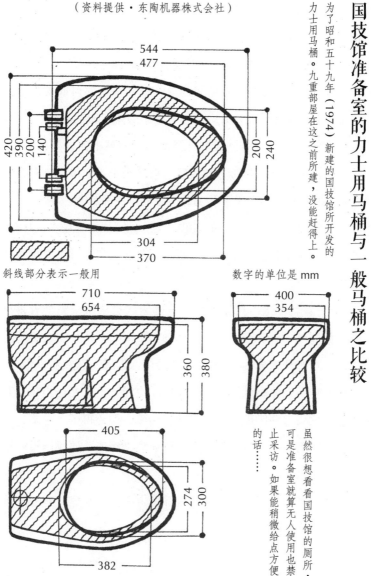

斜线部分表示一般用

数字的单位是 mm

虽然很想看看国技馆的厕所，可是准备室就算无人使用也禁止采访。如果能稍微给点方便的话……

九重部屋有 30 名力士，最小的 15 岁，平均年龄 18 岁，相当年轻。清晨 5 点半起床开始集体生活，和普通的社会生活相比颇有震撼力。看了一下吃饭的情景，食量真大！

"光吃不练的话会得糖尿病。吃饭和练习如何取得平衡是很重要的。并非胖就是好。必须有健康的体魄加上认真地练习。千代富士、北胜海两位横纲，要说是天才型不如说是努力型，是勤练加上天分。我对这群年轻人也这么说。如果对排名在后心有不甘，那就以坚持和努力让自己变得更强壮吧。"

从电视上看不出他们的肌肤之美。在国技馆现场看相扑时，被力士的肤质肤色吓了一跳。听说从肌肤的状态可以看出身体好坏。

"一看就知道。要紧绷发亮。健康状态从肌肤完全看得出来。认真练习的人肌肉的生长方式也不同。力士必须裸露身体，一旦晋升到幕内[1]更得注意身体。五脏六腑衰弱也不成。消化器官不强体型就大不了；拉肚子更糟，没法儿使力嘛！若登上土俵用力踏脚就'噗！'地拉出来，那还得了。总之，上场绝不能闹肚子。虽然很多人的职业病是痔疮，便秘倒没听说过呢。"

吃得多，拉得多，上的次数好像也多。部屋里共有五间厕所，好像都得排队。

---

[1] 排名最上段的力士通称"幕内"，包括"横纲""三役"及"前头"。

　　"吃和拉"对相扑力士来说都轻忽不得。在瞬间决胜负的世界里，得留意的事情可是比我们想象的多呢。

博物学家 荒俣宏 篇

荒俣宏先生不仅是众所周知的博物学、神秘学、图像学等领域的权威，还是一位奇幻小说作家；因此关于妖怪传说的种种知识，他的博学程度可是普通人望尘莫及的。其实，他本人就是个像妖怪般的人物。

首先，不到半夜是逮不着荒俣先生的。而且还不是在他家里，只能打电话到某出版社的编辑室。听说他擅自窝到人家编辑室通宵工作，一到天亮就会自动消失。

这谣言可不是空穴来风。果然在半夜两点半被我用电话逮到，约好采访时间了。

拜访荒俣先生府上的时候，听说他也是两个礼拜以来第一次回家。讶异之余还是赶紧请他谈谈有关厕所的事。

"以前有所谓的厕所神不是？现在各地还留有这种风俗信仰，譬如把婴儿抱到厕所走一圈，或在六岁女童额头上写个

'犬'字，再叫她进厕所。主要是因为狗很会生，希望能像狗一样多子多孙吧！一方面因为以前的厕所常兼作产房，同时也有祈求小孩能健康顺利成长的意思，因为排便正常表示肠胃强壮。厕所里不但有神，还有妖怪。厕所里的妖怪还都是河童[1]，这您应该相当清楚吧。"

"是知道啦，不过那种河童和我可是毫无关系哦。"

我赶紧答道。因为觉得荒俣先生好像正在威胁要暴露我祖先的真面目呢。不过一定要趁此机会从他口中听听民俗学的精髓——"厕所和妖怪"的种种故事。

"直到数十年前，大家都还相信世界上真有河童存在。它可说是最后的幻想之兽，除了冲绳以外，日本全境都有相关传说，而且数量相当多。因为'河童和厕所'有密不可分的关系，河童先生，您因这项企划而能遇到各式各样的人，真是让人觉得恰如其分，非常合适呢。"

话头很奇妙地又转到我身上来了。忍耐忍耐。

"我小时候，厕所里头黑漆漆的，一到晚上就很可怕。而且厕所通常盖在远离主屋的走廊尽头，妖怪会出现的条件全具备了。进去后虽然想赶快离开，却偏偏怎么都拉不出来，正觉得好可怕啊好可怕啊……下头咻地伸出一只手来摸你屁股。实

---

[1] 河童是日本民间的想象动物，为水界的妖怪。全身肤色发青滑腻，身形约孩童大小，头顶有盘状的凹陷处，前有刘海，指间有蹼。

荒俣先生平均两周才回家一次，是个不爱回家的人。

"我特别留意要平均使用一楼和二楼的厕所，免得怠慢了厕所神。"

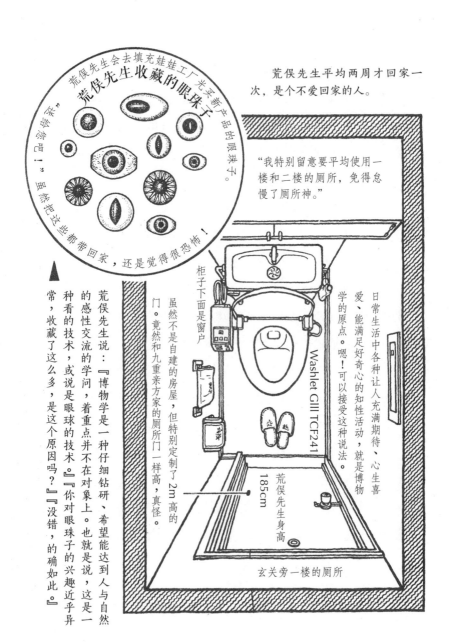

日常生活中各种让人充满期待、心生喜爱、能满足好奇心的知性活动，就是博物学的原点。嗯！可以接受这种说法。

Washlet GIII TCF241

荒俣先生身高
185cm

玄关旁一楼的厕所

柜子下面是窗户

虽然不是自建的房屋，但特别定制了2m高的门。竟然和九重亲方家的厕所门一样高，真怪。

荒俣先生收藏的眼珠子
荒俣先生会去填充娃娃工厂光采买新产品的眼珠子。
"送给您吧！" 虽然把这些都带回家，还是觉得很恐怖！

荒俣先生说：『博物学是一种仔细钻研、希望能达到人与自然的感性交流的学问，着重点并不在对象上。也就是说，这是一种看的技术，或说是眼球的技术。』『你对眼珠子的兴趣近乎异常，收藏了这么多，是这个原因吗？』『没错，的确如此。』

在太恐怖了。这只手的主人就是妖怪河童。为什么河童会从厕所洞里伸手呢？因为它们最喜欢屁珠子[1]了。大便时肛门张开，那里可说是内脏与外界的接点，因此便成为目标。河童主要在河川、沼泽区域偷袭人，遭河童偷袭遇难的人一看就知道。溺死者的肛门都是开着的，这就证明屁珠子已被河童摘走了。"

荒俣先生如此大放厥词，河童实在可怜。我得替它们辩护一下。

"溺死者的肛门之所以会开开的，那是因为括约肌松弛，河童是冤枉的。大家都说是河童干的，其实那是为了提醒大家注意，不要靠近水边以免溺毙，这难道不是一种生活的智慧吗？"

"或许是这样吧。不过，全国各地还流传着很多河童从厕所洞里伸手袭击人家屁股的传说呢。"

我曾经调查过，各地的称呼虽有不同，河童的别名有将近80种。而且，在各种妖怪里头，会到厕所干这种怪事的家伙只有河童。

荒俣先生接着又诡异地笑着说：

"河童之所以会从厕所洞里伸手，原因很简单。古代的厕

---

[1] 原文为"尻子玉"，意为肛门上的珠子，是一种出自想象之物。

所搭建在河川上，正如'厕'字的意义[1]。河童栖息在河川地带，所以会进出厕所也没什么好奇怪的。可是，爱偷袭人家屁股的河童也很可怜，一旦从厕所伸手被发现，手就会被斩断呢。"

确实如此。河童老是失败。但很不可思议的是，故事接下来的发展竟然全国都是同一个版本：人们告诉河童，只要拿"河童祖传的秘方膏药"交换就行，可是河童都拿来好几次了，人们就是不肯把断手还它。河童只得无奈地哭泣。

人类好像饱受妖怪威胁，其实却总是更胜一筹，占了上风。人们一方面因受胁迫而抱持敬畏之心，同时却仍能与妖怪共生共存。

荒俣先生最珍视的是，在妖怪和人类共生的时代，人们的想象世界是更为丰富的。

"现在的厕所日光灯点得那么亮，马桶下面又没有洞让手能伸出来，妖怪可以藏身的天花板也消失了。以前一边和黑暗、恐怖作战，同时也丰富了自己的想象力。为了让妖怪复出，我想复原一个能让妖怪栖息的正统厕所。为了那个时候来临，我已经买下了古代便器，收得好好的呢。"

荒俣先生边说边拆开包装得很仔细的宝贝秀给我看。原来是明治时代的陶制便器，非常出色的珍品。

———————————

[1] "厕"字日文读为 kawaya，意为河川上的小屋。

明治时代的陶制便器

真的是非常华丽的气派便器。青花也很精致。『两年前在京都弘法大师的跳蚤市场买的。那还是头一遭看到古董店里摆着便器在卖的。通常房子拆掉厕所也跟着毁了，会留着出来卖可真稀奇。古董店的老板也说，实在是因为太漂亮了，才买下它的。』

荒俣宏先生的宝物

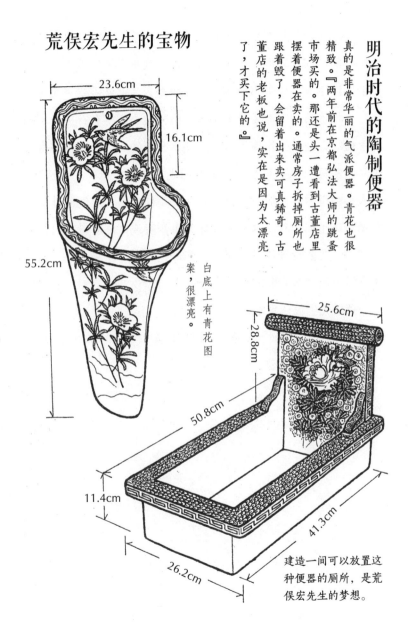

23.6cm

16.1cm

55.2cm

白底上有青花图案，很漂亮。

25.6cm

28.8cm

50.8cm

11.4cm

41.3cm

26.2cm

建造一间可以放置这种便器的厕所，是荒俣宏先生的梦想。

"我的梦想是建造一间和从前一模一样的厕所。若能完整重现一间恐怖的厕所，那可是太奢侈、太享受了！首先，为了要能黑漆漆的，周围不能有丝毫光线泄入，那就需要一大片土地。长长走廊的一面要装上木板套窗，前头还得有石头凿制的洗手盆，上面要挂块擦手巾在那儿飘啊飘的。旁边要种些南天树、巴掌树。也要有款冬。推开门走进厕所，里头一片漆黑，让人害怕得紧。好像有只手就要从下头伸出来，透气窗外似乎有颗眼珠子在偷看。这厕所并非为了修行或试练胆量，只是为了好玩，要能玩到浑身发颤。若能做到那样，拉屎或许会成为我生活中最奢侈的事情也说不定呢。"

荒俣先生很认真地说。

"如果真有这么一天，我就去当'河童'，从下头伸出手来！"

我和他如此约定。

题外篇

以前的厕所是这模样

"从前庶民的厕所是什么样子的呢？"

责任编辑 S 先生问道。当我回答之后，他说：

"只讲给我一个人听实在太浪费了，来做成'题外篇'吧。"

因此，再次来了个题外篇。这回的题目是"以前的厕所是这模样"。

首先，我们回溯到一百五十多年前，从江户时代（1603—1867）大杂院的厕所谈起。不提什么名流公卿的厕所，是因为都消失了，不像幕府将军家光公的厕所完整地保留下来。

江东区立"深川江户资料馆"重现了天保年间（1830—1844）深川地区的市街，里面就有大杂院的厕所。这是参考当时的设计图建造而成，和实物的唯一差异只在于没有臭味，制作相当精巧。由于是展示用的，厕所下面也埋着储存粪尿用的瓮，可是不能真的用。

　　但我仍然打开厕所的门到里面蹲蹲看。门只有一半，下半身虽然隐而不见，上面却是透空的，因此就算关了门还是会露出头来。到资料馆参观的客人看到有个头露在那边全都目瞪口呆。厕所是否有人使用，从外面便一目了然，这种设计是江户时代大杂院公共厕所的特征。凡事坦率不做作，是下町人[1]的生活方式，这种气质也表现在厕所上头。

　　同样是厕所，但关东与关西比较起来还是有蛮大差异。

　　例如上方[2]的公共厕所，出入口可以用木板门全关上，从外面看不到里头的人。另外，江户的厕所是木板墙、木板顶，上方则是土墙、瓦顶。

　　两边的共通点：储存的粪尿对农民而言都是称为"金肥"的贵重肥料。

　　无论是江户或京都大阪，习惯上，附近农民来汲取粪尿得拿米粮或蔬菜交换。自然界的植物以这种方式循环，非常有趣。

　　水肥换来的物品由谁享用呢？可不是大杂院里提供粪尿的居民，那算是房东的收入。正因如此，落语[3]中被啬房东气得要命的房客才会破口大骂："混蛋！我再也不到大杂院厕所拉屎了！"

　　在大阪或京都地区，大小便是分别储存的，大便所获得的

[1] 东京沿隅田川、江户川地区的通称，是以前工商制造业发达的地区。

[2] 关东地方的人称京都、大阪为中心的近畿地区为"上方"。

[3] 日本曲艺的一种，类似中国的单口相声。

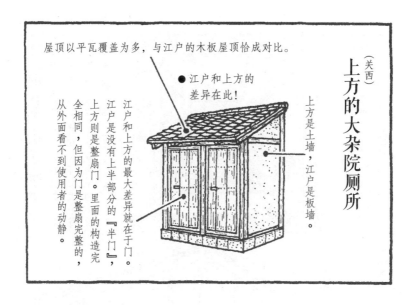

（关西）
上方的大杂院厕所

屋顶以平瓦覆盖为多，与江户的木板屋顶恰成对比。

● 江户和上方的差异在此！

上方是土墙，江户是板墙。

江户和上方的最大差异就在于门。江户是没有上半部分的『半门』，上方则是整扇门。里面的构造完全相同，但因为门是整扇完整的，从外面看不到使用者的动静。

代价归房东，小便所得则归房客。说得夸张些，从这里也可窥见关东和关西文化、气质之差异。

众所周知，厕所的起源就是在河川水流处搭建小屋，让排泄物流走的"厕"，这可说是抽水马桶的开山鼻祖。根据推测，这种形式的厕所大约从弥生时代（约公元前 3 世纪—公元 3 世纪）就已经发展出来了。

在此之前，人类和动物一样，在山野中移动生活，随处都可大便，并不需要厕所。当时人口稀少，排泄物就消融在地里，或在地表上干燥，全靠大自然的净化力量来处理。

不久，人们开始聚居形成部落，在某一处落脚，排泄物的量增加了，已非自然力可以处置。为远避恶臭，让水冲走当然

江户时代的大杂院厕所

不管关东还是关西，厕所内都是宽约半张榻榻米。清扫工作由大杂院的居民自行负责，采取轮流制，没有粪尿污渍，相当干净。

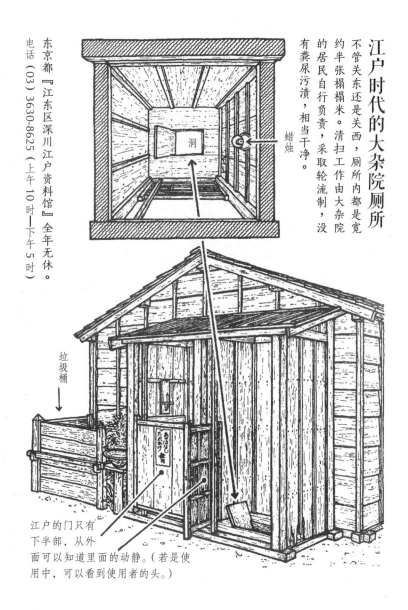

蜡烛

洞

垃圾桶

江户的门只有下半部，从外面可以知道里面的动静。（若是使用中，可以看到使用者的头。）

东京都『江东区深川江户资料馆』全年无休。
电话 (03) 3630-8625（上午 10 时—下午 5 时）

是最好的方法，所以才有"厕"的产生。

可是，人类的生活由狩猎、渔猎进入农耕时代，人们知道粪尿具有肥料的效力。虽然很臭，却舍不得丢弃。

既然舍不得丢，总得想个办法积存起来，因此就在住家不远处设个粪池。为避免珍贵的肥料遭雨淋日晒，就搭个简单的屋顶。人们到那边排泄以增加肥料量，这就是后来厕所的原型。

由于肥料是一种必需品，农村很早就出现厕所，都市则是很久之后才有。

从文献中可以知道，在平安时代（794—1187）的京都，受中国文化影响的上流社会人士使用一种被称为"樋殿"的室内便器，而一般庶民家里没有排泄用的小屋或便器，都是在路边随地大小便。

到了镰仓时代（1189—1333），市街上的建筑物终于有了厕所。最初出现在人们聚集的寺庙建筑里，后来民宅附近渐渐也设置厕所了。

来到江户时代，都市居民的排泄物变成有价之物。由于食物的关系，粪尿作为肥料的养分提高了，量又多，收集也方便，于是附近的农民便拿米菜来交换汲取水肥的权利。前面提到的大杂院厕所就是这个时代的产物。

从江户到明治（1868—1912）、大正（1912—1926）时代，粪尿被视为有价之物而供人汲取的做法一直持续着，不仅是关东、关西的都市，日本全国亦然。

莫斯的素描（日光附近旅馆的厕所）

摘录自摄影集《莫斯所见之日本》（小学馆出版）

水肥车经过时四周会散发出一股恶臭，但由于是自己的排泄物，人们只得忍受。这可说是粪尿最拉风的时代。

明治十年（1877），从美国来到日本的莫斯[1]对那个时代的厕所有详细记载。

将大陶壶埋在地下当粪池，每隔几天就有人来汲取粪尿运到田里去。对日本的农民来说，粪尿可作为肥料，是很有价值的东西。他知道这些事情后相当讶异，应该是因为美国不拿人

[1] 莫斯（Edward Sylvester Morse，1838—1925）为美国生物学者、日本研究专家。将达尔文进化论引进日本。1877年去日本，挖掘大森贝冢，奠定了日本考古学、人类学基础。

粪当肥料吧。

他虽然很讶异，却没有任何偏见，他了解日本人的生活方式，抱持着好感。他一共来了四次，北自北海道、南至九州岛最南端，一面收集日本人的生活用具，一面将日本人的生活形态用素描记录下来。当中有几幅是厕所的素描，尺寸和形状都很正确，图说中亦盛赞日本厕所之美与清扫的整洁程度。

厕所的形态和功能从江户时代、经过莫斯来日本的明治时期，直到最近的大正、昭和（1927—1989）年代，几乎都没什么改变。

但是，从大正时代后期开始，粪尿的价值起了很大的变化。

随着都市人口增加，排泄物的量也水涨船高，供需因此失去平衡。农民无论怎么感激水肥对农作物的效用，需要还是有个定量。但对市民而言，不来汲走粪尿可就麻烦了。这时农民与市民的关系大逆转了，即使只是区区之数，人家来汲粪便得奉上酬金。

东京的明显转变应是从大正十二年（1923）的关东大地震开始。由于道路在地震中毁坏，水肥车无法进入市街之中，粪尿便在断壁残垣之间四溢横流。

汲取粪尿成为都市卫生的重要课题，行政当局得负完全责任。在抽水马桶已普及至各个家庭的今天依然如此。

一言以蔽之，过去日本与欧美各国厕所的差异在于有没有一间独立的房间作为厕所。欧洲虽然有便盆，却没有厕所。在

东京下町的厕所

『下町风俗数据馆』虽然规模不大，但完整地重现了战前东京下町的气氛。这是家零食铺子，外侧是两张榻榻米大的空间和没铺地板的部分作厨房用，里头则是四张半榻榻米大的房间。里头面向外侧的部分有遮雨的窄廊和厕所。

四张半榻榻米大的房间
壁橱
收纳外廊木窗的地方
窗外遮雨的窄廊
厕所
里侧的空地

虽然走过明治、大正、昭和时代，庶民住家的厕所和江户时代还是没什么两样。厕所之所以改变，是因为战后的建筑不同了，加上抽水马桶普及，这是最近才发生的事。

公元前的意大利庞贝城遗迹中曾发掘了厕所，但那是远古的事，进入中世纪后厕所就消失了。

那是禁欲的宗教观广为传播所致。

"神在创造人的时候，把食物的入口与出口隔得老开，由此可知，在住家中堂而皇之地设置排泄用的场所是不被允许的。"

如此言论广为倡导，支配了人们的思考。但是，人的生理现象却不会就此消失的。

人们只得使用便盆，然后把它藏在床底下或橱柜角落。理论再怎么说还是理论，嘴巴和肛门到底是离不开的。

他们虽然使用鸟粪当肥料，但不用人肥，所以积存着的大小便就变成了烫手山芋。最后只好打开窗子倒到街上。结果，可以想见街上总是臭气冲天，脏到极点。

当时欧洲全境的传染病不断且来势汹汹，原因之一就是粪尿处置方式错误。

"不要将排泄物弃于街道，应建造厕所！"这类呼吁层出不穷，由此不难想象在那种不卫生环境里的生活状况。

进入18世纪后半叶，终于在集合住宅里出现了"储存粪尿的厕所"，不过新的问题又来了。由于居民毫不客气地在那边拉屎撒尿，粪尿地狱于焉产生。

晚上10点到天亮之前，业者会将粪尿收集起来运到处理场，这是要付费的。和日本江户时代完全相反，这项费用由屋主支付。从当时的记录可以看到，有些吝啬的屋主嫌费用太高就

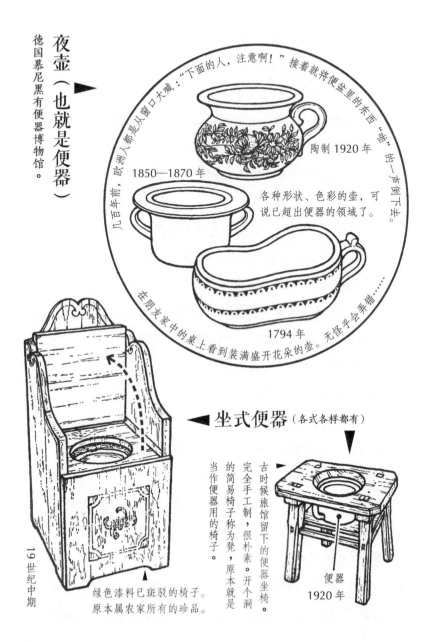

夜壶（也就是便器）▶

德国慕尼黑有便器博物馆。

几百年前，欧洲人都是从窗口大喊："下面的人，注意啊！"接着就将便盆里的东西"哗"的一声倒下去。

陶制 1920 年

1850—1870 年

各种形状、色彩的壶，可说已超出便器的领域了。

在期友家中的桌上看到装满盛开花朵的壶。无怪乎会弄错……

1794 年

◀坐式便器（各式各样都有）

古时候旅馆留下的便器坐椅。完全手工制，很朴素。开个洞的简易椅子称为凳，原本就是当作便器用的椅子。

便器
1920 年

19世纪中期

绿色漆料已斑驳的椅子。原本属农家所有的珍品。

未被采用的"土耳其式"抽水马桶

在法国，由汉粪式演化到抽水马桶时，"今后的公共厕所应采用何种形式？"曾引起一番争论。到底是蹲的"土耳其式"？还是坐的"英国式"？"土耳其式"的支持者炮火很猛烈："'英国式'有传染疾病的危险，'土耳其式'绝对安全，清洁度也高。而且腹肌和肛门的肌肉还会刺激大肠，具有促进排泄的效果。"但"英国式"比"土耳其式"更受欢迎，后者终究败下阵来。

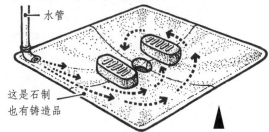

水管

这是石制
也有铸造品

巴黎的市中心至今仍残留着这种古典的『土耳其式』厕所。当我投宿在圣杰曼（Saint-Germain）附近一间廉价旅馆时，我常去的某家餐厅厕所就是这样。第一次用的时候被超强水势给吓了一大跳。只要一拉水箱的细绳，就会喷出一股强大的旋涡，即使站在脚形台上，还是连裤管都会遭受波及，冲得湿答答的，让人进退两难。好几次后终于抓到要领，想出自备行李捆绳的好办法。先把水箱绳子加长，一拉的同时就往外逃难。当然带去的绳子要回收。餐厅老板还很得意地说：『为了要保持整洁，水势大才冲得干净。』

水箱合体型马桶

抽水马桶开始问世时曾有过专利申请攻防战。这是其中一种。

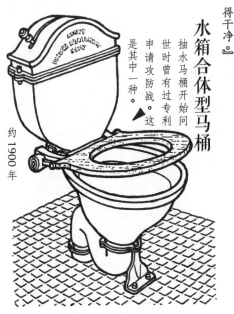

约1900年

欧洲的古建筑有许多将厕所设在阁楼附近，因为臭气有上升的特性。当时明文规定粪尿不得由窗户往外倾倒，各家各户都有义务建造厕所，因此为避免臭气熏人，大多数人家尽可能将厕所建在较高楼层。自从抽水马桶普及后，就改成集中在有水的地方，很多家庭都将厕所设置在浴室里头。

减少汲取次数，搞得整栋公寓污物横流，留下许多不忍卒听的
逸事。

现在欧洲下水道完备，抽水马桶普及，有足够的水量以保
持运作。追溯其过程，这是走过很长一段粪便之路才终于达到
的成果。

历史学家
猿谷要 篇

　　我曾经听著名的美国史学家猿谷要先生提过美国厕所的事。不过，那回是在派对上站着闲聊，我一直很想再好好请教他。

　　从 20 年前起，猿谷夫妇每年都会到美国租车旅行。标记着他们足迹所到之处的地图真是惊人！

　　他说，即使知道自己每天跑 400 英里（640 公里），但总计到底有多长距离还是算不出来。旅途中看过各式各样的厕所，从中也可感受到美国这个国家的特质。

　　"如果以为美国到处都是抽水马桶，那可错了。又脏又臭的厕所比比皆是。由于高速公路及周边设施都相当完善，几乎每隔三小时车程的距离一定会有休息站。西部堪萨斯州的免费休息站都很气派，还有翠绿的草坪呢。我们去的那回是 1972 年，旅游服务中心三位女职员的态度周到亲切，还提供免费饮料及地图。不过他们的厕所真吓人。不但不是抽水式，还一大群苍蝇'嗡！嗡！'挥之不去，而且臭得受不了。和美丽的建筑物相比，那种古老厕所还真是吓死人啊。"

关于抽水马桶的普及，美国在都市地区比欧洲还来得早，但乡下地方至今好像还留有许多汲粪式厕所。

翻开美国历史可以得知，早期是正如"驿马车"所象征的一样，先民边移动边垦荒，居无定所。在那个时代，毋庸赘言，大地就是厕所。驿马车约可乘坐五六人，所以通常是一家一辆。拓荒者浩浩荡荡集体移动，夜晚为防备印第安人攻击，扎营时将车辆围成圆阵。天一亮就起床，全体分工张罗早餐及出发事宜，直到临走前才赶忙去上个大号。

"直至今日，'俄勒冈小径'[1]仍可看到驿马车碾过的轮辙，看了不禁对当时迁移的集体生活有了具体的想象。环顾四周没有什么草木茂密的地方，想来要躲着上个大号是不太可能的。通常为避敌人耳目才要隐藏起来，对同伴则无此必要，当时他们的生活方式便是如此。"

这时不免想到，沙漠地带或中国大陆的人上大号时即使没有隔间隐身也不以为意。风土有异，对于厕所的想法和感觉当然也全然不同。

---

[1] "俄勒冈小径"（Oregon Trail）是 19 世纪 40 年代美国拓荒者往西部开垦时的路线。东起于密苏里州的独立城，西抵温哥华堡，已相当接近太平洋了。

猿谷先生的足迹

借来记载着旅行足迹的地图，计算一下行走的距离，约有四万公里。大略等于地球的圆周长。

西雅图
盐湖城
旧金山
芝加哥
纽约
亚特兰大
丹佛
洛杉矶
纽奥良

沿着弯曲壁面做成的弧形门

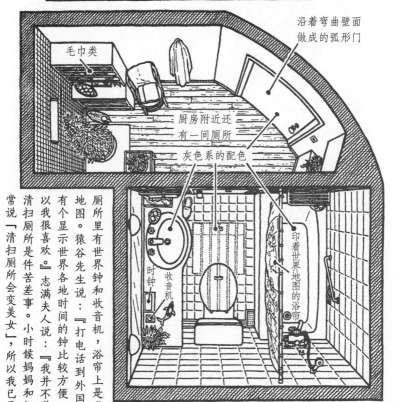

毛巾类

厨房附近还有一间厕所

灰色系的配色

印着世界地图的浴帘

时钟

收音机

厕所里有世界钟和收音机，浴帘上是世界地图。猿谷先生说：「打电话到外国时，有个显示世界各地时间的钟比较方便，所以我很喜欢」志满夫人说：「我并不觉得清扫厕所是件苦差事。小时候妈妈和祖母常说「清扫厕所会变美女」，所以我已是训练有素了。」

垦荒时代的习惯至今在美国军中的厕所依然可见。我看过有栋隧道形屋子里只排着一长列马桶，大感惊奇。日本军中的厕所则是每间都有门，而且就像江户时代大杂院的厕所一样，可以上锁。还真是"地点一改变，厕所也会变"呢。

"大家光着屁股排排坐的那种厕所的确呈现了我们所不知道的美国，但那却是占大多数的一面。而且就历史上来看，那段时期还相当长呢。"

猿谷先生说，大部分日本人对美国所抱持的印象其实有许多误解与错觉。

"一谈到美国，很快就联想到纽约的摩天大楼，其实那真的只是一小部分，都市只不过像浮在海中的一小点而已。我觉得，光看点和点是无法了解美国的。的确，美国是个强权富国，行事从实用主义出发，即使是外国事物，只要东西好就愿意采纳，极富挑战精神，同时具备了若不适合就恢复原状的柔软弹性。但是他们也拥有防御性强的保守性格。虽然现在有所谓的贸易摩擦问题，美国要求各国开放贸易大门，但它并非向来奉行自由贸易制度的；直到第二次世界大战之前，美国都还采取贸易保护措施，倡导自由贸易是最近的事。今日美国的领导阶层约是60岁那代，是经历过光屁股排排坐、用过臭厕所的人。看起来他们对各种生活方式不加干涉、彼此容忍，像一盘散沙，但若遇紧要关头，就会团结起来巩固防卫，一如驿马车围成圆阵。如果以这个角度来看美国，或许会更逼近美国的真实面目。"

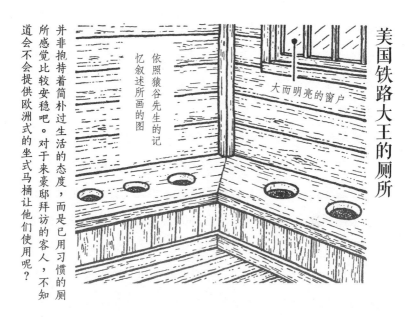

美国铁路大王的厕所

依照猿谷先生的记忆叙述所画的图

大而明亮的窗户

并非抱持着简朴过生活的态度，而是已用习惯的厕所感觉比较安稳吧。对于来豪邸拜访的客人，不知道会不会提供欧洲式的坐式马桶让他们使用呢？

猿谷先生还提到在美国东部看到的铁路大王豪宅，这又是代表了美国的另一面，我觉得很有意思！

"那个家族在19世纪末因经营铁路和金融业致富。主人名叫古尔德[1]，整座豪邸简直像城堡一般。门票很贵，虽然开放参观，却哪里都没看到有厕所。内人发现后，'想知道他们是如何生活的'，请教了导游才知道厕所建在屋外另一栋房子里。那间以圆木搭建的简陋小屋和豪华的正屋相比，真可说是天壤之别，让人跌破眼镜。推开门一看，里面有木板钉成的"L"

[1] 古尔德（Jay Gould，1836—1892），这个美国投机商人是当时最主要的铁路事业领导人和证券商，以手段无情而声名远播。

形木箱，上头挖了五个洞。大洞两个小洞三个。原来大的是父母亲用，小的是孩子们用。饭后全家人一起来小木屋大便呢。爸爸读着报纸，妈妈则和孩子们聊天。想象一下这种情景，觉得还真是美国作风。"

原来是这样啊。从没听说欧洲有一起大便的情况。

"当时的美国富翁面对欧洲的贵族既自卑又羡慕，不管是住的穿的还是嗜好，都想向他们看齐。结果呢？住家是撒下大把钞票弄得金光闪闪，但上厕所的时候还是要到用习惯了的圆木小屋，可以说留下了垦荒时代的尾巴呢。"

猿谷先生从厕所考察到的美国论真是独特又有趣！

剧作家

山田太一篇

我一直想去参观山田太一先生家的厕所，可是，"我家正在改建，一片乱糟糟的。现在是租人家的房子住"。

据说改建工程进度落后，得到明年春天才能完工。那个时候连载已经结束了。

于是我想出一个解决办法："画出将来厕所的样子"，只要把建筑设计图借给我看，应该就办得到。

电视剧的美术设计就是根据剧本上的文字来思考如何在摄影棚搭出房子等布景来。

我的本行是美术设计，而山田太一先生则是剧作家。这么一来可真是有趣啊，我自个儿乐得像什么似的。

还有件让我偷笑的事，就是从离山田先生住处最近的车站下车后，沿途风景真是赏心悦目。的确与他在电话中说的一样，景色一幕一幕展现在眼前。"真不愧是剧作家！"再次叹

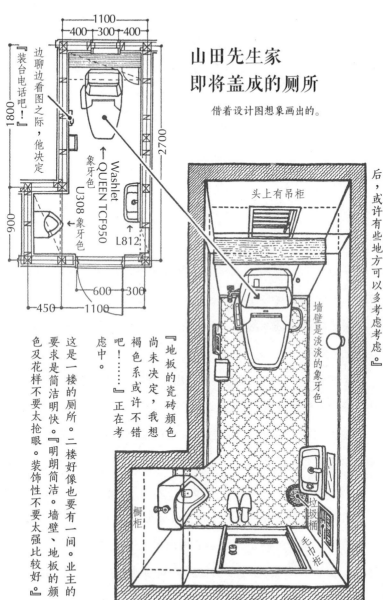

山田先生家
即将盖成的厕所

借着设计图想象画出的。

1100
400 300 400

『装台电话吧！』

边聊边看图之际，他决定

1800

2700

900

←Washlet
象牙色
QUEEN TCF950

↑
L812

U308 ←象牙色

600 300

450 1100

头上有吊柜

墙壁是淡淡的象牙色

橱柜

垃圾桶
毛巾柜

山田先生说：『基本架构已经定了，应该没办法再有什么大改动，不过看了这图后，或许有些地方可以多考虑考虑。』

这是一楼的厕所。二楼好像也要有一间。业主的要求是简洁明快。『明朗简洁。墙壁、地板的颜色及花样不要太抢眼。装饰性不要太强比较好』。

『地板的瓷砖颜色尚未决定，我想褐色系或许不错吧！……』正在考虑中。

服于他描述景色的能力。

到达后马上请他秀出设计图，边看边聊。

"建筑师通常会把自己的个性表现在设计上，但是住的人又不是建筑师。我们的要求希望也能实现，这两者要如何折中，其实蛮困难的。我期待厕所不要有太强的个性，价钱要合理，容易保持整洁，要能看得出大便颜色，光线充足可以读书。我喜欢单纯明快的设计。虽然我也向往池田满寿夫先生家的狮子马桶，但基本上还是认为'厕所只要能达到功用就够了'。"

山田先生好像常常写出让剧中人躲进厕所的场景。

"我明明写着：太太敲着厕所的门，里面传来'别烦我！'的吼声。可是，大部分美术设计都不会好好做出一扇像厕所的门来，结果观众也搞不清楚到底是走进储藏室，还是走进另一个房间？如果还要搭出厕所里头的景，预算就要增加，只得以门带过。遇到这种情况，导演通常会很困扰，只好赶紧来个'哗——'的冲水声，用音效补强。可是根本就不是那么回事，跟我想要的效果完全不一样，结果好笑的场景也变成完全不好笑了。"

的确如此。电视剧中厕所的门也必须有厕所的表情。就算只是一道门，该有的表现就得做足，否则还是不及格。

"山田太一剧"的特色在于描述不为人注意、普通生活中极为细琐的事情，因而不光是门，连房间中的小道具也都很重要。

"打扫浴室时用什么工具？早上拿垃圾去外面倒的时候又

是如何？这种事情我都觉得很有趣，所以会写进剧本里头。说起来，我觉得这种日常生活有种浪漫传奇的气息。"

"浪漫传奇？"

"嗯。例如我一直到上了大学的时候才知道浴缸有盖子。有一次到朋友家洗澡，听到他们家人说'那孩子盖子没盖就出来了'，才恍然大悟原来浴缸要加盖[1]。我在浅草出生长大，一直都在钱汤[2]洗澡，即使战争中疏散到乡间时，也是到温泉的大众池洗澡，在那儿也没听说要盖盖子。所以，我脑子里根本没有浴缸得盖盖子的观念。"

普通人的日常生活对山田先生而言却是一种非日常。

"我生长在浅草的六区，各路人马都会来这欢乐街玩，对普通人来说是个非日常的世界。但对我来说那儿却是日常生活的环境，这是我和其他人在认知上的差异。有人称呼母亲为'母亲大人'，在我听来那种称法真是高雅极了，可是却像外国话。对我而言，那是个充满异国情调而令人憧憬的世界。"

他在少年时代变得很讨厌浅草，梦想能住到地下铁路线另一头的终点——涩谷。

"我曾经很想住那里呢。每天过着说'爸爸再见！请慢走'的日常生活。好不容易达成梦想后，结果却进入了嘲笑'我的家

---

[1] 浴缸加盖可保持水温，一般日本人家庭都如此。
[2] 收费的大众澡堂。

山田家租住处的厕所

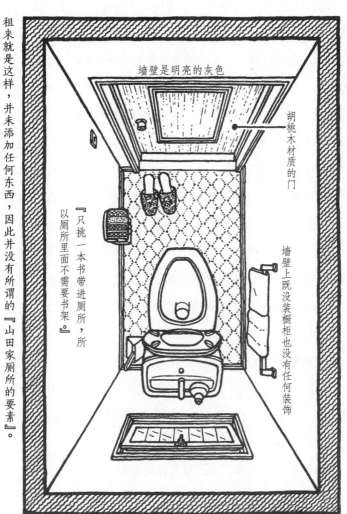

墙壁是明亮的灰色

胡桃木材质的门

墙壁上既没装橱柜也没有任何装饰

『只挑一本书带进厕所，所以厕所里面不需要书架』。

租来就是这样，并未添加任何东西，因此并没有所谓的『山田家厕所的要素』。

"站着小便，尿总是容易洒出来，结果还是得自己用纸擦干净，实在很麻烦，就干脆尽可能坐着小便。不过已经决定在新家厕所里装一个男性专用的小便斗了。"

庭真可爱'的想法、觉得当个小市民是大傻瓜的时代。那是 60
年代的事。接着，大家又开始说新宿歌舞伎町的黄金街有多好，
但我一到那乱七八糟饮酒作乐的地方总想拔腿就跑，逃出来才有
办法松一口气。为什么大家都说那里好呢？实在是想不通啊！"

山田先生在小学四年级时母亲就去世了，因此对家庭一直
都有种渴望。普通人所建立的家庭对他而言就像童话世界一般。

"我和父亲相依为命，之后在大学时代、进入社会以后都
过着独居生活，所以不知道普通家庭的生活是怎么回事。结婚
之后，吃饭时内人摆出两三道菜，有鱼有味噌汤等等的，就让
我非常感动。心想能这么奢侈吗？会不会招来天谴？于是我在
这些地方着墨，把它转化到工作里；这些大部分人没有多加留
意的事情，对我来说却是新鲜有趣又充满惊奇。所以我才会非
常执著于细腻描写这些事物，因而被称为写实主义。"

身边的和子夫人也证实他所言不假。

"通常会以为，一个人既然对生活能描写得那么细腻，想
必性格是一丝不苟、生活细节十分讲究严谨。完全错啦！他只
热衷投入自己感兴趣的事物，其他就马马虎虎啰。"

山田先生只是笑着，对此没有任何反驳。

我和山田先生同为 B 型血。人家问我为什么很执拗地要去
参观别人的厕所，或许是血型在作怪吧！这样硬把山田先生也
扯下水，搞不好人家很困扰呢。

电影评论家
杉浦孝昭 篇

我和阿杉的交情，是可以直呼其名而不必加上先生小姐之类的敬称的，在此我就直呼"阿杉"。

我告诉"她"（我觉得是"她"，以下就这么用了）想去参观她家的厕所，阿杉劈头就说：

"我知道啦，我可是公开称自己是'人妖'的，你很好奇这种人怎么过日子，对不对？为了不会因为被人看到而觉得丢脸，我随时随地都得保持得漂漂亮亮的，那可辛苦着呢！"

被她这么一抢白，我好像所有心思都被看透了一般，吓得心头一阵战栗。我并非爱窥探人家隐私，但却无可否认，多少有点这种意思。

"不过，你来吧！我很讨厌自己家出现在电视或杂志上，从不接受这类采访的。但是这个厕所企划听来蛮有趣的，那就OK。做好饭等你，记得饿着肚子来。"

提出要去参观厕所，却答复说要做饭等我去的，阿杉是第二位。

"第一位是高桥睦郎先生呢。"

"我只会做些家常菜，可没有像高桥先生家那般讲究的料理。"

之前就听人说过她很会做菜。因此，拜访她的目的就成了看厕所和吃饭各半。

从玄关一踏进屋里就闻到烧鱼的香味，引人垂涎。餐厅的大桌子上已经摆满了菜肴。

"哪个先都可以。热的马上就端出来。"

一时间有点迟疑，但想想还是工作第一。首先去厕所，之后也参观了其他房间。

她真的很细腻，房间布置得简洁又美丽。那与所谓的女性化摆饰全然不同，流露出一种精心琢磨的感性。

淡苔绿色的窗帘和地毯好像都是她选的。

"这是租来的房子，无法随心所欲布置。以前那间房子的厕所比较大，功能也比较齐全。会不会觉得厕所里铺地毯很怪？我不站着小便，所以不像男人会担心把四周弄脏。我把厕所看作和其他房间一样，所以里头不摆专用拖鞋，都是光着脚丫进进出出。我是一个人住，所以门也不必关。"

她说我想看哪儿都可以之后就去厨房了，于是恭敬不如从命，彻彻底底看个够。不管哪个房间的哪个角落都是一尘不染，一看就知道偶尔打扫是没办法维持这样的。

阿杉的厕所

『因为太窄了，没办法摆些观叶植物，让绿意环绕，真是可惜啊。虽然有附莲蓬头的洗脸台，但是我不在那里洗头。』

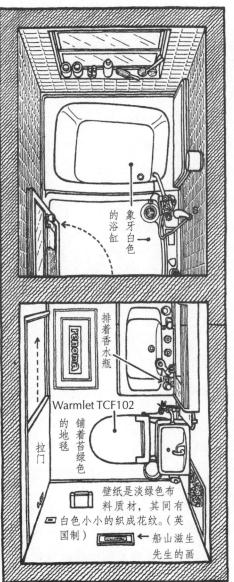

象牙白色的浴缸

排着香水瓶

Warmlet TCF102

铺着苔绿色的地毯

拉门

壁纸是淡绿色布料质材，其间有白色小小的织成花纹。（英国制）

船山滋生先生的画

她的生活作息是，一早起床先喝牛奶、上厕所，之后打扫房间，这才算告一段落。

"上完厕所一定会冲澡，擦身体的浴巾刚好带点湿气，就拿来把整个房间擦过一次。加贺真理子听了直说'好脏啊！'其实因为是每天擦，一点儿也不脏。浴巾擦完就丢洗衣机里。我无意向大家推销我的做法，不过身体和房间可以同时变干净，这可是一石二鸟哦。"

她说每天都用刷子、清洁剂仔细刷厕所。

"我在 26 岁到 29 岁之间曾在酒吧当调酒师，是那时候养成的习惯。若不把厕所打扫得干净漂亮，对做酒吧俱乐部这行的人来说，可是很丢脸呢。"

把厕所打扫得干净漂亮，并非意味着装饰得鲜艳夺目。她好像不喜欢在水箱上摆些塑料葡萄或假花什么的。

"如果不是摆真的植物，那很讨厌呢。我不喜欢假货。因为我自己就是嘛！所以至少自己住的地方、穿戴在身上的东西得是真的才比较好，不是吗？"

她就是这样一个说真话的人。从在深夜广播节目评论电影开始，到现在也已经 16 年了，她仍旧维持一贯作风，想到什么就一股脑儿地说出来。

"很惹人厌呢！应该有很多人想宰了我。不过我还是要继续讲下去。为什么对那些无聊电影或戏剧不能直言'无聊'呢？私底下说什么'这电影真烂透了！'可是一旦写成文字就

"盖这栋房子的时候好像砍了一棵树。因为那是一棵约八百年高龄的大树，树的精灵很不甘愿。皮可是那种很容易被上身的人，所以即使她不住在这里，却老是身体各处疼痛。为了安抚树灵，才供着这些神符。我自己倒是不痛啦。"

▶ 这是供在中央的神符

阿杉寝室衣柜上排列的七张神符

住这儿的阿杉并不会觉得不舒服，皮可却为此痛苦不已。难道是同卵双胞胎的关系吗？

捧个没完，这种影评人还真不少。如果有人看了这种影评跑去看电影，那可就罪过大了。如果是电器，可没人会去推荐那种会被退货的瑕疵品，不是吗？导演也是，总认为自己的电影最好，但观众可是掏腰包的，总要让人家觉得值回票价才行嘛。"

我问她是否有电影公司或导演对她的评论提出反驳，她说，直接回给她本人的没有，不过曾经有人对刊载她评论的杂志社抱怨施压，来阴的。

"来，我们开动吧！"

随着阿杉的招呼上座了。今天的菜单有：生姜煮沙丁鱼。炒牛蒡。水芹、贻贝、苦苣色拉。柠檬醋拌章鱼。葱爆牛肉。煮扁豆。马铃薯色拉。腌白瓜。莼菜味噌汤。摆开来真是地道又丰盛。

料理技术、口味都出乎意料地好。

"我外食的机会多，所以自己煮的时候就会多多摄取青菜。煮菜可以消除压力，很好呢。有趣的是，我的同卵双胞胎'姐姐'皮可[1]却完全相反，打扫做饭通通不行。虽然最近也开始试着动手做，可是不好吃呢。"

"你这么说，皮可不会生气吗？"

"是真的难吃嘛！"

---

[1] 本名杉浦克昭，为时尚记者、艺人，与杉浦孝昭共同主持节目《阿杉与皮可》，两人在身份证上的登记都是男性，装扮亦然，但心理上以女人自居。

　　一边热热闹闹地吃饭，我问她对于"人妖"是怎么定义的。

　　"喜欢男人的男人是同性恋。我喜欢会喜欢女人的男人，所以是异性恋。因为我在心态上自认是女人啊。我觉得，包括我在内，会喜欢男人的男人都是某个地方有缺陷。而我不想和这种人一样，所以会迷上那种会喜欢女人的男人。就算有妻有子也没关系，因为我并不是想把这个人抢走。我只要能感觉到有这个人存在，对自己是正面的，那就够了。蓦然回首，为了这个人我已经找了44年了呢。"

　　虽然她讲话尖酸刻薄，究其缘由，正是因为她很认真、很诚实。所以她有许多超越男女性别、可以推心置腹的朋友。真是个不可思议的人！

企业家
犬丸一郎篇

从老早以前，我就有件事一直想请教帝国大饭店的总经理犬丸一郎先生。

"住在旧馆 343 号房的藤原老爷，不知付了多少房钱？"

所谓藤原老爷，就是被称为"大家的男高音"的歌剧歌手藤原义江先生[1]。和他较亲近的人都不喊他"先生"，而是称"老爷"。他从昭和四十一年（1966）起的 10 年间把帝国大饭店当自家住，但他的财产之丰并不如他的名声那么高，所以到底有没有付钱，着实令人猜疑。343 号房当时的房价是每晚日币 6600 元。

"是。当时的确只收 1400 元。承蒙藤原先生从战前就关照

---

[1] 藤原义江（1898—1976），男高音，日本歌剧的开拓者，1934 年创立藤原歌剧团。

本饭店，是我们非常重要的贵宾，而且如此倜傥优雅的风流人物，光站在大厅就足可入画了。"

藤原义江接受许多人的好意恩惠，过着悠然自得的生活。虽然应该有人是表面上照顾"老爷"，其实心里有几许无奈，"真拿这人没办法"，却从没听过有谁恨他。他就是具有这种不可思议的魅力与人品。他晚年罹患帕金森症以至于举步维艰，住进日比谷医院，而在此之前都是帝国大饭店在照顾他，这也是其中一例。

"非常感谢你们照顾他到最后！"

我再一次向犬丸先生致谢。为什么呢？因为我可以说是被藤原老爷"捡到"，从神户来到东京之后，在他家当了三年食客。他待我如亲生子女，所以感谢的话语不禁脱口而出。

"不客气。从我父亲那辈开始，我们全家就都是藤原迷呢。"

犬丸先生说完，夫人伊津子女士也很怀念地说："一到夏天，我就会想起藤原先生的麻西装哦。和现在的麻不一样，一身笔挺，再配上白色布鞋。姿态真是潇洒！"

他穿上麻的衣服后有椅子也不坐，大抵都站着。因为麻很容易皱。老爷曾说"要穿麻就得有觉悟，否则不要穿"。

原本是来参观厕所的，结果光是藤原老爷的往事就聊了将近一个钟头。

听说犬丸先生进入帝国大饭店至今刚好满 40 年，刚开始的工作是打扫厕所。

"扫了三个月。虽然有专人清扫厕所，每天还是要自己动手拿刷子刷。不仅如此，还包括检查水箱是否漏水，把手按下去会不会回复原位，还有更换灯泡等等，全部的维修都得做。不仅厕所，从饭店外围到地板的清洁，各公共范围的工作都必须依序完成。比起当年，现在饭店规模扩大了，厕所也增加许多，已经不会要新职员扫厕所了。"

他说，来饭店的客人也和以往不一样了，经常会把厕所和洗手台弄得脏兮兮，而乱甩水把镜台四处搞得湿答答却毫不在意地走出来的客人也很多。

"我想，这跟今昔饭店的地位不同也有很大的关系吧！"

以前的饭店是个让人不敢擅入的地方。帝国饭店在赖特[1]所设计的旧馆还存在的时代，必须沿着池塘一直走、走到底，步上正面阶梯、推开旋转门，才进入大厅。那是个让普通人胆怯的非日常世界。

"近年来，很多人都能轻松地进出饭店，这当然很好。但我觉得遗憾的是，有很多人并不懂得使用各项设备的礼节。实在有太多年轻女孩为了到隔壁的剧场赴约，跑来我们厕所换衣服，最后不得已，只好把大厅的厕所拆除。当然会有不少抱怨，但我们也只能如此说明：'餐厅前面也有，宴会厅也有。

---

[1] 赖特（Frank Lloyd Wright, 1867—1959），被认为是美国有史以来最伟大的建筑师之一，对现代建筑运动贡献良多。

如果是住宿的客人，那房间里不也有吗？若说不方便，大概只有对进来光用厕所的人而言才不方便吧？'"

比较外国人和日本人使用厕所的频率，据说的确是日本人比较常去，间隔也比较短。

"外国的公共厕所没那么多，所以通常会上完再出门，而到别人家拜访要借厕所可是蛮尴尬的。也许因为有这种习惯吧，欧洲饭店的厕所可没那么容易就找到。"

的确如此。这些话正中我的要害。

"因为饭店希望能对真正来投宿用餐的客人提供无微不至的服务。"

犬丸先生话讲得相当干脆明白。

因为饭店并非只是建筑和房间，得有服务才行。

"即使科技已经十分进步，接待客人的工作仍不能由计算机或机器人取代。所谓的服务业，只有在人和人接触时才成立。而且服务并没有明确界限，只要做到某个地步就可以停止。"

犬丸先生说，提供好服务的基础是工作的人必须健康，精神欠佳就不行。

"人一疲劳，立即就会反映在接待客人的态度上。"

为此，首先要有良好的工作环境。帝国大饭店在 20 年前就已实施隔周休二日，现在正朝周休二日迈进。

"希望员工能多休息，从事休闲活动，亲自站到客人的立

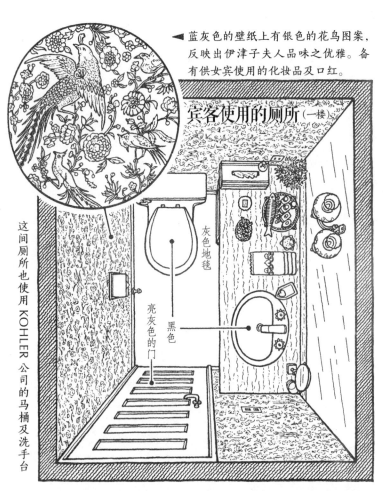

◀ 蓝灰色的壁纸上有银色的花鸟图案，反映出伊津子夫人品味之优雅。备有供女宾使用的化妆品及口红。

宾客使用的厕所（一楼）

这间厕所也使用 KOHLER 公司的马桶及洗手台

灰色地毯

黑色

亮灰色的门

夫人说："原本为了颜色的考虑才安装黑色马桶，结果真是失败。虽然很留意经常清扫，还是会留下水垢的痕迹。马桶一定要用明亮的颜色。"这里也装有关灯后会运转30秒再自动停止的抽风机。

场想想看。"

八年前以 94 岁高龄过世的创业者，也就是犬丸先生的父亲，就严厉地告诫他"站在客人的立场想事情！"此外，进入厨房也是学习之一。

"虽然我不会说法语，但因为在厨房实习过，我看得懂法文菜单。所以到现在仍每天过目菜单。"

而说到料理，也是从客人的角度来思考，所以他本人是位极为讲究的美食家。

"三年前庆祝 60 岁生日时，朋友对我说'还剩 15000 顿就结束啰！'因为日本男性的平均寿命是 75 岁，还有 15 年。

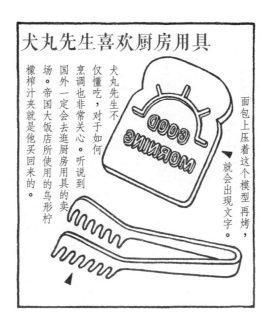

犬丸先生喜欢厨房用具

犬丸先生不仅懂吃，对于如何烹调也非常关心。听说到国外一定会去逛厨房用具的卖场。帝国大饭店所使用的鸟形柠檬榨汁夹就是他买回来的。

面包上压着这个模型再烤，就会出现文字。

寝室隔壁的厕所
和浴室 (二楼)

充满美国风味，也是
KOHLER 公司的产品。
用抹了肥皂的
手去开水龙
头也不
不会滑。

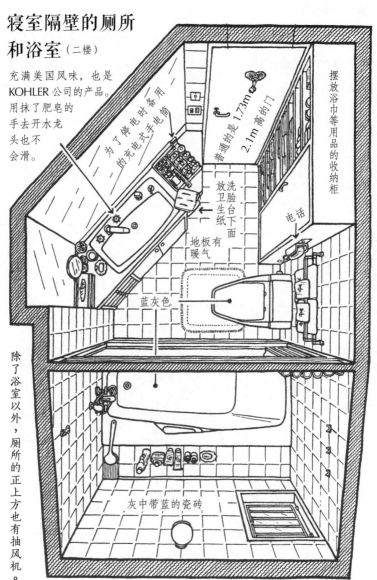

为了停电时备用
的充电式手电筒

普通的是 1.73m
2.1m 高的门

摆放浴巾等用品的收纳柜

配合身高的浴室和厕所。两个儿子已经离家独立，『偶尔会回来用一下』。

电话

洗脸台下面
放卫生纸

地板有
暖气

蓝灰色

除了浴室以外，厕所的正上方也有抽风机。

灰中带蓝的瓷砖

365 天每天三顿，就是 1000 顿。乘上 15 就得到这数字。每吃完一顿饭就会想，又吃掉一餐了，心里不敢有丝毫懈怠。每天三餐都要郑重其事，好好地吃、健康地吃，当然也就要好好地'拉'啰。"

犬丸先生一席话下来，又归结到厕所上。真是令人敬畏的人物啊。

艺术家 赤濑川原平 篇

"让我去参观厕所的，是尾辻先生还是赤濑川先生？"

作家尾辻克彦先生与画家赤濑川原平先生是同一人，虽然见面后都一样，我还是想弄清楚。

"哪个都行，不过，选赤濑川吧。"

得到这种答案。其实，我也想和赤濑川先生见面。因为他曾为了"千元大钞仿造事件"官司打到最高法院，引起"艺术乎？犯罪乎？"的争论，留给我很深的印象。此外又听说他少年时代苦于尿床，这两件事很奇妙地联结在一起，给人一种不可思议的感觉。我想，关于尿床的事迹，赤濑川先生一定比作家尾辻先生更能直率地侃侃而谈。

其实，我一直到小学三年级都还会尿床。要是被同学知道，那可是会羞愧而死。有一次，尿湿的棉被晾在阳台上，我为了不让别人发现，跑上去要把棉被翻面，结果从屋顶上滚下

赤濑川先生府上的
厕所（二楼还有一间）

尚子夫人很喜欢猫，赤濑川先生却不喜欢。"她硬要养，结果就被迫习惯了。"家里有两只小猫"喵喵"地叫。

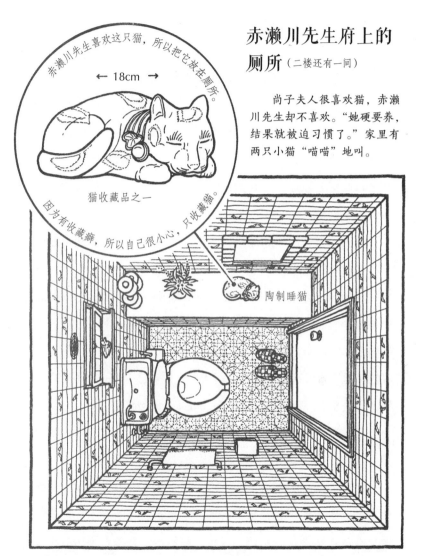

← 18cm →

赤濑川先生喜欢这只猫，所以把它放在厕所。

因为有收藏癖，所以自己很小心，只收藏猫。

猫收藏品之一

陶制睡猫

这是建好出售的成屋，厕所同盖好时的模样。米色墙壁四面都有小鸟图案。赤濑川先生笑着说："我的大便通常软软的，正是因为优柔寡断，下不了决心。"

来，差点骨折。对我来说，这是个就算断一两根骨头也要瞒住的重大秘密。

当然有些人已经完全不记得自己尿床的事了，但最近发现，居然连意想不到的人也有类似的痛苦回忆，让我大吃一惊。

这样的话，索性请"把棉被当尿桶"的赤濑川先生作为此一特例的代表，到《窥视厕所》登场吧。少年时代的赤濑川克彦君每晚都会尿床，一直到中学二年级才改掉，是位有相当资历的代表。

一到他家就问尿床的事，会不会太……没想到赤濑川先生毫不在意地聊开来。

"我们七兄弟里头只有我会尿床。老爸特地替我另铺一张床，底下垫了油纸，以免尿液渗入榻榻米，结果反而更糟。尿液从油纸的破洞漏出来，榻榻米被侵蚀到凹下去，整个房间全是阿摩尼亚的味道，每天都惨兮兮的。每天都告诉自己今晚一定不要再尿床，可是早上一醒来却仍旧睡在又湿又冷的被窝里。"

尽管如此，赤濑川少年并未因尿床而受父母责骂。我也是。不过，我们可不是因为不会挨骂才在被窝里撒尿。

"没错。有次我到朋友家过夜，他家的厕所很奇怪。我照他说的，走廊走到底，结果看到一个水槽，在铺着木板的房间中央有座像料理台的东西。没错，是厨房。料理台旁边有个装橘子的箱子，上面摆着个大陶钵。朋友说那就是尿盆。直径约有 60 厘米，简直像个大盘子，如果说是尿盆，中央也该有个排水孔，可是没有。这种奇怪的尿盆我还真是第一次看到，要我在盘子上撒尿实在干不出来，犹豫了好一会儿。可是尿又很急，只好从裤子里拉出那话儿前端，开始慢慢尿。但那大盘子实在太浅了，尿溅得到处都是，脑子里忽然掠过一个念头——啊！果然搞错了！可是朋友的确告诉我，这个厨房是厕所，这大盘子是尿盆啊。好奇怪啊。就在一会儿否定一会儿肯定左右为难之际，尿水就淙淙流出来了。"

原来是又一次"把棉被当尿桶"的经验。这种感觉我非常了解。每次都很犹豫"这里真的是厕所吗？该不会是做梦吧？"确认再确认，虽然踌躇不已，最后还是尿了。那种时候的梦比前卫电影还要超现实，细节也是具体又鲜明，所以总是信以为真。

快要改掉尿床习惯的时候好像特别容易做这种梦。在梦里的挣扎会愈来愈厉害，最后终于在快尿出来的瞬间睁开眼睛。

赤瀬川先生在身为前卫青年的时候，虽然已经从尿床部队毕业了，却还是常梦到有关厕所的怪梦。实在是太天马行空了，赤瀬川先生一醒来就赶紧把梦境记在枕畔的便条纸上。

"浴缸和便盆合而为一，树脂浴缸的底部安装着蹲式便盆。我天生穷酸命，觉得东西越多功能合一越好，所以梦里才会出现这种东西吧。那时候常出入我家的年轻家伙不懂得使用方法，把马桶和浴缸放水的开关搞错了，让人很头大。压下浴缸的控制杆，水放进来，浴缸整个儿满了，大便就在水面上漂啊漂的。啊！又搞成这样了！就这样在梦中边抱怨边收拾残局。"

听了忍不住笑出来。另一个梦的马桶造型果然也只有前卫艺术家赤濑川先生才想得出来。

"在某家旅馆里，有个装着水龙头的漏斗状怪东西，结果是男用小便斗。我看隔壁有人用从那水龙头流出来的水洗脸。原来如此！这设计实在太聪明了！我对这个好点子赞叹不已，小便时却得注意不能把尿喷到水龙头上。正这么想着想着，就醒过来了。"

听说会尿床的小孩神经比较细。赤濑川先生到了三十多岁好像还是很纤弱，有神经性心律不齐的症状，睡觉时会感觉心跳异常，以至于患上了害怕睡觉的精神衰弱症，长达一整年之久。还有，他肠胃也不好，曾因十二指肠溃疡开刀，颇为健康状况所苦。后来之所以能够根治，是因为医师的一句话"毛病会一样接一样来，该了断就要了断"，才痛下决心整顿好。

"关于胃病的起因，物理性因素仅占一小部分，90%与精神状态有关。所以从那时候起，我不再整日忐忑不安，而是让自己放松心情、充满活力。而且快吃快拉，有时甚至一天四次。可是一天竟然拉到四次，那已经不是快，而是怪，还真有点恐怖！一天上四次大号实在太过异常，老觉得会不会连五脏六腑都拉出来了。"

赤濑川先生将毫无用处而奇妙的事物取名为"Tomason"，是个相当风趣的人。听他开讲厕所，"赤濑川原平的奇妙世界"果然充满游戏的精神啊。

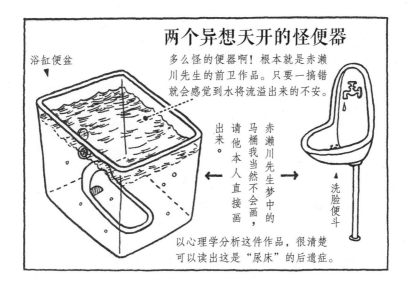

两个异想天开的怪便器

多么怪的便器啊！根本就是赤瀬川先生的前卫作品。只要一搞错就会感觉到水将流溢出来的不安。

浴缸便盆

▲洗脸便斗

赤瀬川先生梦中的马桶我当然不会画，请他本人直接画出来。

以心理学分析这件作品，很清楚可以读出这是"尿床"的后遗症。

解剖学家

养老孟司 篇

我一直很想和解剖学教授养老孟司先生碰面，此次借着《窥视厕所》终于如愿。

往镰仓的山间地区前进，穿过开山凿岩的隧道一直到底，就抵达养老先生府上。

"这里真的已经是尽头了，再过去也没人家了。这一带从镰仓时代就是名为'地狱谷'的墓地，到现在依然只有坟墓。"

"对于专门解剖尸体的学者而言，这真是个非常合适的环境啊！"

"我朋友也都这么说。"

养老先生笑着说。

我正在想，还是赶紧来谈谈食物的入口和出口，也就是"嘴巴和肛门"，结果养老先生说：

"解剖学用语里没有'嘴巴'这个词。"

听他这么一说，我开始紧张了。

"我们在解剖时，胃、心脏或肠子等等都拿得出来，可就是拿不出嘴巴。要么只有下颚骨、上颚骨或牙齿，就是没有'嘴巴'这玩意儿。所谓'嘴巴'指的是一种功能，而不是器官。"

"这么说来，肛门也是。"

"对。肛门的肌肉称为'括约肌'，肛门一词也是功能的表现。"

关于入口和出口的问答没两下就结束了。之后开始了只有学者才会谈的寓意深长的话题。

"人们处理排泄物和尸体的方式很相似。当然对待尸体更加慎重，但同样都会将之隐匿起来。不管哪一种，若是到处乱扔可就造成困扰了。"

的确，在远古时代，尸体和排泄物同弃路旁一点儿也不奇怪。随着时代推进，人们开始讨厌这样的暴露，才想尽办法把它们藏起来。

"人们为何会想把它藏起来呢？"

"这是因为人的大脑渐渐大起来了，解剖学上称为'脑化'。"

"？"

"从鱼开始，两栖类、爬虫类、鸟类、哺乳类的脑容量逐渐变大，最后演化成人类。这个过程称为'脑化'。随着脑容量变大，脑的思考就会想控制行动和环境。而脑的作用集结起来，就形成社会。脑化的社会认为万事都该管理才是理想状态。"

总之，就是不希望有难以控制、难以预测的状态存在。

"对。就如同有句话说'世间事不能随心所欲'，虽然知道顺其自然才是理所当然，但对于借凡人之力仍束手无策的地震、雷电风雨等自然灾害，多多少少仍希望能加以控制预防。然而讽刺的是，最难控制的典型却是人类的身体。"

"所谓'心头灭却火亦凉'，也有这种试图以宗教精神来控制肉体的思想。"

"日本是属于这种倾向比较强烈的社会。所谓重视精神层面，并非只在观念上，而是要身体力行。切腹也是以精神支配肉体的表现之一，但事实上，精神无法完全支配肉体。死亡对人类是一种威胁，因为它是非我们能操纵的自然力的呈现。不过，最好是清楚认识死亡后再抱持着敬畏之心以对。因为如果把不想看的事藏起来而度过一生，那样就会对'人的死亡'越来越缺乏感受力了。"

以解剖尸体为业的教授据说会对尸体合掌膜拜。

接着听到一些意外的事情。

"在现今的脑化社会中，理所当然会认定脑死的人等于死亡了，那么，如果只有脑仍活着，算不算死了呢？这是今后会出现的问题。其实，并没有某个'瞬间'可以让人判定'死了'；不过医师若无法宣告死亡，那会很不方便。因此就变成死亡似乎是在某个时间点发生的。但是，如果以 X 光或电子显微镜观察身体，就能明白死亡绝非是在一瞬间发生的事情。心

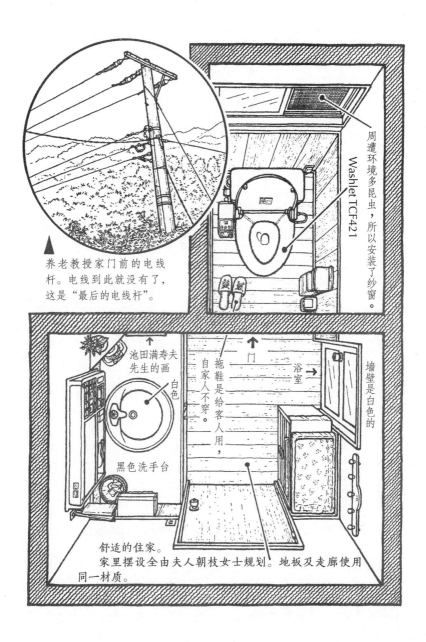

养老教授家门前的电线杆。电线到此就没有了，这是"最后的电线杆"。

周遭环境多昆虫，所以安装了纱窗。

Washlet TCF421

池田满寿夫先生的画

白色

黑色洗手台

拖鞋是给客人用，自家人不穿。

门

浴室

墙壁是白色的

舒适的住家。

家里摆设全由夫人朝枝女士规划。地板及走廊使用同一材质。

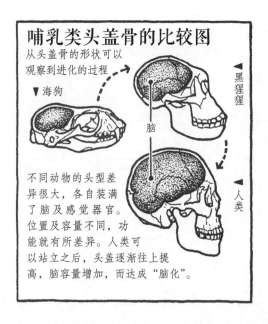

哺乳类头盖骨的比较图

从头盖骨的形状可以观察到进化的过程

▼海狗

▲黑猩猩

脑

▲人类

不同动物的头型差异很大，各自装满了脑及感觉器官。位置及容量不同，功能就有所差异。人类可以站立之后，头盖逐渐往上提高，脑容量增加，而达成"脑化"。

脏停止跳动时，心脏的细胞并非一下子死光光，仔细观察会发现还有不少细胞活着，而且是逐渐坏死的。人体中最后死的是皮肤细胞，所以尽管心脏已停止跳动、脑细胞也坏死了，也会有身故者仍活着的错觉也就不足为奇了。"

养老教授经常推荐学生到东京国立博物馆欣赏镰仓时代的《九相诗绘卷》。

那画卷描绘一位年轻女子在病死后，尸体慢慢化为一堆白骨，终至零零落落的九个阶段。

"在那个时代可以仔细观察到人死后尸体的种种变化。描绘得非常精确，死并非瞬间发生，而是阶段式地慢慢死去。这是以图像来诠释佛教的观点。"

养老教授更进一步提到，一般总爱将"死"与"生"做对照，他认为这是错误的。

"因为死与生不一样，并不是一种实体存在。即使可以体验他人的死，也还是没办法体验自己的死。尽管'死为生的终点'是千真万确的事实，但我们只能说死是更为现实、具体，同时也是更抽象的事情。除此之外，我们无法对死做更多描述啊。"

谈话的后半段说到粪便。

"现在有许多人不知道粪便的自然去向，其实排泄物的轮回也关乎'生'。"

他说到堆粪虫在埃及因象征拥有永恒生命之神而受崇敬，还拿出许多昆虫标本与极为精彩的法国版昆虫画册借我看。

养老教授从小就很喜欢昆虫，他的母亲常对人说，"他是个小时候爱坐在路边盯着狗粪瞧的怪孩子"。

"其实我不是在看狗大便，我是看聚集在上面的虫。"他笑着说。

傍晚，教授邀我到后头的墓地散步，沿路告诉我不少昆虫的名字及生态，那时他说了这么一句话：

"人类脑化之后，傲慢地认为自己可以支配自然。我想，现在就是得全球性地、全面地好好对此加以反省的重要时期。"

演员木实娜娜篇

木实娜娜小姐在排演时会戴上眼镜一再走位，好记住各个位置与相对距离，然后再闭着眼睛走。虽然她的视力已近乎弱视，但正式登场时连隐形眼镜也不戴，因为她已记得舞台的大小了。

"我是个紧张大师，所以看不到观众的脸孔、只听到掌声反而好。我真的觉得视力差其实也不错。我喜欢掌声，只要观众开心，我什么都愿意。"

她一方面视力不好，演出时又很拼命，常从舞台跌到观众席上。这种事不止发生一两次，还曾因此骨折，也曾经从舞台上跌下来后还继续又演又唱。

16 岁时与 Enoken 先生[1] 同台，饰演他的孙女，那时也是

---

[1] Enoken（1904—1970）是活跃于剧场影视圈的喜剧演员，人称"喜剧王"。

从舞台的花道[1]跌落，Enoken 先生就调侃她：

"你啊，干劲十足当然很好啦，但戏总得在观众看得到的舞台亮处演吧！"

正式演出前她会紧张得直发抖，是当年和越路吹雪小姐[2]演出时养成的毛病。越路小姐是位超级紧张大师。

她年轻时和 Enoken 先生、越路吹雪小姐相识，习得演艺人员的气魄和才能，可说是相当幸运。

听说"娜娜的厕所很有趣"，所以请她让我去参观。

在娜娜的带领下，正要进去起居室兼卧房的房间，天花板上忽然掉下一个小丑，随着音乐手舞足蹈起来。

"吓了一跳吧！门一打开触动传感器，小丑就会出来欢迎我回家。"

屋内墙上全镶着镜子，连舞蹈社的扶手横杆都齐备。乍看之下一派练习场的气氛，不过又铺着大红地毯，屋内到处都是小丑及迪斯尼玩偶，数量相当可观。

听说她从小就喜欢小丑。看到马戏团和美国电影里的小丑就爱上了，直到现在还是如此。

"小时候，大人动不动就威胁说'把你卖到马戏团喔！'我想反正都会被卖掉，那就当小丑好了。够开朗吧！"

---

[1] 歌舞伎舞台在左方一侧伸入观众席的细长走道称为花道，演员由此上下场。

[2] 越路吹雪（1924—1980），宝冢剧团出身的歌手、歌舞剧演员，对于战后日本的香颂歌曲、歌舞剧的普及有颇大影响。

据说娜娜小时候常跟着商店或剧团宣传队伍的小丑走，常常就走丢了。

"我喜欢即使在悲伤时也会笑的小丑，讨厌哭哭啼啼的。"

看来她好像把情感投射到小丑身上了。

"我的小丑大多都附着八音盒。回到家后让它们全演奏一遍，那可热闹了。"

她边说边依序打开，各种乐音混在一起，小丑也动了起来。她又按下屋内的开关，圣诞灯饰就在屋子里闪烁，简直就像游乐场，进入了一个非日常的世界。

我原本就喜欢庙会之类的事物，爱热闹，不禁就叫了出来："真有趣！"一般人在这么热闹的房子里或许会定不下心吧，这不是一间任谁都能安稳待着的房子。

"我也觉得有趣。可是我妹就完全相反，讨厌娃娃之类的摆饰。房间不但要安静，还喜欢用蓝色调。"

感觉上娜娜即使回到家好像人还在演出场。她说自己只要常保兴奋，就能生气勃勃。

"我从小就这样。我家公寓位于向岛的风化区和花柳界的正中央，一到晚上霓虹灯和灯笼啪地亮起，那些白天看起来没眉毛的姑娘忽然就摇身一变成了大美人。所以我很期待夜晚的降临。我家离浅草的国际剧场也很近呢。"

娜娜的父亲在国际剧场担任喇叭手，所以只要松竹歌舞团公演，她一定都会去看，从那时就很憧憬舞台生涯。

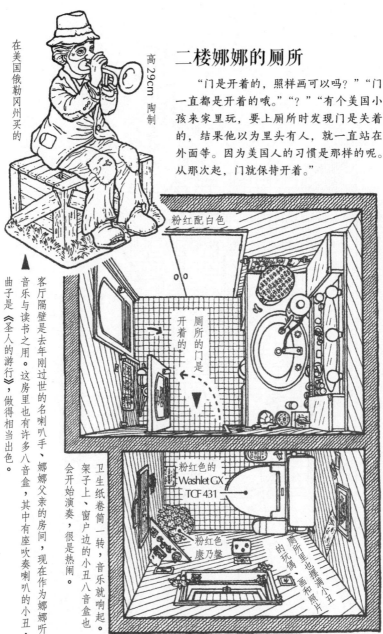

二楼娜娜的厕所

"门是开着的，照样画可以吗？""门一直都是开着的哦。""？""有个美国小孩来家里玩，要上厕所时发现门是关着的，结果他以为里头有人，就一直站在外面等。因为美国人的习惯是那样的呢。从那次起，门就保持开着。"

高 29cm 陶制

在美国俄勒冈州买的

▲ 客厅隔壁是去年刚过世的名喇叭手、娜娜父亲的房间，现在作为娜娜听音乐与读书之用。这房里也有许多八音盒，其中有座吹奏喇叭的小丑，曲子是《圣人的游行》，做得相当出色。

卫生纸卷筒一转，音乐就响起。架子上、窗户边的小丑八音盒也会开始演奏，很是热闹。

粉红配白色

厕所的门是开着的

粉红色的 Washlet GX TCF 431

粉红色康乃馨

厕所里也摆满小丑的玩偶、画和照片

真的是明亮又华丽的厕所。与其说是厕所，不如说是娜娜房间的延伸。

高35cm

不是瓷砖，而是壁纸。

Warmlet TCF101 型马桶

一楼厕所

门

一楼玄关附近的客用厕所。虽不像二楼的那么豪华，也有一些用心设计的地方。她要我进去时一定要说声『打扰了！』结果居然有只鹦鹉模仿我的声音也回了句『打扰了！』接着小鸟们为迎接客人开始叽叽喳喳唱了起来。这间厕所完全被『鸟』占领了。

"家里一有客人来我就很高兴，一个人把松竹歌舞团的戏从第一幕演到第十四幕。"

娜娜的母亲也曾是一位舞女，现在依旧健朗活泼，果然血缘有影响啊。

"的确跟血缘有关呢。我爸有种名士派的臭脾气，很任性，每次一喝酒就闹事，所以有时我蛮恨他的。他过世一年了，现在我才终于觉得能接受这份父女关系。现在我睡前都会说'爸爸谢谢，很感谢您！'爸爸虽然不会特意提及与音乐相关的事情，但我觉得他教了我'艺'的严肃性。他非常害羞，从来都不曾和我同台演出。"

"啊呀！今天是来采访厕所的吧。厕所是我的健康诊断室。看看大小便的颜色就知道今天的身体状况。所以我家马桶的水箱绝不用有颜色的水。还有，厕所里的小丑都打扮成医生护士的模样。他们会劝告我'酒喝过量可不行啊'。"

厕所里没摆拖鞋。

"因为我不喜欢把厕所和其他房间区隔开来。但我有个怪洁癖，就是在外面上厕所时不敢坐马桶，都把屁股翘高。因此整日排演也不以为苦，因为训练有素嘛！哈哈哈！"

开朗的娜娜也吃过不少苦。歌坛很现实，歌曲畅销的人才吃香，当她去各地演唱往往是为受欢迎的新人唱热场，后台休息室和待遇等等都远不如人。她觉得这样下去实在不行，22岁时毅然决然赴美学习。

"那时真的很苦，但现在我可以从小丑这边得到许多能量，很快乐哦！"

建筑师
清家清 篇

"好不容易完成自己心目中的新家了。"

有次一位演员朋友打电话来这么说。所谓"好不容易"，是因为经历三次"假性迁入"才终于定下来。

他之所以没办法直接搬进去，好像是房子风水不好。他不但拿设计图给风水师过目，还把风水师的意见摆在最优先，因此和建筑师起了相当大的争执。

有人说："有限的空间里要找到好方位很难，尤其厕所的位置。"我才想，太在意风水的话可能就……不料便看到建筑师清家清先生出了两本有关"风水"的书。

"咦！真奇怪啊。建筑界的权威竟然会谈这种事。"我赶紧买来看看。

读完才发现和我原本所想完全相反。简单地说，这本书的结论是"风水是祖先智慧的集大成，如果了解为何不能这样那样做，就可以不必太在意"。

以前就听说"清家先生府上的厕所没有门"，因此很想直接向他请教风水的事情，并看看实际情形。

清家先生家门前耸立着高大的山毛榉，相当显眼。房子外墙也爬满了常春藤，整个儿被绿意环绕。

咦？风水学上不是说"被常春藤缠绕的房子主凶"？

"哈哈哈！人家说厨师以酱汁蒙混，建筑师就靠常春藤。还有，医生靠一抔土来掩饰错误呢。这些都只是笑话啦。不过，常春藤对建筑师而言可是帮了大忙。"

经清家先生一说，我仔细一瞧，原来平房的屋顶上摆着个大货柜。据说是当书库用，而为了不让重量直接压在屋顶上，就以跨着房子的两根钢筋来支撑。常春藤把这些通通掩饰住了。

"没有门的厕所，就在这屋子里。"边说边带我进去。清家先生原本是为自己设计这房子的，目前则是女儿女婿在住。

"上厕所又不是干什么坏事，没必要躲躲藏藏，所以才没设门。这样还可以省下开关门所需的空间和体力。还有，我不喜欢家里空气停滞、感觉封闭，我想营造一个'透气的家'。没有门气氛比较好。在这里养精蓄锐后，可以发挥在工作上。"

他如此说明。后半段的谈话却是清家清式的笑话了。

"风水学上，哪个方位的厕所主吉呢？"

"没有主吉的方位。正因如此，才会说厕所的位置难决定。若谈主凶，倒是有'位于屋子中央'和'向北主大凶'

的说法。"

听他说明不能将厕所设于房子正中央的理由，顿有恍然大悟之感。

"以往的厕所都是把排泄物积存一阵子再请人来掏粪。如果厕所坐落在正中央，不但满屋子臭气冲天，汲取粪尿时还得穿过家里头。综合以上原因，才会有主凶的说法。但是在抽水马桶普及的今天，虽然没有臭气的问题，仍有不适合的因素。首先，住起来感觉就不舒服吧。家里正中央应该设计成使用时间较长的房间，厕所摆那里太浪费了。而且房间彼此之间无法直达，动线绕来绕去，徒增不必要的走动。厕所靠近寝室会比较方便。厕所在正中间还有件麻烦事，那就是管线的配置。从屋子中央通过房间下头来配管，万一故障要修理的话，那可不得了。"

厕所"向北主大凶"的说法，放到现代也符合。

"若是向北，从秋分到春分之间完全没有日照，会非常寒冷。老人家最容易昏倒的地方就是厕所。因为在寒冷的地方蹲着，突然站起来的时候很容易昏倒。以前日本住家的暖气并不是把整个房间都弄得暖烘烘的，而是靠火炉暖炉烤暖手脚，还得穿上层层衣服才能御寒。厕所不但没暖气设备，还得把衣服撩起来、裤子褪下，那更冷得厉害。这样就能理解'北主凶'的说法了。现在的太阳和以前没两样，北边的厕所还是冷，所以最好不要在寒冷的状态排便。但如果使用加温型马桶座，或

没有门的厕所

原本是清家先生的住宅，现在是女儿女婿住。

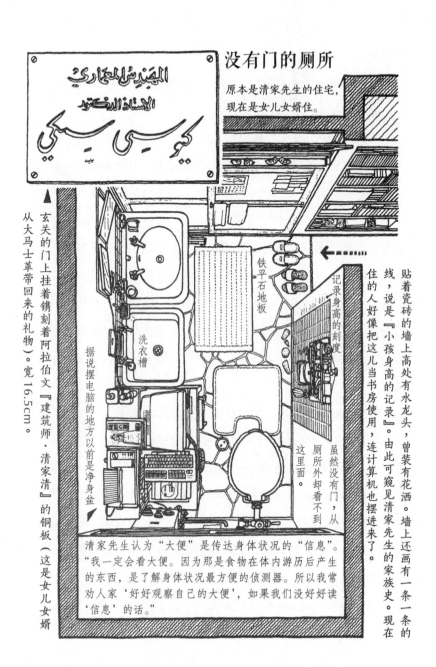

玄关的门上挂着镌刻着阿拉伯文『建筑师·清家清』的铜板（这是女儿女婿从大马士革带回来的礼物）。宽16.5cm。

据说摆电脑的地方以前是净身盆

洗衣槽

铁平石地板

记录身高的刻度

虽然没有门，从厕所外却看不到这里面。

贴着瓷砖的墙上高处有水龙头，曾装有花洒。墙上还画有一条一条的线，说是『小孩身高的记录』。由此可窥见清家先生的家族史。现在住的人好像把这儿当书房使用，连计算机也摆进来了。

清家先生认为"大便"是传达身体状况的"信息"。"我一定会看大便。因为那是食物在体内游历后产生的东西，是了解身体状况最方便的侦测器。所以我常劝人家'好好观察自己的大便'，如果我们没好好读'信息'的话。"

安装暖炉暖气，就可以防'凶'了。"

有关厕所的位置，据说有三项要注意。

"一是靠近寝室。二是安排在要去的时候不必通过客厅饭厅等人会聚集的地方。三是尽可能靠近厨房、浴室或洗脸台等有给水排水设备的地方。"

时代在变，住的方法和建筑也在变，有些部分仍适用风水上所谓的"凶"的看法，真有趣！

"对，祖先的智慧蛮厉害的。所谓'风水'确实有趣，如果能合理地运用在现代人的生活里也很好啊！"

话说回来，清家先生家的风水可真是乱七八糟。正中央摆了一道像要登上天守阁的楼梯，在风水上这称为"主人早死之相"。

"男人原本就比女人早死嘛，的确很准！哈哈哈！"

为何风水学会告诫人们不要把楼梯摆在家里正中央呢？原来，从前城市里的民宅禁止盖两层楼，将楼梯摆在醒目的地方恐会招来祸事，而"主凶"的说法正是时代的痕迹。

"不过，即使在现代，楼梯摆中间还是碍手碍脚呢。我是觉得有趣才这样设计的。"

连权威都这么做了，看来就不用太顾忌所谓的风水了。

"意思是，并非建造出来的房子就称为住家。我们在建筑上头花钱，但重要的却是里面没花到钱的空间。在其中完成、实践的就是生活，就是人生。对了，您知道家里最受人尊敬、

连接在"蒸急车"货车最后的车长用车厢。这是向国铁购买的古董车。

这辆车厢被称为『WAHU』。WA就是货车（wagon），HU是装有刹车（brake）的意思。清家先生非常喜爱交通工具，从古董机车起，连各种交通工具的模型收藏也相当惊人。这节车厢里摆着各种工具机械，算是模型车的修车厂。

最被亲近的地方是哪里吗？是厕所呢。"

"厕所？最被尊敬亲近的地方？"

"日本在房间的名称前都会加上'御'，对不对？譬如御座敷（客厅）、御茶间（饭厅）、御台所（厨房）、御风吕场（浴室）等。但在使用外来语的情况时，就没有人说什么'御Kitchen''御Bath'，却有'御Toilet'的说法。这就是证据。"

被这么一说……可是，真的吗？

二楼的厕所

清家的家盖在和旧宅同一块基地上，有四间厕所。这间是他们夫妇专用，是向北的凶相。他说：『厕所角落摆着的玻璃小丑其实是辟邪用的。』

挂着一面『反字钟』。从洗脸台的镜里一看，背后钟的文字盘就变成正面的了。浴室与外头以竹栅门隔开。他说：『被小偷听到就麻烦了——竹子里其实插着铁条。』

贴着白色瓷砖的墙

为采光用的玻璃

小丑娃娃

大理石地板

没有门

钟

语言学家
西江雅之 篇

我去拜访了语言学家、人类学家西江雅之先生。他从学生时代便独树一帜，不但自学非洲的斯瓦希里语（Swahili），还编成日本第一本《斯瓦希里词典》。他精通各地语言，能讲几十种话。我想，从这么一位人物身上一定能听到世界各地关于厕所的奇妙见闻。可是呢——

"嗯，倒不记得有什么厕所逸闻呢。"

"咦？"听了真是差点晕倒。不过，话说回来，他那么多本著作里还真是没提过厕所的事呢。我记得的只有一个，是谈到了非洲约鲁巴族（Yoruba）的粪便。

"尼日利亚（Nigeria）的约鲁巴族很喜欢猜谜。有个谜语是："上面有叶子，下面也有叶子，落在中间的是一小块粪。那就是人。'不是说人像粪，而是说粪也像人。"

这就像禅宗的机锋问答般有趣。

"与其称粪便为排泄物，不如说是自然存在之物。无论人或粪，都是构成世界的一部分，这从马赛族（Masai）处处利用牛粪的生活中也能看出。以牛粪盖房子，干燥后的牛粪粉拿来擦碗盘。牛粪的颜色随干燥程度每天不尽相同，就把不同颜色的牛粪搓圆当棋子玩。这种日常生活没有所谓的肮脏。当然，非洲的牛粪一样爬满苍蝇，他们把苍蝇比喻男人，有些地方会这样称赞美女：'你简直像牛粪啊。'意思是她美得让男人像苍蝇般聚集。将男人喻为苍蝇也毫无鄙视之意。他们觉得戴着苍蝇图案银饰品的男人很帅呢。我也染上这习惯，在东京看到美女不禁脱口而出'你好像牛粪啊'，结果被痛骂一顿。"

我请西江先生一定要说些非洲厕所的故事，结果：

"除了都市地区以外，没有厕所这种东西呢。早上在哪儿都能上。啊，对了对了，有个蛮有意思的情况。坦桑尼亚的海岸地带住了不少印度人，那边的厕所是印度式的。河里较浅的地方散置着踏脚石，彼此的距离差不多一步宽。踩着一步步前进，最后有两块石头是并排的，就蹲在那边办事。但回来可就有点麻烦。因为没办法转身，只好倒退着走。这就像'川屋'的意思，是厕所的原型。至于屁股的善后，当然是就地用水冲啰！"

"那在沙漠里，您也是用沙子吗？"

"对啊！有小石头就用小石头，也有的地方用绳子或叶子。而且在那里的时候大便自然比较硬，会成块，很容易擦干净呢。"

西江先生不管到哪里都可以自然融入，也很容易适应不同

西江白虾 （发现者为生物学家岩崎望先生）

身长约 3cm

这是在牙买加（Jamaica）海岸发现的新品种，以西江先生的姓来命名。据说是为了表扬他对加勒比海地区的语言学、人类学的研究成就。"没想到借着虾子名传后世，很棒吧！这么一来，下半辈子应该要忌口，不再吃什么炸虾丼、虾子仙贝之类的啦。"西江先生一脸得意地说道。

西江先生家的厕所 （二楼有间完全相同的厕所）

米色墙壁、灰色地板。

加温型马桶座

没有任何装饰的简朴厕所

从这扇窗子伸手就能摘到山椒叶

『二楼也有一间相同的厕所，一高兴常会特地跑上去。』

『我对住家有三样要求：附近有水，有绿树，盖在大地上。这个家完全符合。不但盖在长满草木的大地上，附近又有石神井公园的池塘。只不过很可惜，我就快搬离这里了。因为这是租的房子，主人快回国了。您知不知道哪里有类似的房子呢？我没什么钱，只付得起便宜房租。』

的风俗习惯，所以不太觉得有什么事情是特殊的吧！

"有很多地方即使有纸，排便后也不用纸擦。更何况地球上还有很多地方不用纸擦屁股的。"

西江先生旅行时从不曾为如厕之事烦恼。并非特意忍耐，而是不太需要上，也不怎么会出汗。他有办法一个月只洗一次澡，不刷牙也无妨，有食物就吃，不吃也没关系，简直像头野生动物。为什么这么说呢？因为野生动物就算找到食物，下一顿在哪儿也完全无法预料，所以有暂时不吃也无妨的体质。

"我是这样没错，但有一点和动物不同。有时候虽然不渴，还是会想喝点啤酒呢。"

和他一起旅行的人常会嗷嗷叫："西江先生的行程里不排吃饭时间的啊。"

"不过呢，我可以——虽然这点对有些人来说也是很奇特——跟当地人吃同样东西。猴子、貘、犰狳、大老鼠、鳄鱼、大象、长颈鹿。"

如果以为是他长住非洲才如此异于常人，那可就错了。据说他五六岁时就吃过蜻蜓、蝉之类的。他说蚕的味道很好，其他的虽不算好吃，但吃了也不会怎么样。而且，他曾经很认真地想变成猫或狗。

"我学猫从屋顶上翻身跳下来，结果跌得伤痕累累。"

或许因为有这基础，他曾参加东京高中器械体操队，还得过冠军。而对语言的兴趣也与小时候和各种昆虫、动物打交道

西江先生的宝物

两尊朴素的木雕娃娃。这是他在肯尼亚北部离首都内罗毕约六百公里的图卡纳（Turkana）湖畔某村庄和小朋友换来的。『我看了很喜欢，便以物易物交换』头发是椰子纤维，裙子和颈饰则是鱼骨做成的。

娃娃的高度
小的 28cm，
大的 39cm。

的经验有关。

"只要有三只麻雀，我就想辨别它们的长相。为了分辨蟋蟀叫声的意思，我会竖起耳朵仔细听。为了了解蚂蚁或蝴蝶的活动范围，还会把它们出没的地点绘制成地图。"

看来他从小就非等闲之辈。

到了国中的时候，他终于明白人和动物的构造是不一样的。

"那种想变成猫的念头真是大错特错。我终于知道猫有猫的世界，蜻蜓则以它独特的眼睛观看四周。它们的世界太大了，永远没办法掌握全貌，那还是重新当人吧。现在才又变回人类。"

西江先生致力于语言研究，是因为：

"虽然语言只是种声音，背后却是人类的各种故事，有许多不可思议的世界。当然，并非光靠语言就可以了解所有事情。"

他又说，他不喜欢把语言本身当成一门学问来研究，而是宁可将它视作了解人们生活和文化的手段。

"愈深入了解各种差异，愈觉得有趣呢。在扎伊尔住着矮人族（Pygmy）的地区，巨木丛生，连七八十米外的东西都看不见。从那里到热带草原，搭车大约要花上半天。所以，在密林里住了三四十年的人头一次看见在辽阔草原的另一边有只鹿会非常激动：'啊！有只好小的动物！'但过了两三天再看到，就只是轻描淡写地说'距离一远东西看起来就小了'。这只是例子之一。其实，所谓的文化，是由各式各样深信不疑的想法聚合而成的。"

随着时代变迁，各地独具个性的文化彼此间的差异逐渐消泯。扎伊尔共和国东部地区最近有相当惊人的变化。10 年前还拿着枪的年轻人，如今有的手握方向盘，有的则前往欧洲习得最新科技，应用到工作上。再过一百年，或许全世界的人都抱持着同样的思考方式，过着同样的生活。西江先生并非反对改变，但他担心，我们在急剧的变化中是否会忘掉一些重要事物？

"我并非要比较各种文化的优劣，而是想观察那些在不同文化夹缝中尚未为人所知的种种事物。像'粪便和人类一样'这种柔软的想法不也很好吗？"

题外篇 宇宙飞船上的厕所

宇宙飞船上的厕所到底是什么样子的呢？我很好奇。即使像平常那样排便，但在无重力的状态下大便可不会"扑通"掉下去，而是会沾在屁股上。尿液也会变成小水珠，轻飘飘地浮游着。

在20世纪60年代前半叶发射的美国"水星号"（Mercury）宇宙飞船飞行时间不长，所以并未设置厕所，而是用尿布。之后，飞行时间较长的"阿波罗号"（Apollo）宇宙飞船不用尿布了，改用塑料袋。

"宇宙飞船上的厕所"在人类尚未飞向太空之前就已是重要的研究课题，听说有好多失败经验。

现在，无论大号或小号，在美国的航天飞机上都是以真空吸取的方式来处理。听说苏联的太空站"和平号"也一样，但详细的情形就不得而知。

苏联太空站
"和平号"

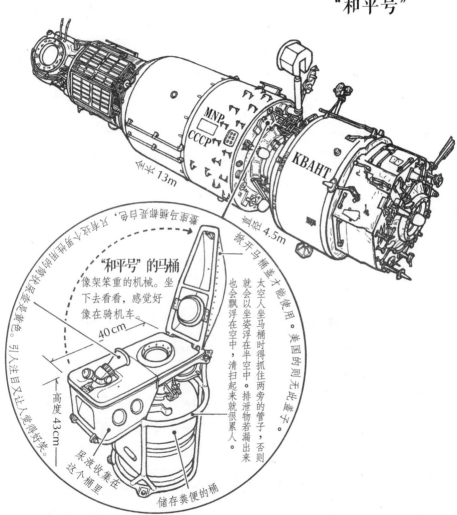

全长 13m

直径 4.5m

MNP
CCCP

KBAHT

"和平号"的马桶

像架笨重的机械。坐下去看看，感觉好像在骑机车。

40 cm

高度 43cm

尿液收集在这个桶里

储存粪便的桶

掀开马桶盖才能使用。美国的则无此盖子。

太空人坐马桶时得抓住两旁的管子，否则就会以坐姿浮在半空中。排泄物若漏出来也会飘浮在空中，清扫起来就很累人。

颜色与普通的一样，只是身体和座垫紧靠着用皮带系上。引人注目又让人觉得好笑。

令人兴奋的是，我终于有机会看到实物了！

名古屋设计博览会上展示了"和平号"的原型。"Mir"意为"和平"；看到这名字不禁让人觉得时代也是不断在改变。

主题馆展示的"和平号"体积相当庞大，我排在长长的队伍中，边抬头仰望。由于一次只能让六个人进去，等了好久才轮到。当我看到这次的目标——太空厕所时，虽然已经好一把年纪了，却还是忍不住大叫出来："哇，真棒！"

终于看到宇宙飞船的厕所了。但是，隔着厚厚的塑料板只能瞧一会儿。后面还有很多人等着，只好暂时忍耐下次再来。

第二次是在闭馆之际赶到，并请相关人员让我进去实际测量。

苏联的"和平号"太空站在发射升空时并无人驾驶，而是等上了轨道绕行后才由宇宙飞船"联盟号"（Soyuz）将航天员载上去。美国的航天飞机则是自始就以载人发射升空为目标。虽然两者方式有些不同，但不管哪一方都是倾全力研究，希望能让航天员在宇宙中过得舒适。

太空生活与在地球过日子最大的差异是，绕行地球一周只需一个半小时，因此每天有16次日出及日落，还有就是无重力状态。

地球上的动植物自始就是过着24小时为周期的生活。置身于从未经历的环境中，对人会有什么样的影响？能适应到什么程度？完全是个未知数。经过狗、猴子的动物飞行实验后，接着就是人类太空体验的测试。

　　最能明确显示身体状况每日变化的就是体温和荷尔蒙浓度，所以必须检查、分析尿液中荷尔蒙和钙等众多物质的含量变化。尿液可提供种种数据；航天员从起床以后，每三个钟头就得收集一次。研究结果显示，在进入太空的头两三天里，尿量会变多，钙和钾的排泄量会增加，荷尔蒙浓度的变化也看得出来。看来以尿液作为观察检测的工具还颇具效果。

　　此外，关于无重力对人体的影响。所谓无重力，就是没有上下区分。要是无法忍受没有上下的状态，别的都还不用提，根本没办法在太空过日子的。因为只要稍微动一下，不管人或东西都会轻飘飘地浮游移动。就连那些精挑细选过的航天员也

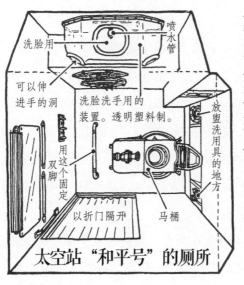

太空站的生活光想象就觉得辛苦。去年底（1987）才返回地球的两位苏联航天员契多夫、马纳罗夫，竟然在太空中停留了366天。

喷水管

洗脸用

可以伸进手的洞

洗脸洗手用的装置。透明塑料制。

用这个固定双脚

放盥洗用具的地方

以折门隔开

马桶

太空站"和平号"的厕所

会因为和地球环境不同而有"晕太空"的现象，颇感困扰。

用餐和排泄原本就是生活中的重要部分，更别说是在太空里头了。因此专家学者也颇下了一番功夫研究。

早期航天员吃的是装在软管里的太空食品。由于看不出食物的形状，也闻不到香味，完全失去"吃"的乐趣。

首次免于食用软管太空食品的是 1968 年"阿波罗 8 号"上的三位航天员。他们过圣诞节时在太空里享用火鸡大餐，非常感动。

现在，无论是美国还是苏联的宇宙飞船上都备有各式菜肴供航天员自由选择，太空舱里还设有调理台或电烤箱以加热食物。

因此，航天员才会说："用餐时间是最快乐的时候了！"

有进当然就有出。这和在地球上生活时没两样，只是环境不同，排泄方式也不同。现在美国和苏联的宇宙飞船上都有坐式马桶，只不过为使身体不会在排便过程中飘起来，得先固定住。听说美苏两国都是先将粪便真空干燥后再带回地球。虽说都是带回地球，苏联的"和平号"和美国航天飞机的做法有点不太一样。为搬运食物及机具等物资的无人宇宙飞船"进展号"（Progress）每两个月发射一次，所装载的废弃物在冲入大气层的时候和机身同时烧毁。

我曾经听说有人在研究"如何将废弃排泄物变成食物"，刚好夜半时分立花隆先生打电话来，就赶紧请教他。

美国的太空梭"发现号" _{全长 30m}

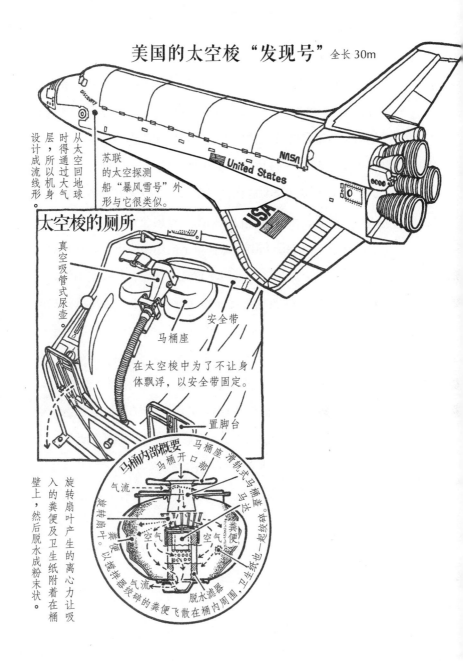

从太空回到地球时得通过大气层，所以机身设计成流线形。

苏联的太空探测船"暴风雪号"外形与它很类似。

太空梭的厕所

真空吸管式尿壶。

安全带

马桶座

在太空梭中为了不让身体飘浮，以安全带固定。

置脚台

马桶内部概要

马桶座　清扫马桶盖

马桶开口部

气流

旋转扇叶

气流

空气　粪便

空气

粪便

脱水滤器

气流

以搅拌器绞碎的粪便飞散在桶内周围，卫生纸也一起绞碎。马桶盖

旋转扇叶产生的离心力让吸入的粪便及卫生纸附着在桶壁上，然后脱水成粉末状。

他哑然失笑，说道：

"不是那样的啦。现在是有人在研究'封闭性生态系生命维持系统'（CELSS），简单地说，就是希望能研究出一个自给自足的生命维持装置，让人类在离开地球后仍能活下去。现在滞留外层空间的只是短期间的少数人而已，但如果是几十个人、以年为单位地长期居住，那食物、水、氧气等各项物资都得从地球补给，废弃物还得运回来，费用会很庞大，太不划算了。因此便希望能研究出人造环境下的小型生态圈，让所有必需品都能在太空中生产。若能实现这个梦想，不仅是太空，就连在海底、地底都能规划出城市聚落。地球上的环境污染对策、废弃物处理、食物生产等种种技术也将有更广泛的运用。不管是苏联或美国都编列了预算，致力于'CELSS'的研究；日本政府则尚未编列正式预算。对了，不是有个'再创新乡'的活动吗？政府到处撒了总计有 3000 亿日元；如果能拿出 50亿来赞助这项计划，那对日本的未来不知有多大的帮助呢。"

听说美国的太空研究经费占国家预算的 1%，而日本对于太空开发的研究经费则不到 NASA（美国国家航空暨太空总署）的十二分之一。

听完立花先生的一席话，重点由"太空中的厕所"发展成"CELSS"。其实，太空开发的范围并不限于宇宙而已，对于今后的地球也是一项重要课题。

投资专家
邱永汉 篇

我有时会遇到邱世嫔小姐，所以对邱家活泼爽朗的行事亦时有所闻。我在她写的《七转八起 Q 翻转》[1]中读到"夫妻吵到连碗公都飞起来"时，简直笑翻了。我试着问世嫔小姐："邱家的厕所是怎么样的？"

"我父亲很神经质，母亲却大而化之。他们的'厕所观'也各不相同，好像台湾和香港同处一个屋檐下。我母亲在上厕所时，即使我进去，她仍可以跟我讲话，一派自然平常；父亲可是会牢牢锁上门呢。"

我很想见见邱先生，但他实在太忙了，总难如愿。就算打电话到事务所，得到的回答也是"目前在中国的广州……"，

---

[1] 七转八起的日文为百折不挠之意；而"邱"的日语发音近似于"Q"。

"刚回来，但接着又得去巴塞罗那和伦敦"，"碰巧到地方上去演讲了"，等等。

听说他每年的演讲场次高达 200 场，每个月有 10 篇以上的连载要写。向他提出参观厕所的请求过了许久终于实现了，在他百忙中去打扰，真是不好意思。

"您到底在什么时候写稿？应该没什么时间坐在书桌前吧？"

"不坐书桌前写呢。通常在飞机或新干线上。"

"新干线不是摇得很厉害吗？"

"是啊。摇晃的书房。如果不利用交通时间，根本没时间写稿。就算在家里，不管坐椅子或躺床上，我经常跷起腿来，就像搭新干线一样，把稿纸放膝盖上就开始写。"

"听说您过了 60 岁就不写小说了，那之后写些什么呢？"

"我觉得，某些名家上了年纪后所写的文章水平与年轻时发表的颇有落差。那他们为什么还要写呢？仔细想想，一来这些文人雅士通常没有积蓄，不继续写就没饭吃；另外是希望自己一直站在第一线，也希望别人如此看待他。我不希望 60 岁后别人也这么看我，因此决定除小说外我还要另辟一条谋生之路。"

邱先生并不拘泥于"写小说的才算作家"的想法，股票研究、饮食学问等题目他都能自由发挥。

"因为我什么都写，所以被称为'文章的百货公司'，其中如何积聚财富的部分最受欢迎。啊，对了对了，有件事和《窥视厕所》有些关联。请稍等一下。"

他边说边站起来，不一会儿拿来一本《替投资人拜访厂商》。

"在这本书里，我推荐的优良股之一就是东陶（TOTO）。"

那是昭和三十五年（1960）出版的书，书上写着"现在要买股票就买制造马桶的东陶"。读过以后觉得很有道理，摘要如下：

> 战争期间到战后都是粮食不足的时代，光为吃的问题就已经费尽心思，根本顾不了"拉"。现在吃已经不成问题，今后该是认真思考"拉"的时代了。在衣、食、住三项中，注重衣和食的阶段已经过了，目前要进入"住"的阶段了。家里最重要的地方是哪里？厨房和厕所。其中最落伍、最亟待改善的就是厕所。要买就买那些能让厕所变得舒适的公司的股票。而其中居独占地位的就是东洋陶器。此外，不要忘了四年后将举办东京奥运，会兴建旅馆，高楼大厦剧增。所以买"厕所的东陶"正是时候。

他详细分析资料，得出强力推荐的理由。是否押对宝了呢？看其后东陶机器的股价及公司发展即可分晓。怪不得被称为"赚钱之神"的邱永汉先生拥有那么多信徒。

"预测未来的基础是？"

"不必把太远的将来纳入考虑。如果考虑得太远，人终究

一楼玄关旁的厕所

门一打开，迎面就是四面镜子。以现代手法运用装饰艺术（Art Deco）风格的设计。"邱先生要求的吗？""不是。这个家与其说是我的品味，不如说让建筑师大大地发挥了呢。二楼的浴室也一样。"他带着四处参观，看到装潢如此豪华，我不禁吓了一跳。

←——48.5cm——→|←32.5cm→|

高66cm

▲ **音乐盒** 客厅摆着一个法国造八音盒，看起来颇有年代，是喜欢八音盒的人所无法抗拒的珍品。我也被深深吸引了，只可惜家里实在太窄了。邱先生家的客厅有大片落地玻璃窗呈弧形一字排开。八音盒摆在其中显得十分相称。

镜子

紫灰色壁面

深棕色

高达天花板的巨门。一量尺寸竟有2.40m，吓一跳。

淡绿色的大理石

出入的门▼　　在这边的▼墙上有卫生纸架

一死，这样的话就什么都不必做了。所以，想想一两年后会怎么发展再行动，这样不是比较好吗？ 10 年后的事未免太远了。我通常连两三年后的事都会考虑进去，结果常会有时机还没到的情况呢。"

"那是因为您不只考虑如何赚钱，同时还有太多的梦想吧？"

"没错。赚钱只不过是梦想的实现。无法成真的梦太多了。经济评论家说'邱永汉虽然被称为赚钱之神，胜率也不过是八胜七败或九胜六败而已嘛'。可是我觉得这样就够了呢。如果解说经济的学者专家预测全部正确，那不就都成富翁了？重点在于输少赢多即可。"

"随时要注意股票的走向不会很累吗？"

"我不在意每天股市的跌涨，所以不累。我思考的不是每天股价的高低，而是潮流的趋向。因此每次胜负可能要两年或以上的时间才能判定。如果读了股票新闻的预测就一窝蜂跟进，那非输不可。必得一次决胜负。观察几年才下手也可以，有'就是这个！'的感觉再对准目标压下去。"

"抓准'就是这个！'的判断力是什么？"

"对于平时就感兴趣、关注的东西，自然会有种判断力。就像下棋的人看得懂棋局。若没有这种问题意识，不但无法理解整个局面发展，也一定会看走眼。不仅要收集各种信息，脑子里感兴趣的东西要有千百种，这样不管是翻报纸、看电视或

二楼紧邻寝室的浴室（两边是邱先生夫妇各自的房间）

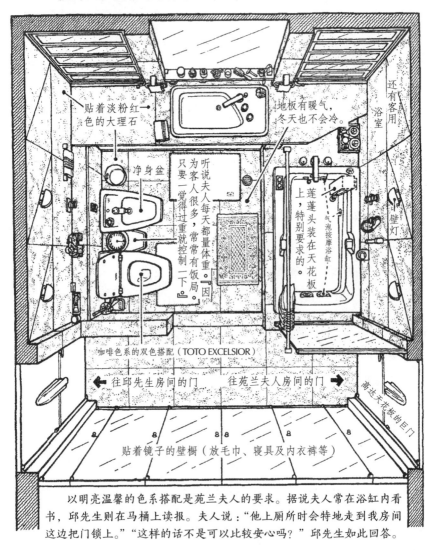

贴着淡粉红色的大理石

净身盆

只为客人很多，常常有饭局。听说夫人每天都量体重，因为客人很多，常常有饭局。只要一觉得过重就控制一下。

地板有暖气，冬天也不会冷。

还有客用浴室

莲蓬头装在天花板上，特别要求的。

气泡按摩浴缸

壁灯

咖啡色系的双色搭配（TOTO EXCELSIOR）

← 往邱先生房间的门　　往苑兰夫人房间的门 →

高达天花板的巨门

贴着镜子的壁橱（放毛巾、寝具及内衣裤等）

以明亮温馨的色系搭配是苑兰夫人的要求。据说夫人常在浴缸内看书，邱先生则在马桶上读报。夫人说："他上厕所时会特地走到我房间这边把门锁上。""这样的话不是可以比较安心吗？"邱先生如此回答。

与人接触，相关的事都会迅速输入脑子里，就会产生'果然是这样''不！这样不对'的判断力。例如目前美日关系如何，香港今后的发展又是如何……"

"香港会变成怎么样呢？"

"目前香港有许多不安的因素，所以很多人都不看好吧。当大家都认为不行的时候，我精神就来了。前年股票大跌那天，我在 NHK 说'现在赶快买！'而且还指名要买哪家的。所以'现在要买香港的'。即使政府方面有些动摇，但从趋势来看，我认为香港的角色在 1997 年后会比现在更重要。有个人想买香港的大厦，银行分行经理说'这种时机怎么干这种傻事'，让他十分担心，跑来找我商量。我告诉他'不必担心'，'因为香港是资本主义和共产主义的翻译机'。为什么？就算日本人直接到中国大陆做生意，常常也还是会遇上许多麻烦，无法顺利进行。资本主义和共产主义没办法直接对话。香港人和日本人可以通过资本主义的运作方式沟通；而香港人之所以能和大陆人做生意，则是因为他们并非站在资本主义和共产主义的立场对话，而是中国自家人在沟通。也就是说，香港具有翻译机的功能。对中国政府而言，香港就像通往资本主义的窗口，是一个重要据点。若站在'思考今后要怎么赚钱'的中国政府的立场来想，也看得出大势之所趋吧。不可能把这么重要的窗口封掉。所以我说，'买香港的'。"

在我读过的资料中，有件逸事可以窥见邱先生的一面。在日本最早做舆论调查和实况调查的就是他。

17 岁的时候从台湾来到日本，在战争结束来年，仍在东京大学就读的他到东京的残垣断壁间走访，调查了许多人的生活实况。当时各大报社都没这样做，反而转载他收集的资料。

这表示他 20 岁的时候就已经在实践"必须以资料作为判断依据"的想法。他绝非在一夕之间变成"神"的。

在我告辞之际，邱先生有点不好意思地提道：

"若说到先见之明，有件事我倒是很引以为傲。在昭和五十九年（1984）的《家庭画报》杂志上，我曾写过'政治家是适合女性的职业'的意见。"

查阅过期的杂志，他的确如此写过。

棋士 米长邦雄 篇

将棋[1]棋士米长邦雄先生曾在《周刊文春》的《泥沼流人生相谈》专栏里写出各种快刀斩乱麻式的回答，读来甚感愉快。特别是有关男女问题的建言干脆利落，让人不禁有"想必是个中老手"的感觉。

抵达米长先生府上时他还没到家，趁此机会向明子夫人求证一件事。

"听说米长先生听了围棋棋士藤泽秀行说'能使男人胜败心增强、器量变大者唯有女人'之后，和您商量'我也想试试'，是真的吗？"

"真的。我对他说'请便'。"

他的回答则是"那就恭敬不如从命了"。

---

[1] 类似中国的象棋，棋盘画有 81 格，双方各执 20 颗五角形棋子，吃下的棋子可为己方所用。

正在参观他家厕所丈量尺寸时，米长先生回来了。

"唉呀！回来晚了。请自由参观。我通常用洗净式马桶冲过后还会去浴室洗洗屁股，所以是个屁股比嘴巴干净的男人。给您看也可以哦。"

他突然用屁股啦、大便啦先发制人，真有些招架不住。这时候我想起了莫扎特。

莫扎特也很喜欢说些粪便或放屁的事情，信上常会写些"满怀爱意地放个屁'噗——'"之类的话。

米长先生爱好戏剧，据说他非常喜欢描写天才音乐家莫扎特生涯的舞台剧《阿玛迪乌斯》（Amadeus），看了十几遍。

松元幸四郎饰演视莫扎特为对手的学院派作曲家萨列里（Antonio Salieri），莫扎特则由江守彻担纲，据说在伦敦颇为轰动。原本"认真努力的凡人和天才之间有道无法跨越的鸿沟"是件带着悲剧色彩的事，但这出戏却让它看起来像喜剧，这个趣味点正是本剧高明之处。

不仅戏剧，米长先生是一位多方涉猎、兴趣广泛的人。

"心无旁骛、只专注于将棋一事，这与我的个性不合。胜败就像人生，而人生也有各种局，例如看戏、打高尔夫球、赌博、玩股票、和女人交往。这些看起来和将棋没有直接关系，但我认为结果却会反映在上头。"

据说胜负师[1]最忌讳的就是从自己口中谈论胜败哲学和人生观，但米长先生却向此禁忌挑战，在《人生相谈》专栏说出自己的心声。

"回答《人生相谈》的问题时的确是完全暴露自己，不过我觉得没什么关系。如果认为那对胜负师会有负面影响，那等于我否定了自己的生存方式。因为一路走来我都是这样子的。"

他说无论人生或将棋，只寻求一个最佳解决办法是行不通的。若是只有一招，不但视野会变窄，而且顺境时还好，陷入困境的时候可就糟了。

"被对手看出破绽，或交上恶女吃了亏，或面临超出自己所能的情况，这种时候可不能死命想着要找出必胜绝招。为求胜利，有时是不是该运用些看似有损于己的不同方法呢？这种随机应变的想法很重要。我认为'人生的一切都是波浪'。不！不只是人生，企业、国家也都一样。我的哲学是事物的根本都在波动。因此就算身陷苦境，我也当成是波动。无论股票或将棋，新的趋势是否从主流中演变而生呢？能看透这些才最重要。由此推论，我的处世姿态、我的棋风都得改变。这样一来会丧失累积至今的优点，是很恐怖的事情。"

在胜败分明的世界里，要能生存下去是件严酷的挑战。就连"去小个便"的行为也象征着某种意义。

---

[1] 日语中称围棋、将棋等以争胜为业的人为胜负师。

米长先生家一楼的厕所

米长先生喜欢在厕所里看时刻表。"我很喜欢时刻表，每次都会带进去读。边看边想，如果搭这班特快列车下一站会到哪儿，顺道可去哪个露天温泉等等。"

两年前新建的米长家，全由夫人一手负责。

白大理石

咖啡色系大理石地板

Washlet
GⅢ TCF82

『因为设计师说该有小便斗』，于是明子夫人便听从建议。

听说米长先生常会：
"喂！拉出漂亮的啰！快来看。"叫夫人来看。

米长先生家二楼的厕所（这是家人用）

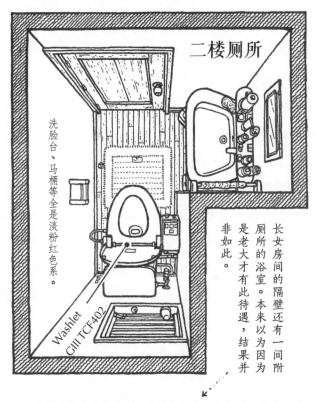

二楼厕所

洗脸台、马桶等全是淡粉红色系。

Washlet
GIII TCF402

长女房间的隔壁还有一间附厕所的浴室。本来以为因为是老大才有此待遇，结果并非如此。

根据米长先生的说明："两个女儿一个儿子，他们三个决定每年房间轮调一次。我本来以为有人喜欢早晨有阳光射入的房间，没想到却是相反。完全由他们自己商量。为了让孩子们能平等生活，不能由父母决定一切，得尊重每个人的意见。"

　　"棋局通常从上午10点持续到半夜,傍晚4点后只在晚餐喝点茶,以控制水分的摄取量。序盘[1]时还无所谓;进入后半局的读秒阶段可没时间起来上厕所。不过,有两种情况会站起来。一是对手下错棋,导致形势逆转的明显失误。那一瞬间,宛如河水激撞岩石,对弈者之间的空气开始翻腾激荡。下错棋的人在棋子离手后随即惊觉自己的严重失误,一阵恶寒窜上背脊。而另一方呢,'嘿,要赢了!'忽地放松了。脸上虽然没流露出正中下怀的得意表情,心里可是暗笑不已。其实这种时候很是危险。如果心浮气躁马上出手,很可能自己也跟着下错。所以反射性地就站起来上厕所。首先平缓情绪,然后冷静地反刍棋局。尿不出来也没关系。如果还有办法大便,那就是超一流的高手了。另一种情况是自觉快要败阵的时候,此时也要站起来上厕所。自己何以会下了如此笨招?怎么会败给这家伙呢?先做种种反省,接着让自己心情稳定下来,不要恐慌,再打起精神。重回战局时得面露微笑,泰然自若,带着明镜止水般的心境。上述情况不只是我,无论哪位棋士都会这么做的。其中也有人将之当作战略在运用。"

　　从米长先生开朗又半带戏谑的谈话中,我好像窥见到了那个认真决胜负的世界。

---

[1] 将棋、围棋要分胜负的刚开始阶段。

漫画家

加藤芳郎 篇

漫画家加藤芳郎先生的家像座连 007 都无法侵入的水泥城堡。在看似玄关的墙上按下按钮，报上是来采访的，电动铁栅门便缓缓拉开，我的心情随之兴奋起来。

简直像个恶作剧得逞的少年，面带得意笑容的加藤先生前来迎接我：

"这房子从外头看起来很像当铺仓库，够奇怪的吧！不过一进来却是日本传统式的房子。"

确实是栋怪房子。光看外观绝对想象不到里头的模样。从客厅透过大片玻璃可以看到有池塘的庭院，还有好几尊长满青苔的地藏菩萨。

"这房子很合我意，所以就算到那须的山间小屋或海边的大厦，都很快就回来。厕所也是这里的最好。"

马上就将话题转向厕所，还送我一本书。昭和四十一年

（1966）出版的漫画《便便物语》。

"我很喜欢厕所，所以里头尽是一些粪坑或便便的事。当时的厕所还是汲粪式的，要把它搬上台面来谈，与日本人的美感不免有所冲突。在那个时代，连职业漫画家都会自我设限，不会拿粪啊尿啊屁等等当题材的。我想挑战看看，便在周刊上连载。结果到 24 回就'便秘'了。"

有趣的是，加藤先生非常担心会便秘。只要一次出不来就灌肠，还真是离谱。

"在路上看到好粗的一条狗屎，不禁就自言自语起来：'真羡慕那条狗啊！能拉出这种大便。'"

诸如此类的。对加藤先生而言，排便似乎是生活的重心。

"是啊！因为大便已成为一天的晴雨表，马虎不得。早餐后就去厕所，从《朝日新闻》《产经新闻》《世界日报》《Sports报知》《Sponichi》，五份报纸一路读下来，等时机成熟。话虽如此，就算已经达成目标，还是会坐着把报纸看完。我很喜欢厕所这地方呢。"

听说连茶都端进去摆在纸箱上慢慢喝，看来他在厕所里的确很放松。至于其他报纸是：

"早餐时看《每日新闻》。其他时间看《读卖新闻》《日本经济新闻》《日刊 Sports》。《东京新闻》则带到工作室看，总共10 份报纸。"

加藤先生在《每日新闻》晚报连载的《真平君》竟然快接

（便便物语）

非常爱上厕所的加藤先生于1966年出版了一本内容尽与粪坑和粪便相关的漫画集。

◀ 一楼的厕所

靠近玄关的厕所是夫人和客人专用，不属加藤先生的势力范围。他只有小号时才借用一下，大号一定要到二楼自己的专用厕所。只在那间大。

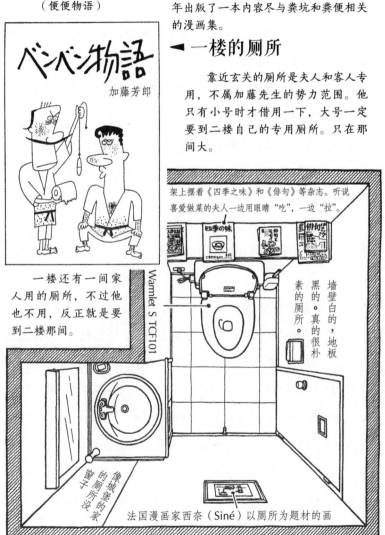

架上摆着《四季之味》和《俳句》等杂志。听说喜爱做菜的夫人一边用眼睛"吃"，一边"拉"。

墙壁白的，地板黑的。真的很朴素的厕所。

一楼还有一间家人用的厕所，不过他也不用，反正就是要到二楼那间。

Warmlet S TCF101

像城堡的厕所的窗子没关

法国漫画家西奈（Siné）以厕所为题材的画

近 10500 回了。所以，每天看 10 份报应该是为了要拉出"好粪"的食物吧！

"的确如此。不过，看报时并非以找漫画题材的心情在读。我认为应该要好好消化，接着不费劲地自然出来，那样最好。不只工作，每天排便也应如此，不要留宿便。最近卷起美食热潮，听说有些人居然'便秘了四天'。这到底在干吗？那种人光注意'进'而已。我要说，先想想该怎么好好地拉，再考虑吃的问题吧！像这种因美食而便秘两三天的家伙，我绝不给好脸色看！"

加藤先生在昭和五十三年（1978）到翌年的 10 个月间，动了大肠、胆囊、盲肠三处手术，所以比一般人更关注健康问题。

"粪便是确认健康与否的线索之一。我每次看到自己的粪便都心存感激。现在之所以还能继续工作，也是托上次大病之福。怎么说呢？明明因病休息了好久，没想到回来一看，《每日新闻》《朝日新闻》、NHK 和日本电视台都还保留着我的位置。真高兴啊。听到病愈复出的关取——琴风说：'比起胜负与否，能够继续相扑才是最快乐的事。'真的很有同感，和他心境相同呢。手术前我有一大堆不满，什么稿费太少、不能去旅行等等的；要不是生了病，我可能会因为职业倦怠而不再画了。"

加藤先生说："我的人生、我的工作、我的酒量都因生病而改变了。"

"您戒酒了吗？"

"现在大概只喝个两合[1]。酒的味道实在太美妙了！生病前我只想着今天要喝个痛快，往往不知节制；生病后我会想，为了明天那两合的美酒，今天喝个两合就好了。"

听说不仅是酒，连连载漫画《真平君》也是每天画每天的分量，很规律地进行，绝不会一次画三回的稿量。画漫画的时间约从晚上 6 点开始，如果晚间外出，就很有觉悟地把生理时钟调到清晨。跟画家的画室一样，加藤先生工作室的窗子也朝北，所以光线总是一致的。

"若不如此，天气会让我心神不定，无法工作。"

而且都装上了坚固的瑞士制电动百叶窗，可以无声地开关。因此，若在白天一关上，夜晚就来临了。

他在报上有连载，一天只画一回的分量，也无法出国旅行，不觉得很不自由吗？事实却不然。加藤先生说，就算有人邀他去旅行也会婉拒。

"如果不知道厕所在哪里，我就很不安。就算在国内旅行，一到旅馆我马上找厕所。若不知道自己要用的是哪间就会心神不定。我从小就这样。小学四年级时，有次在学校很想大便，可是在学校绝对拉不出来，只好跑回家。回学校时唱游课已经

---

[1] 容量单位，两合约 0.36 升。

加藤先生专用的二楼厕所

加藤先生画漫画时总要洗好几次手。『削铅笔后要洗手，想到点子时要洗手，总之动不动就洗手。绘图纸若沾上手掌分泌的油脂，墨水线就不容易画上去，很讨厌。到报社去的时候虽然不用画，但要到有点远的洗手台去还是挺麻烦的』我完全同意。我也是绘图前就好像外科医生要进手术室般，非得将手洗个彻底不可。

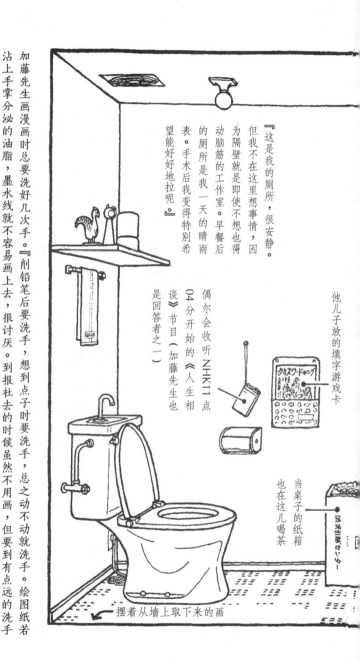

『这是我的厕所，很安静。但我不在这里想事情，因为隔壁就是即使不想也得动脑筋的工作室。早餐后的厕所是我一天的晴雨表。手术后我变得特别希望能好好地拉呢。』

偶尔会收听NHK11点04分开始的《人生相谈》节目（加藤先生也是回答者之一）

他儿子放的填字游戏卡

当桌子的纸箱也在这儿喝茶

摆着从墙上取下来的画

紧邻工作室的厨房改成洗脸间。对加藤先生而言，洗脸间是个重要的地方。

洗脸间有窗子，厕所却没有。

专门擦拭笔尖墨汁用的毛巾，黑麻麻的。

← 淋浴间

← 厕所的门

开始了，可是我实在讲不出'回家大便……'只好说'回家换衬衫'，惹得老师大发雷霆。"

加藤先生不只对厕所很神经质，对食物也是。听说有次去美国，因为吃不到日本料理饿得两眼凹陷。

"因为我的吃跟拉没办法国际化，所以对海外旅行总是敬谢不敏。"由此可以知道为什么《真平君》被称为典型日本人的代表，颇得一般民众的认同。

"我常做为厕所所苦的梦。譬如一直找一直找，好不容易爬到楼梯顶端找到了，却不是爆满就是锁起来了。等到进去一看，发现是老式粪坑，而且卫生纸满满的，不用力压就无法办事。老是做这种很辛苦的梦。"

"您怎么消除压力呢？"

"烧垃圾。"

听说每个月用焚化炉烧两次垃圾，独自一人啥都不想地把东西烧掉。那座焚化炉看起来很棒，很像旅馆地下室那种专业型的。还有个房间专门存放燃烧用的纸和箱子。

"看到赤红的火焰飞舞，比打高尔夫还快乐。如果没有这种焚火的快感，压力就无法消除，真拿自己没办法！"

加藤先生另一种维持精神卫生的方法是膜拜佛像。佛像摆在寝室内，竟然是奈良兴福寺的阿修罗像和东大寺的执金刚神像。两座都是国宝。

"当然是复制品。私人怎么可能收藏国宝级佛像嘛。不过我觉得复制品也很好。每天早晨我都会供上清水，请神明保佑我'今天也能画出好漫画，好好拉大便'。"

真是全版的《便便物语》啊！

作家
山口瞳篇

"什么'化妆室'的，听了就讨厌。"

山口瞳先生一开始就这么说，让我慌了手脚。

"现在一般都说'洗手间'（お手洗い），我们小时候则说'御不净'。不过现在这样讲人家可是听不懂。有次我尿急，问酒吧里年轻的陪酒小姐，'御不净在哪里？''啊？'连饭店里的男服务生也听不懂。"

据说山口先生是听了对语言要求很严格的小说家——丸谷才一先生的一席话，才开始用"洗手间"一词。

"不过，我其实也不喜欢'洗手间'这种说法。从前东京女学馆或圣心女子大学的学生都说'洗手间'。那哪里是洗手的地方，明明就是拉屎撒尿的地方嘛，干吗装模作样？从中学时候就这么觉得。一想到现在连自己也这么用，感觉更讨厌了。"

"那么，您感觉最习惯的说法是？"

"还是'厕'（kawaya）呢。可是'厕'的用法比'御不净'还不普遍。难道没有恰到好处的叫法吗？真是遗憾啊。现在不管是多优秀的国语学者也都是说'借一下toilet'。每次听到都一肚子火。"

他好像很讨厌把字词截取一半的便宜行事主义。我好几次讲到"化妆……"察觉"啊，危险"，就又把话给吞回去。每当我一踌躇，山口先生就哈哈大笑。

我以前读《周刊新潮》上连载的随笔《男性自身》时，总觉得山口瞳这位作家应该有相当年纪了。后来知道他只大我四岁，很惊讶。那个随笔专栏从26年前持续至今，开始执笔时山口先生才37岁。

"人家常这么说。打年轻时我就喜欢用带着古意的文体。不是有个形容'到了四五十岁还是个流鼻涕的小鬼'，被人那样说很讨厌呢。我多少有点想反制那句话，才变成这样。"

参观完厕所后，山口先生拿出一件很出色的圆形瓷器，据说是特别请陶艺家好友烧制的。

"这是尿壶。我想迟早用得上。"

除了糖尿病外，山口先生还患有前列腺肥大所引起的频尿症，因此看到这种半带着玩笑意味的周到设想，不由得笑出来。

"每小时或30分钟上一次洗手间是稀松平常的事。严重

山口瞳先生家二楼的『洗手间』

讨厌『化妆室』称呼法的山口家都说『洗手间』。我好几次都说溜嘴，很尴尬。

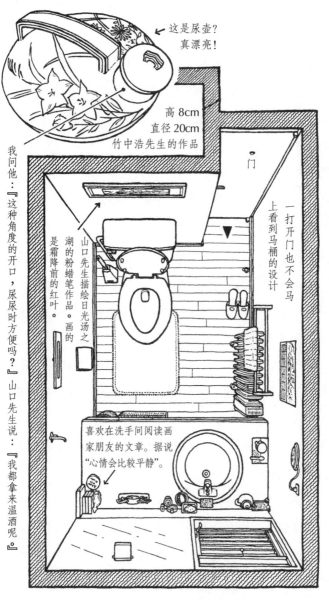

这是尿壶？真漂亮！

高 8cm
直径 20cm
竹中浩先生的作品

我问他：『这种角度的开口，尿尿时方便吗？』山口先生说：『我都拿来温酒呢。』

山口先生描绘日光汤之湖的粉蜡笔作品。画的是霜降前的红叶。

一打开门也不会马上看到马桶的设计

门

喜欢在洗手间阅读画家朋友的文章。据说"心情会比较平静"。

位于半地下室的浴室

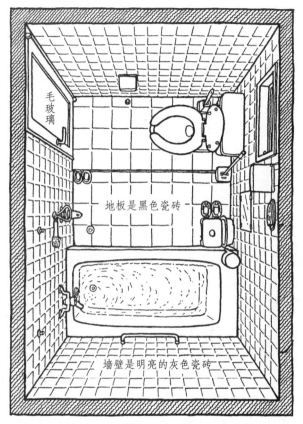

毛玻璃

地板是黑色瓷砖

墙壁是明亮的灰色瓷砖

　　山口先生说："上面的洗手间是我专用，浴室那间好像变成内人专用。"这间浴室因为靠近厨房，治子夫人比较常使用。

的时候 15 分钟就去一次。其实我从年轻时候就有频尿症，常去洗手间。不只小便，也因为酒喝太多常拉肚子，而且还有痔疮。"

听说他为糊口而开始写杂文是 27 岁时的事。那时曾报道过东京都内山手线各站的所有厕所。

"因为我不时得上，所以很关心哪个车站哪里有洗手间。当时大部分洗手间都很脏。意外的是，在目白或目黑区靠近女校或洋裁学校的车站洗手间最脏。那时我还年轻，曾为女性愤愤不平。"

当时的厕所不供应卫生纸。有一次山口先生冲进厕所却无纸可用，只得把内裤脱下来擦屁股，虽然觉得很可惜，也只好扔掉。

"所以当洗手间开始摆卫生纸时，我还因为觉得时代进步了而很感动！"

讲的虽是厕所，山口先生依旧给人一种恬淡、耿直而诚实的印象。

"因为我父母待人处世马马虎虎，反而让我引以为鉴，不得不养成认真的个性。父亲时不时就宣告破产，每搬一次家厕所就变小，小孩子看在眼里可是提心吊胆。"

曾经在山口先生的小说中登场的母亲是位豪爽、不拘小节而开朗的人。

"我老妈是个开朗到乱无章法的人呢。有钱就花，没钱也无所谓。这点说来也挺有趣的。有次老妈嚷着说'咱们现在就到银座去吃饭吧！'孩子们衣服鞋袜都穿戴妥当，她才发现根本没钱，只好紧急刹车。所以她有个'朝令夕改'的诨名。因为我身上也流着同样的血，尽情狂欢后会变得怎么样？我觉得会很恐怖呢。虽然其实我蛮胆小的。就算赌马一天最多也只赌30000日元，绝不超过。我是一个认真老实的赌徒。"

这种认真老实也表现在工作上。几年前曾公布"除了连载中的以外，不再接新稿了"的"还历隐居宣言"[1]。

"我以前是个夜猫子，不管30张50张稿纸都能一晚上写好。报纸小说通常是三张稿纸的字数，有些人像每天刷牙一般就只写三张，我没办法。一拿起笔来不写个7天10天份就不痛快。中途停下来脑子里静不下来也睡不着。年轻时喝着不掺水的威士忌通宵写稿，但是快到60岁的时候发现自己已经没办法再熬夜了。原本50岁就想休兵，因为还有欠款只得继续。所以才有那个'还历隐居宣言'。"

有人说山口先生有洁癖，也有人说他挺别扭的。

"不觉得流行作家的生活都有些异常吗？没时间睡觉，屋子里也乱糟糟的，还让太太以泪洗面。我觉得悠闲过日，和近邻好友一起赏花赏月，边玩边小酌一杯，享受四季的更迭，这样才过得像人。如果写不出名堂来还要硬撑，那很讨厌呢。"

---

[1] 日本人称60岁为还历。

翌日的周六是府中市东京竞马场的赛马日。山口夫妇说要顺道去买赛马报纸，便送我送到国立市车站。

好久没这样散步了。

作家

野坂昭如 篇

这是第二次拜访野坂昭如先生的书斋。上次为了《窥视工作间》画了书斋的俯瞰图，但没有参观厕所。这回直攻厕所。

"就在书房隔壁，拉开这扇门就是了。很单调的厕所哟。我没办法在里面待太久，上完就出来了。"

的确是间简单朴素、什么都没有的厕所，但马桶却是至少10年前的伊奈牌水洗式，真是少见。野坂先生在温水洗净式马桶尚未普及的时代就已经安装了。

"第一次接触是在文春（文艺春秋出版社）的董事室厕所。我参加的英式橄榄球队里有位球员家里经营水电行，就向他打听是否有会从下方喷水的马桶，结果他马上拿了一个来免费安装。"

"就这样使用至今？"

"不，没用。太久没用就坏掉了，有些脏东西会跟着热水一起喷出来，很伤脑筋。想看看喷嘴到底怎么回事，结果反而被喷得满脸都是。我对机械的东西很不在行，又想没有也无所谓嘛，所以就没用了。"

比一般人早一步安装，然后又不用，这都很像野坂先生的作风。

上次来访的时候，有个橄榄球在房里滚来滚去，说是拿来当午睡枕用的。这次却没看到。

"已经丢了。猫在上头撒尿，有尿臊味。那对治秃头很有效呢。"

野坂先生说，有次猫尿沾到头上，结果秃头就没再恶化了。

"那只叫'老板'的公猫在球上尿尿划地盘，我不知道就睡上去了。走到家人房间，大家都说有股奇怪味道，后来才发现是我的头。我已经闻惯了，根本没发觉。不过从那时开始，秃头的范围就没再扩大，想想也只能说是猫尿的功效啰！"

这么说就想到，中世纪欧洲曾有人一本正经地将尿液当眼药水或药物饮用，至今仍可见到这类的文献与绘画。

"日本也是，战国时代起即有小便具疗效的说法。姬路藩有密传的'饮尿疗法'。甲府也有。过了一段时间小便会变臭，但刚尿出来的时候是无菌状态，并不脏。首先对中风有疗效。对高尿酸血症、肝脏、肾脏、胰脏、高血压也有效。可是呢，因为是尿这种东西，所以也不能大声宣传。如果现代医学的医生提倡尿疗，一定会被当成异类。尿疗比较接近中医，我想，如果与现代医学结合，应该有相加相乘的功效吧。"

"野坂先生在喝吗？"

"不，我没喝。因为，'野坂先生气色很好哦！''最近在喝尿的关系啦。'这种回答我还真是没办法说出口呢。"

"我倒想试试看呢。"

"不是一喝就有效，至少得喝个半年。刚尿出来温温的不容易喝，冷藏过较顺口。最好不要用白酒的酒瓶，免得别人认错了拿去喝掉。在不为人知的情况下凭一己的意志力饮用一般人觉得脏的东西，这应该蛮能刺激自然治愈力吧！"

"要是我喝的话就绝对憋不住，一定会说出去。"

可是野坂先生说绝对不能告诉别人。

厕所的窗边摆着一个塑料计量筒，看着好像和尿有关。

"那是'24 小时尿比例采集器'。因为我有高尿酸血症。"

"高尿酸血症"的情况我不太清楚，据说尿酸高的人每年痛风会发作一两次。野坂先生去年 5 月也曾发作，疼痛难忍。

"尿酸是经过肾脏处理后随着小便排出的废弃物，尿酸溶于血液中，尿酸值就变高。这是痛风发作前的危险信号。为了预知就得用'24 小时尿比例采集器'，每次的尿液都要采集五十分之一，再算出一日总量，然后用验尿 pH 值试纸检验，记录的结果再交给医生诊断。不过现在有控制尿酸值的药，就可以安心多了。"

野坂先生现在不必测量了，"这些全送给河童先生吧！"什么都爱试一下的我当然是高兴地收下了。

野坂先生对小便了如指掌，其来有自。

以前读过野坂先生有关痔疮的作品。"厕所与痔疮"有密不可分的关系，野坂先生对痔疮应该也是知之甚详。

"作家会写痔疮，表示他已经想不出其他题材了。和脑溢血、心脏病不同，把痔疮写得越深刻就越滑稽，大家就越觉得有趣。但是不能常写。"

"已经治好了吗？"

"不，现在还是好朋友。我从十七八岁就会脱肛。脱肛太严重就变'裂痔'。因为裂痔会喷血，以前又叫'跑痣'。经常性脱肛会有凸起的肉跑出来，那叫'外痔'。我的不痛不痒，只是脱肛而已，还不到手术切除的程度。如果跑出来，把它塞回去就好了。"

"可是，内裤不会弄脏吗？"

"这就是我会更用心活下去的动力源头。首先要十分小心，免得遇上交通事故。过马路时，绿灯亮起以后，一定等大家都已经开始走了，我才跟在后面通过。在月台上候车绝不排在最前面。因为如果哪天遇到什么意外，救护人员在急救时看到说，'这家伙的内裤好脏哦！'那很讨厌呢。我想应该不会被剥光光，但内裤可还是个心腹大患。我偶尔会偷腥喔。在那种时候也是，总要把内裤好好藏着，免得对方看到。前一阵子看到我对架上的器具很感兴趣，野坂先生就说："全送给河童先生吧！"我很高兴地带回家，但因尿臊味渗进去了，花了几天时间来除臭。检查的结果我一切正常。真是可喜可贺。

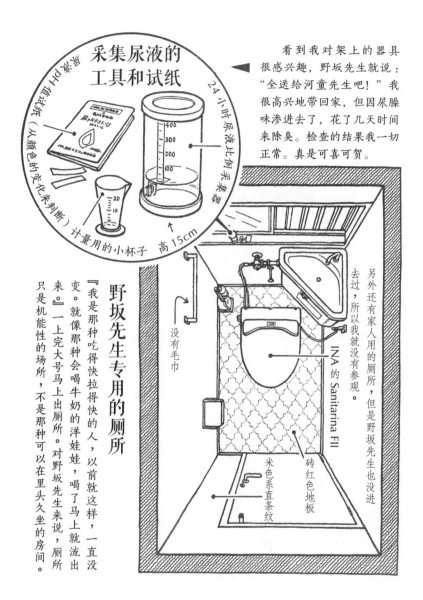

采集尿液的工具和试纸

需要pH值试纸

pH值试纸（从颜色的变化来判断）

24小时尿液比例采集器

400
300
200
100

计量用的小杯子

高15cm

另外还有家人用的厕所，但是野坂先生也没进去过，所以我就没有参观。

INA的Sanitarina FII

砖红色地板

米色系直条纹

没有毛巾

野坂先生专用的厕所

『我是那种吃得拉得快的人，以前就这样，一直没变。就像那种会喝牛奶的洋娃娃，喝了马上就流出来。』一上完大号马上出厕所。对野坂先生来说，厕所只是机能性的场所，不是那种可以在里头久坐的房间。

现在有五只猫在野坂先生的书房和庭院里走动。

"曾经有一段时间和 26 只猫一起生活，简直像牧场主人一样。"

库拉塔

Neige＝雪

公猫

野坂先生家的喜马拉雅猫

"虽然是只公猫，但却取了个女性化的名字，但也就一直叫到现在了。"

被地震吓醒，回过神时发现手上抓的是眼镜和内裤。我从小学四年级就开始戴眼镜，没有眼镜活不下去。所以再怎么烂醉如泥，不论发生什么状况，我一定是右手拿眼镜、左手抓内裤。"

野坂先生说了好几次："我能有今日，都是拜痔疮所赐。"

这句话也实在像是作家野坂昭如会说的啊。

作家

佐藤爱子 篇

"到现在您还是讨厌搭飞机吗？"和佐藤爱子女士碰面时我问她。

"还是不行呢。那厕所实在是……"

不喜欢搭飞机的人蛮多的，但因为讨厌飞机厕所而不搭的人就相当少见。无论如何非搭不可，也只限于不需使用厕所的短程国内航线。听说她在搭乘其他交通工具时也不曾使用过厕所。反正就是只上自家厕所就对了。

追究起来，原因出自小学一年级的时候。学校厕所的门故障，被关在里面出不来。而这份恐惧感一直残留在心中，不曾消失。

"经过 60 年的忍耐训练，我的膀胱变大了，可以六个钟头不上厕所哦。"

于是去参观了"佐藤家的厕所"。到底有什么特别的设计可以让她安心呢？原来是——

"上厕所时不关门。"

这在外头厕所可就没办法了。可以理解。

"加上我讨厌眼前不开阔的场所。光是想象被关在狭窄的飞机厕所里，心脏就扑通扑通跳得简直要爆炸似的。"

这样的佐藤女士竟然曾经和女儿一起到欧洲旅行。

"当然我说不想去，结果还引起了一阵骚动呢。但是女儿说服我说，有不用在飞机上上厕所的办法。"

到底是什么方法呢？结果是曼谷、德里、开罗、雅典、罗马，每个转机点都停宿，行程简直像东海道 53 次行旅[1]，就这样辗转飞抵欧洲。

到曼谷的飞行时间五个半小时，以佐藤女士的膀胱容量来说应该没问题，没想到竟然在即将起飞时有了尿意。

"虽然坐的是头等舱，但厕所就在旁边，尿臊味很浓。很生气呢。没办法，想说只好让女儿挡在厕所前面，留一道小缝儿，门不要关死，但是女儿说，'门不关好锁上，灯就不会亮。'结果门一关我就发晕了。"

虽然对佐藤女士不好意思，但我还是忍不住捧腹大笑。不

---

[1] 东海道是古日本八道之一，从今日东京通往京都。53 次指的是从东京日本桥到京都三条大桥之间的 53 个驿站。

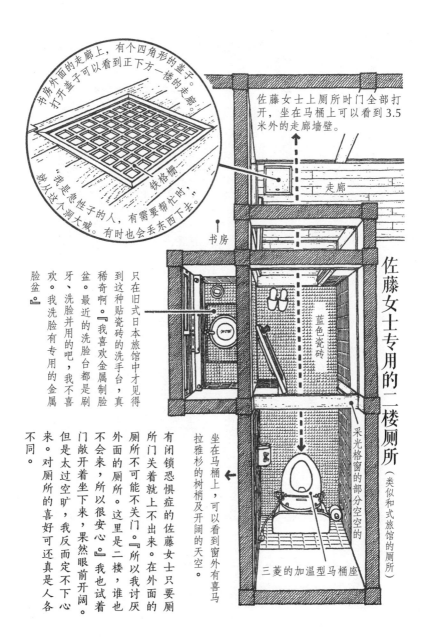

书房外面的走廊上,有个四角形的盖子。打开盖子可以看到正下方一楼的走廊。

铁格栅

"我是急性子的人,有需要帮忙时,就从这个洞大喊。"有时也会丢东西下去。

佐藤女士上厕所时门全部打开,坐在马桶上可以看到 3.5 米外的走廊墙壁。

走廊

书房

蓝色瓷砖

采光格窗的部分空空的

三菱的加温型马桶座

佐藤女士专用的二楼厕所(类似和式旅馆的厕所)

只在旧式日本旅馆中才见得到这种贴瓷砖的洗手台,真稀奇啊。『我喜欢金属制脸盆。最近的洗脸台都是刷牙、洗脸并用的吧,我不喜欢。我洗脸有专用的金属脸盆。』

有闭锁恐惧症的佐藤女士只要厕所门关着就上不出来。在外面的厕所不可能不关门。『所以我讨厌外面的厕所。这里是二楼,谁也不会来,所以很安心。』我也试着门敞开着坐下来,果然眼前开阔,但是太过空旷,我反而定不下心来。对厕所的喜好可还真是人各不同。

坐在马桶上,可以看到窗外有喜马拉雅杉的树梢及开阔的天空。

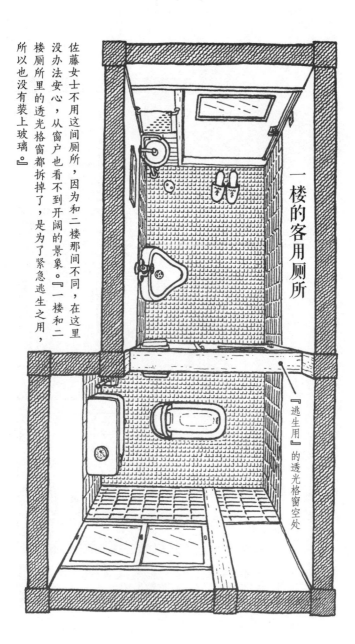

佐藤女士不用这间厕所，因为和二楼那间不同，在这里没办法安心，从窗户也看不到开阔的景象。『一楼和二楼厕所里的透光格窗都拆掉了，是为了紧急逃生之用，所以也没有装上玻璃。』

一楼的客用厕所

『逃生用』的透光格窗空处

仅这样，还有后续发展。

"我吓得边上边发抖，完事后头晕眼花连字都看不清楚。有块牌子写着'用完的纸请勿冲入马桶，请丢置此处'，有个箭头指向右边。可是没看到有可以丢垃圾的地方啊。连个洞都没看到。只知道它要我'用过的纸勿冲入马桶'，可是'用过的纸'是什么？我是那种有点死脑筋的人，都已经头昏脑涨了还继续努力思考。如果丢进马桶，万一堵住造成秽物逆流，八成会从门缝流到走道。我又是那种陷入困境就全都豁出去的人，二话不说，马上把'用过的纸'用卫生纸包成一团。但如果把这个带出去，别人看到会吓一跳吧，这也很伤脑筋。结果我又豁出去了，卷起上衣把那一团塞在内裤和裙子中间，一脸若无其事地回座。"

佐藤女士后来才知道"用过的纸"指的是擦手纸。

"那种标示法实在让人看不懂！"

就这样变成了"生气的佐藤爱子女士"。虽然对不起佐藤女士，但真的是她越发火就越好笑。

再听得多些，就发现佐藤女士"怕门打不开"的情形好像比社会上一般所说的"闭锁恐惧症"还要严重。

"现在已经不要紧了，但30年前我连搭电车或巴士都怕。敢坐的只有出租车。出租车的话，一喊'停车！'随时都能停下来，还可以开门下车，但电车或巴士不到站就不行吧。"

让她得以摆脱这严重症状的契机是，当时的老公破产负债，她为了偿还不得不努力工作。当时有个工作非得飞到九州岛采访，为了钱，她以必死的决心搭机去九州岛。

"我觉得有些紧张感也不错呢。最近，只要一说到紧张，就跟压力联想到一块儿。常有人问我'压力消除法'，其实我可不懂什么是压力哦。可能是因为我有话就直说吧。不喜欢的事就照实说不喜欢。很任性吧！可是，想大声怒骂却忍着不发作，那不是对身体不好吗？"

"那您暴怒时，周遭的人可就……"

佐藤女士笑着说：

"他们可能会因为我而累积了不少压力呢！"

她在写作或闲谈中，常会出现"鼻先"（按：鼻尖、眼前之意）这个词，我觉得蛮有趣的。问她原因，她做了这样的说明。

"眼前开阔对我来说是生活中最重要的事。住饭店时，比装潢摆设还要重要的是睡觉时眼前一定要开阔，也就是天花板要高。我每年夏天都去的北海道别墅没什么特别，但在那边可以边煮饭边看海，天空开阔，我很喜欢。虽然那边风势强劲，没办法种树，但风景不会让人有'碰壁'的感觉，所以很喜欢。简单地说，如果眼前不开阔我就会发晕。为了要确保，于是……"

其实，佐藤女士噼里啪啦把想讲的话全说出来，或许也只是为了确保"眼前开阔"。她那充满威力的怒气、与厕所有关的故事应该都与"确保眼前开阔"有关吧。

讽刺画家
山藤章二篇

在写《窥视工作间》系列时，曾想采访山藤章二先生，被拒绝了。厕所是比工作室更私密的场所，打电话时暗忖这次应该也会回绝吧，没想到居然 OK。

"工作室不行，为什么厕所 OK 呢？"

与山藤先生见面时首先就问他这件事。

"其实不是欢迎人家来参观厕所哦。可是比起工作室那就好太多了。如果让河童先生窥视工作室，那种感觉不只是内裤里头全曝光，甚至连内脏都摊开来了，那种被人家一览无余全都画的感觉很恐怖呢。"

我的"窥视"不像山藤先生的作品那样总带着一丝讽刺或恶毒之意，被说成恐怖倒有点意外。不过听他说明之后，懂了。

"厕所是功能性的场所，和精神层面完全无涉，但工作室会暴露出自己的生理作息，所以啰……'原来是这样子哦'，被人家以这种心情窥视工作室，那真的受不了。比如碰巧有松任谷由实的录音带，人家便不免想：'哦，原来听这个啊。'工作桌上的书，随手写着待办事项、点子、涂鸦的小纸条，自己也不知该如何整理的小东西等，这些都和精神层面有关。如果收拾就绪才请你来参观，那又很无趣。既然是窥视，不保持原貌就没意思了。而且，那个连载有不少同行在看，那就更没勇气揭露原貌了。所以工作室那次才说了抱歉。"

山藤先生的工作室据说连夫人米子女士也不得与闻。在起居室角落，以 1.4 米高的隔板围起约一坪半的空间，完全看不见里面的工作桌。

访问田边圣子、吉行淳之介、松村友视的时候也听到了同样的说法。"书房或许会拒绝，但是厕所则有趣多了。"

经过山藤先生的说明，不太会体察人家心情的我终于了解了他们的感受。

这些聊到一半，山藤先生突然说：

"河童先生，这个厕所系列虽是以'厕所'为题，但说得夸张点，其实是希望触及这个人所拥有的思考方式、价值观等东西吧？人家让你参观工作室和厕所时，谈的方法应该不太一样？在工作室的时候，恐怕是形而上的谈法，而厕所则是形而下的谈法。也就是说，希望能有种说出真实心声的乐趣吧？"

听到山藤先生这一番分析非常震惊。完全被他看穿了。而且，他居然还答应了。他说，虽然自己的厕所是私密空间，但

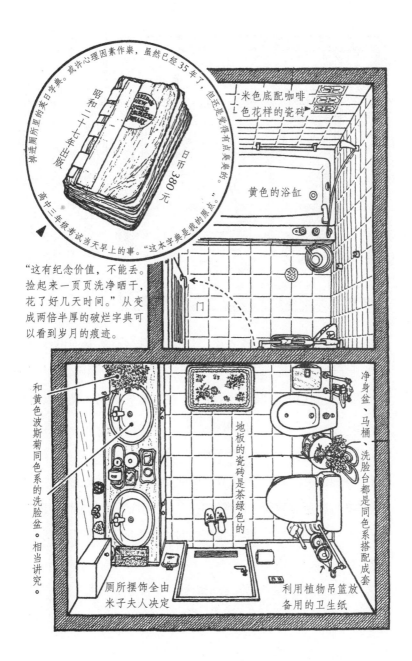

掉进厕所里的英日字典。或许心理因素作祟，虽然已经35年了，但还是觉得有点臭臭的。

废止年份十二昭和

日市 380元

高中三年级专试当天早上的事。"这本字典是我的原点。

米色底配咖啡色花样的瓷砖

黄色的浴缸

门

"这有纪念价值，不能丢。捡起来一页洗净晒干，花了好几天时间。"从变成两倍半厚的破烂字典可以看到岁月的痕迹。

和黄色波斯菊同色系的洗脸盆。相当讲究。

地板的瓷砖是茶绿色的

净身盆、马桶、洗脸台都是同色系搭配成套

厕所摆饰全由米子夫人决定

利用植物吊篮放备用的卫生纸

孩子专用的厕所

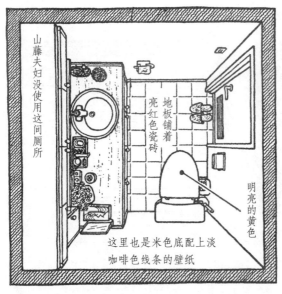

山藤夫妇没使用这间厕所

地板铺着亮红色瓷砖

明亮的黄色

这里也是米色底配上淡咖啡色线条的壁纸

搬进这里时，『哇！厕所有两间，好宽裕啊！』山藤先生口中的厕所之二就是这间。一直都是孩子在用，直到女儿结婚、儿子因工作住到厚木的单身宿舍。现在只有他们周末回来时才使用。

这个话题倒不是什么私密之事。这种明快作风让害羞的山藤先生敞开了厕所之门。我想他多少还是会有点不好意思吧。

"我家最棒的房间就是厕所了。在以前的年代，我想大家差不多，家里都只有一间厕所。一家五口吃完早餐，大家想去的地方都一样。小孩上学和姐妹上班的时间撞一起，'快一点！咚咚咚！'那是贫穷在我心中的印象之一。搬进这间大厦时，'哇！厕所有两间，好宽裕啊！'但或许是穷酸本性作祟，曾想把一间当储藏室。但一想到两间厕所象征了我所得到的最奢侈之物，就……"

听说山藤先生在大号时会把内裤和长裤全部脱下。

"腿大大地张开很舒服。在外面上厕所就无法这样，所以若非万不得已，绝不在外面上。而且我习惯用净身盆洗屁股，不洗就浑身不对劲。最重要的是，进厕所前要确认‘可以完全保有个人的时间和空间’。如果让我知道外面有人在等的话就不行。我会因此变成 ‘Nanben’，花上更多时间。”

“软便？”

“困难的难，‘难便’。”

是听人说过“难产”，可没听过“难便”。不过这种说法充分表现了窒碍难出的感觉，很有趣。

“山藤先生会瞧瞧拉出来的东西吗？”

“会很仔细地看。粗细、颜色都看。因为这是健康的指标。”

他在 14 年前因压力太大得了胃溃疡，做了胃部切除手术。现在仍从事会累积压力的工作，不是吗？

“就像胆固醇有好坏之分，压力也是。适度的压力正是身为现代人的证明。我是把压力配饭吃。正经八百的人会觉得现代社会里全是些令人生气的事，可是，毛毛躁躁地大发脾气后猛灌酒，或者大声怒骂，或去卡拉 OK 狂唱，那些都没必要。”

从旁传来米子夫人的证言。

“他从不曾对家人怒骂或动手打人。不出任何怨言，真叫人感动。或许他把一切都抒发到作品上了吧！”

我觉得好像偷窥到山藤先生的工作情况与原动力了。这么说可能会被他讨厌吧。对不起。

时尚工作者

茉黑夐 篇

　　茉黑夐（Franise Morhand）女士不用"トイレ"（化妆室），而说"お手洗い"（洗手间）。"咦？怎会这样？"不禁有点意外。

　　"我是 30 年前到日本来的，那时谁也不说什么'トイレ'。男人说'便所'，女人说'お手洗い'。现在，大多数的人都用从英语'toilet'缩略而来的外来语'トイレ'。为什么大家不重视自己国家的语言呢？我喜爱日本，因此我也爱日本话。因为语言是文化中很重要的一部分。"

　　她说："当一个人开始怀疑自己的存在、信心日趋稀薄，也就是不想认同自己身份的时候，就会有爱用外语的倾向。"

　　上次山口瞳先生也说："我最讨厌'化妆室'这个词了。"现在又来了一位。我真是愈来愈难开口说出"化妆室"了。

　　说到难开口，其实为了要不要请她在这个专栏登场，我也犹豫了好一阵子。因为美国人若邀请客人到家里，任何角落都可以给人家看，但法国人的待客方式不是这样。

"没错。通常是不给看的。这可能跟宗教思想颇有关
系吧！"

果然如我所想。"排泄行为和与性相关的事不搬上台面"
的原则已深入生活。回想起来，不仅法国，欧洲的天主教国家
都是如此。

"但对这样的要求，您为何给出了'请，欢迎'的回
答呢？"

"如果在法国我一定会拒绝，可是这里是日本。而且我想，
通过洗手间来谈谈文化不也挺有趣吗？"

听完我就放心了。赶紧先参观洗手间。从办公室外的走廊
穿过寝室，经过三道门才抵达最里头的浴室。

厕所、浴室设在一起，这种设计常见，倒不稀奇；可是浴
缸旁就是书架，里头还摆满了花，简直就和房间没两样。

"对。这是能让我独处的房间。有时在这里看书看得忘了
时间，有时在这里泡澡，也有时在这里放声大哭。"

又是个"咦？"跟茉黑夐女士的形象连不起来。

"大家都认为茉黑夐过着优雅的日子，对不对？其实我可
是伤痕累累。由于文化不同，不容易被接受呢。并不是说日本
有什么不好哦。即使在自己喜爱的日本生活，还是会寂寞孤
单。这时候，我会把寝室音响的音量开得大大的，把自己关在
这里。只要把三道门都关起来，告诉职员我在洗手间，这样就

茉黑复女士的
私人卫浴设备

"希望有间更宽敞的房子，因为我想把咖啡壶和音响也搬进去。"

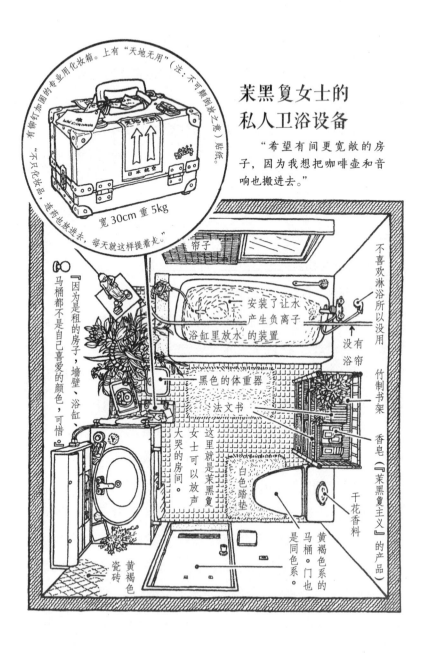

有铆钉加固的专业用化妆箱。上有"天地无用"（注：不可颠倒放之意）贴纸。

"不只化妆品，连药也放进去，每天就这样提着走。"

宽30cm 重5kg

帘子

不喜欢淋浴所以没用

安装了让水产生负离子浴缸里放水的装置

没有浴帘

竹制书架

香皂（《茉黑复主义》的产品）

黑色的体重器

法文书

『因为是租的房子，墙壁、浴缸、马桶都不是自己喜爱的颜色，可惜……』

这里就是茉黑复女士可以放声大哭的房间。

白色踏垫

干花香料

黄褐色瓷砖

黄褐色系的马桶。门也是同色系。

职员及客人使用的厕所

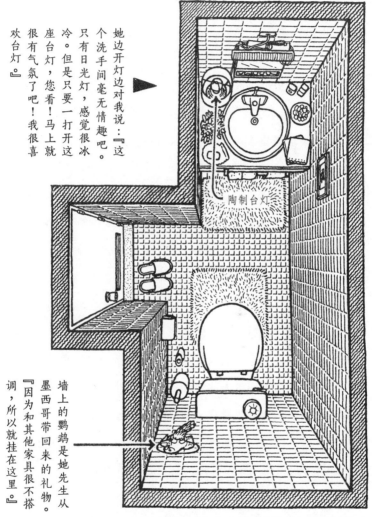

陶制台灯

她边开灯边对我说：『这个洗手间毫无情趣吧。只有日光灯，感觉很冰冷。但是只要一打开这座台灯，您看！马上就很有气氛了吧！我很喜欢台灯』。

墙上的鹦鹉是她先生从墨西哥带回来的礼物。『因为和其他家具很不搭调，所以就挂在这里』。

米色的马桶。墙壁和地板都贴着米色瓷砖。台灯则是像壶的陶制品。洗手台上摆着九种香水。还有白色毛巾与踏垫。

连电话都可以不接了吧。"

她说最大的慰藉就是回忆小时候的事。

"我妈妈是美术老师,在我 5 岁到 15 岁之间,她要我学芭蕾舞,巴赫和维瓦尔第的音乐,欧洲的美术和历史等等,要求很严格。我祖母是波兰人,是居里夫人的朋友。居里夫人是我的敌人哦。因为祖母一天到晚都对我说:'若不好好努力读书,就无法像居里夫人一样。'在浴室里摆书也跟我的自卑感有关。"

早就听说她十分勤奋,后来才知道她的勤奋远超乎想象。但是,她可不是那种死脑筋的人,而是"有梦想的茉黑夐"。

"我并非只喜爱梦幻世界。以前我最想做的是舞台方面的工作,如舞台美术设计或服装等。有时候会忽然觉得,自己是否入错行了?为了谋生的工作,得面对许多很实际的问题,所以在私生活里只想留下较梦幻的部分。并不是有钱人才能理解这种想法。像我先生,他只要有一把牙刷就可以,又说住的话有四张半或六张榻榻米大的空间就够了,什么都不要才不会变成物质的奴隶。但是我喜欢一些可以让自己做梦的小东西,因此必须有较大的空间。而为了有较大空间就得付较多房租,结果就变成为付房租而努力工作,真是恶性循环哪。"

我问她,最近为何较少看到她在电视上出现?

"有点烦。媒体好像觉得外国人批判日本很有趣。因此,常会有'希望茉黑夐小姐一定发言','为何你自己不说呢?',

'如果是我们说的话，一定被恨死'等等的说法。我觉得外国人好像被这社会当成玩具耍。我对这种现象心存抵触，结果就变成不需要茉黑夐这个人了。"

现在她专注在所谓的"茉黑夐主义"的工作上。她认为，物品不只是为了与美感有关的流行而存在，必须要让人能借此传递"信息"。她目前便在开发、介绍此类产品。她所推荐的产品中当然也包括"洗手间"用品。

"我人生中最重要的就是厨房和洗手间。所以随时都要保持干净。"

但当我想象茉黑夐女士拼命打扫的专注模样，忍不住就笑了出来。

题外篇
亚洲各国的厕所

不需护照就可环游世界——这可不是偷渡，而是到爱知县犬山市的"小小世界"走一趟。

"其他国家一般民众的厕所是什么样呢？"

曾有人如此问道。为回答这问题，我想在题外篇里介绍"世界各国民居的厕所"。

"小小世界"这名字乍听之下，很像适合儿童前往的游乐园，其实是一座出色的户外民族博物馆。本馆里有来自 70 个国家、超过 6000 件的展品；占地 123 万平方米的广大丘陵上散布着 27 栋世界各地的古老民房，颇具规模。

"小小世界"的理念是"传达人们生活的实况"，对此颇为认同的我已来过两次了。虽然这间博物馆如此有趣又吸引人，但这回只专心看厕所。

我原本想介绍"世界各国往昔的厕所"，结果只集中在亚洲。原因是欧洲古代民居没有一个独立房间叫"厕所"的。

"小小世界"里的"法国阿尔萨斯之家"也没有厕所。听说拆迁至此前是有厕所，但为了复原上百年前的住家——那是用粪桶的时代——就把它拆掉了。这里也注重重现"时代"。

亚洲地区自古民居就有厕所，这段历史相当有趣。我以这个角度切入，画了不少素描，拍了很多照片，只可惜版面有限，无法全部刊载。

首先从最简朴的户外厕所开始介绍：泰国平地民族的厕所。

"朗纳·泰族之家"的后院有个竹编围成的厕所。这种形式的厕所在以前日本也常见，例如海水浴场沙滩上的更衣处简易厕所。现在，再怎么简单的厕所也都是以可锁门、有抽水马桶的居多，所以年轻人看到这种厕所，大概也不会有什么怀念之情。

说到令人怀念，就属韩国的厕所，它们和日本昔日农家的厕所很像。这也是同属一个文化圈的证据。

"小小世界"里有两栋"韩国民居"，都是将庆尚北道的房子解体后移筑而来。一栋是以前地主的家，一栋是农家。两栋都有装设暖炕的房间、祭祀用房间——铺着地板以利跪拜，显然受儒教影响颇大；还有泥土地厨房、家族房间等。但这次我目不斜视，只专心观察门旁边的厕所。

我在"印度喀拉拉州地主之家"发现一样有趣的东西。沿着外墙有根垂直的排水管。看起来像是排放雨水用，但它从外

朗纳·泰族的厕所
（泰国平地民族 Lanna Thai）

用竹编围起来，果然是泰国做法。

高 180cm

为隐藏使用者的基本造型

墙的一半凸出来，所以并非排雨管，而是二楼厕所的排尿管。这栋屋子也是在当地解体后运过来重现，建筑物本身飘着浓浓的印度味。

实际上，会一直闻到印度味是因为隔壁就是一间地道的印度餐馆。厨师先生从窗户探出头，挥手示意我待会儿过去，便先进去地主之家。

这栋房子也有许多值得看的地方，但还是忍住，登上嘎嘎作响陡得厉害的木板楼梯到二楼参观厕所。二楼是三姐妹的房间，每人一间。每个房间隔壁都有厕所。我仔细描绘每间厕所的踏脚石，画着画着忍不住笑了出来。在印度时我也是到处画，却不像这次光画厕所。

住这里的三姐妹都已为人妻。她们的丈夫是那种夜晚来天

厕所隔壁有一间『灰间』，储存当作肥料用的灰烬。那里摆着运粪尿的木桶。通常是将粪尿汲入木桶后搬到田里当肥料。到底是如何搬运的呢？说是用背物架背过去的。门墙上确实挂着背物架。

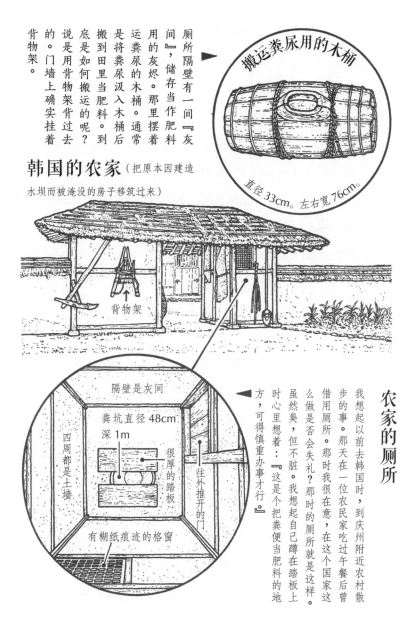

搬运粪尿用的木桶

直径33cm。左右宽76cm。

韩国的农家（把原本因建造水坝而被淹没的房子移筑过来）

背物架

隔壁是灰间

粪坑直径48cm 深1m

四周都是土墙

很厚的踏板

往外推开的门

有糊纸痕迹的格窗

农家的厕所

我想起以前去韩国时，到庆州附近农村散步的事。那天在一位农民家吃过午餐后曾借用厕所。那时我很在意，在这个国家这么做是否会失礼？那时的厕所就是这样。虽然臭，但不脏。我想起自己蹲在踏板上时心里想着：『这是个把粪便当肥料的地方，可得慎重办事才行』。

亮走的"走婚"女婿。现在这种风俗好像已经废除了，但从古老民房仍可窥见过去的社会习俗，真是有趣！

我吃完印度餐馆里喀拉拉州风味的咖喱、坦都里烤鸡、芒果汁之后，爬上隔壁的小山丘。

这里有我最喜爱的"尼泊尔寺院"，它以喜马拉雅山腰属藏传佛教宁玛派（nyingma）的塔基心都寺（Tragsindho）为本。最令人感动的是，为了完整重现，从当地聘来木匠师傅和画师；不仅建筑样式，连寺院内部的壁画等都仿自塔基心都寺。

事实上这座寺院没有厕所。虽然没看到厕所，却听到一件事让我心头一惊。告诉我这事的是一位名叫普鲁巴·雪巴的32岁画家，他是四年前为寺院壁画而来，现在边画曼陀罗[1]，边当寺院解说员。

他的故乡位于圣母峰南麓，就如其名，是雪巴族[2]的村庄，他也从事高山向导的工作。因此，他在之前虽已经由日本登山者那边认识日本这个国家，但来了以后仍有些地方让他颇感讶异。

"原来日本到处有厕所嘛！但为什么会那样呢？我百思不得其解的是，日本人在我们那边会故意跑到野外大便。这对我

---

[1] 曼陀罗（mandala）是某些印度教与佛教神秘仪式中，求道者以一个中间画有复杂象征图案的圆圈来帮助冥想，好打破受生死轮回等制约的心物世界。

[2] 雪巴族（Sherpa）居住在尼泊尔北部地区，习惯在高山上生活，是优秀的登山者，因此喜马拉雅山探险队喜欢请他们支持。首次攀登圣母峰的队伍中即有雪巴族向导。

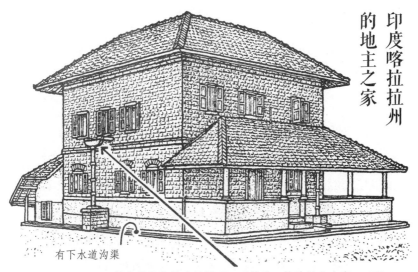

印度喀拉拉州的地主之家

有下水道沟渠

排水管并非接在屋檐下，而是从二楼墙壁凸出来。可没见过这种排雨管。居然是小便专用厕所的排尿管。

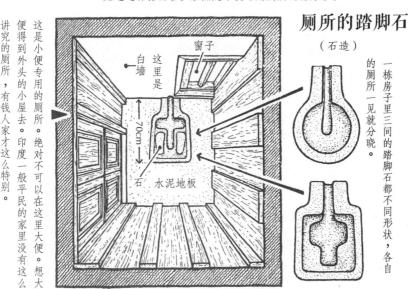

厕所的踏脚石
（石造）

窗子

白墙

这里是

←70cm→

石 水泥地板

一栋房子里三间的踏脚石都不同形状，各自的厕所一见就分晓。

这是小便专用的厕所。绝对不可以在这里大便。想大便得到外头的小屋去。印度一般平民的家里没有这么讲究的厕所，有钱人家才这么特别。

真是文化震撼啊。"

"明明有厕所却到外面上？也许是不知道厕所在哪里？"

"不是那样呢。营地里会挖洞当厕所，还搭起专用帐篷。可是队员偏偏不去那里上，老往山里跑，而且还专挑风景好的地点。结果山里到处是大便。为什么说是外国人干的呢？因为一看留下来的纸就知道。山里和森林里都住着我们的神，弄脏了很让人困扰。当地人曾向旅行社抗议'我们很欢迎大家来，可是弄得到处是大便，这样实在很伤脑筋'。因此，从两年前起连私人家里的厕所也挂起'Toilet'的标示，希望外国人看得懂。村里虽然没公厕，但是不管谁家的厕所都能自由出入。而为了让任何人都可使用，入口也不上锁。"

雪巴先生并不是生气，只是因为他喜欢日本才不厌其烦地再三说明。他说"我想这是文化差异造成的吧"，反而让我很惭愧。

说到文化的差异，或说，文化的相似性，从这点来看会很有趣的是台湾地区的厕所。台湾厕所和猪圈在一起，跟以前的冲绳一样。饮食文化也有共通之处。

从"台湾的农家"解说员刘多美小姐那里听到有关台湾厕所的事。农村地区虽然有像"小小世界"里搭建的那种户外厕所，但更乡下的地方会只挖个大洞、上面搭两块板子就算是厕所了。中国大陆、韩国、日本的农村也有这种情形。

"以前在台湾的城市里，厕所通常设在屋子最里头。由于

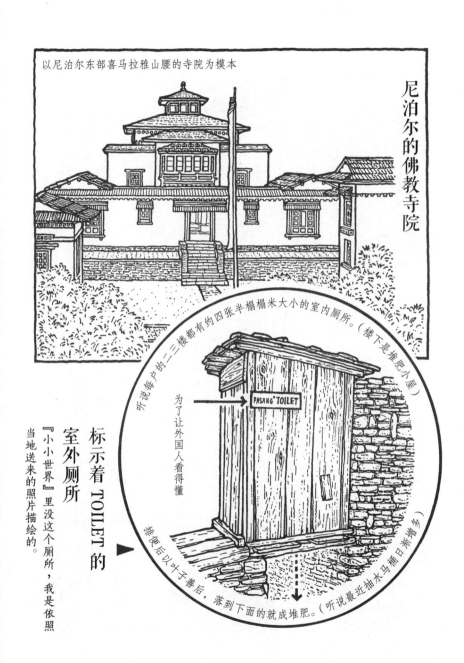

以尼泊尔东部喜马拉雅山腰的寺院为模本

尼泊尔的佛教寺院

听说每户的二三楼都有约四张半榻榻米大小的室内厕所。(楼下是推肥小屋)

为了让外国人看得懂

PASANG' TOILET

排便后以叶子擦后,落到下面的就成堆肥。(听说最近抽水马桶日渐增多)

标示着 TOILET 的室外厕所

『小小世界』里没这个厕所,我是依照当地送来的照片描绘的。

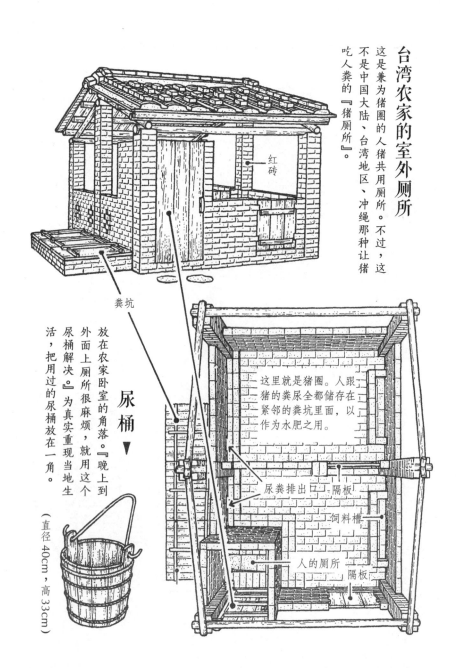

台湾农家的室外厕所

这是兼为猪圈的人猪共用厕所。不过，这不是中国大陆、台湾地区、冲绳那种让猪吃人粪的『猪厕所』。

红砖

粪坑

尿桶▼

放在农家卧室的角落。『晚上到外面上厕所很麻烦，就用这个尿桶解决』为真实重现当地生活，把用过的尿桶放在一角。

（直径40cm，高33cm）

这里就是猪圈。人跟猪的粪尿全都储存在紧邻的粪坑里面，以作为水肥之用。

尿粪排出

隔板

饲料槽

人的厕所

隔板

是汲粪式，就得用木桶挑着粪尿穿堂过室出去，很臭。农村虽然有室外厕所，但晚上还要跑出去很麻烦，就在室内摆个尿桶。乡下人已经习惯这种臭味，城市人可受不了。刚来日本时，发现日本人将厕所设在玄关旁很惊讶。不过一想，这样很方便呢。还有件事也让我很讶异，请人来汲粪为什么要付钱呢？"

她住"小小世界"附近的某个小镇，知道请人来挑粪还得付钱，吓了一跳。

"在台湾，这可作为田里肥料，所以是免费来挑粪。不但如此，把剩饭剩菜倒泔水桶里，农民就会来城市收集回去当猪饲料。而且每年大概有两次，他们会拿蔬菜或味素来答谢呢。"为了解开她的疑惑，我做了以下说明：

"日本以前也是这样哦。可是城市周边人口急速增多，价值观改变了。另一方面是因为不再把粪尿当肥料用。"

诸如此类说明了一些，不过，看来对她好像不太有说服力。

"小小世界"从建造的阶段起，就从各地招聘许多当地人，感觉大家都为了正确传达自己的文化而全力以赴，真的很棒。

由十位左右的爱奴人建造重现的"爱奴族之村"也很出色。村里用茅草编建两间不同大小的厕所。一般会想，大的男人用、小的女人用，其实不然。大的是男女共用，那小的呢？原来是女性在生理期或生产时所使用的，因为人们认为那时期女人的身体是污秽的，应该避开。在现代这种情形是歧视，会

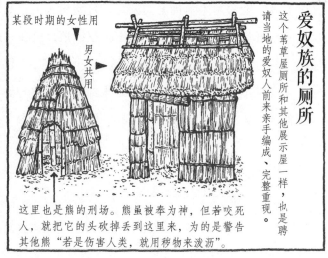

『小小世界』地址：爱知县犬山市今井成泽（名铁犬山车站下车后搭公车）12月31日与12至2月每周四休馆。电话：0568-62-5611。

爱奴族的厕所

这个苇草屋厕所和其他展示屋一样，也是聘请当地的爱奴人亲手编成、完整重现。

某段时期的女性用 ▼

▼ 男女共用

这里也是熊的刑场。熊虽被奉为神，但若咬死人，就把它的头砍掉丢到这里来，为的是警告其他熊"若是伤害人类，就用秽物来泼沥"。

引发问题，但这里设定为85年前的老村落，所以将当时的习惯也表现出来。其实，不只爱奴族，以前的日本各地到处都有这种情形。

从亚洲各地的厕所看到了各种事情，收获超出预期。

艺人 和田秋子 篇

和田秋子小姐的经纪人小野田先生说：

"并不是 NO，但要找个适当时机，请再给点时间。"

然后等了将近一个月。

演员或歌手是靠人气吃饭的行业，必须很注意形象，所以到目前为止已经有好几个人婉拒了。也有本人 OK 但经纪公司说 NO 的例子。于是就向小野田先生说：

"请不必太勉强。"

不过他来电时却是：

"让您久等了。欢迎来参观。只是她本人因工作关系不在家，访问得另找时间。总之先参观厕所吧。"

于是我在晚上 8 点左右前往。

和田小姐的先生饭冢浩司也不在家，经纪人拿着钥匙直接开门进去。虽然隐隐有种不太光明正大的奇怪感觉,还是边脱鞋边说了声:"晚安,打搅了。"就这样进到无人的宅第。

从玄关可以看到客厅里摆着一张很大的黑桌子。区隔厨房和客厅的吧台也是黑色。果然如传言所说,擦得亮晶晶。据经纪人的说明是,黑色比较看得出灰尘来。

"她不管醉得多厉害,每天回家一定把房间全收拾干净,碗盘也都洗好才去睡觉,因为不想一早起床就看到家里乱糟糟的。她通常一起来就把窗子全部打开,对着天空道声'早安'。同样喝酒,我还在宿醉,头昏昏地来接她上工,人家已经利利落落了。真是服了她!厕所也是打扫得干干净净,反正就是很爱扫,扫除魔!"

厕所里装饰着小小的娃娃,若不问她也不知是何道理。

几天后,我在赤坂的 TBS2 电视台的大厅和她会面。

"为何会答应让我去参观厕所呢?"

"老实说,之前为了这个还跟经纪人吵了一架。他没告诉我采访的事,我是两天前才知道的。真的!所以您等了一个月我也根本不知道。他说要请我吃饭,我就想,八成有什么事要开口,结果他劈头就是'厕所让河童先生看看吧!'什么啊!什么叫'让人家看看吧',那又不是你家厕所,是我的耶!我很生气说绝对不干!这不是什么形象不形象的问题。那是我在外头受了委屈、遇到挫折,边哭边骂'王八蛋!'的有许多怨念的地方。有客人来家里的时候,要借用我当然会说'请',

但那跟特地向全国公开'我家厕所是这个样子'不一样。在我的意识里，那是如同自己阴部的地方。但同时，我也分析自己为什么会不愿意。我不是每周都兴趣盎然地拜读《窥视厕所》吗？一方面，我知道您并非只为了窥视，重点也不在主人的兴趣或品味的好坏，更不是有钱没钱的问题。想着想着，好像拒绝的理由也慢慢没了，那就，好吧。"

和田秋子这个人，就算经纪公司的老板也无法勉强她做不愿意的事，所以这次 OK 完全是她自己决定的。

坐旁边的经纪人缩了缩脖子，笑了起来。熟知她性格的他也许运用了些策略吧。

这两个人在面对外人时也不串通合谋，同时又保持着一种紧张关系，看得出是一对活泼开朗的工作伙伴，我忍不住笑了出来。

"您有没有发现马桶的水箱有裂痕？"

"对哦，盖子的地方。"

"那是五六年前，我在厕所里胃痉挛昏倒时留下的痕迹。因为在里面待太久，喊我、敲门又都没有反应，我先生赶紧踢开门冲进来，结果门整个儿压到我身上。我"砰"的一声向后倒，水箱盖子就被撞开了。那阵子我常因为胃痉挛叫救护车，结果在附近医院变得很有名，'又是和田秋子'。"

听说她的胃痉挛是心理因素引起，最近已经完全治好了。目前手边有四个固定的电视节目。

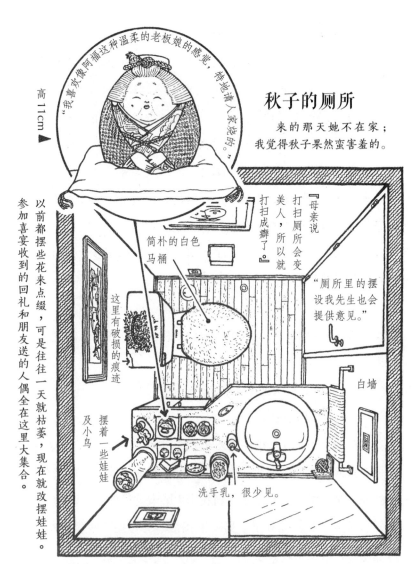

高11cm▲

"我喜欢像阿福这种温柔的老板娘的感觉，特地请人家烧的。"

秋子的厕所

来的那天她不在家；
我觉得秋子果然蛮害羞的。

以前都摆些花来点缀，可是往往一天就枯萎，现在就改摆娃娃。

参加喜宴收到的回礼和朋友送的人偶全在这里大集合。

『母亲说
打扫厕所会变
美人，所以就
打扫成癖了。』

"厕所里的摆
设我先生也会
提供意见。"

简朴的白色
马桶

这里有破损的痕迹

摆着一些娃娃
及小鸟

白墙

洗手乳，很少见。

"外面有些人用厕所的方法真是让人受不了。擦手纸不先扯断，边拉边擦；梳完头发掉得到处都是，牙刷乱丢。我一看就火大：'别开玩笑！你敢让等在外面的男朋友看到这副德行吗！'骂归骂，结果嘟囔着'又不是我弄的'就顺手整理起来了。"

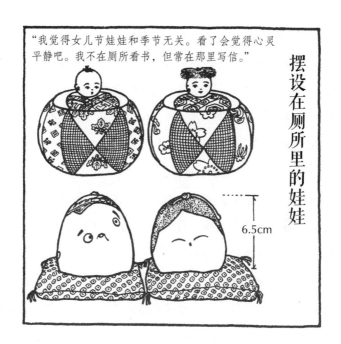

"我觉得女儿节娃娃和季节无关。看了会觉得心灵平静吧。我不在厕所看书，但常在那里写信。"

摆设在厕所里的娃娃

6.5cm

"现在每天工作都很快乐。要我休息我还会很苦恼呢。"

经她这么一提，难怪最近从电视上看到的她不再像以前一副拼命三郎的模样，绷得很紧的那种感觉。当时胃痉挛大概每个月就会发作一次，好像是因为现实与她期待的目标之间有落差。不过，现在的秋子小姐仍然很严格地自我要求。

"我一直希望能达成自己所定下的目标与要求。我讨厌马马虎虎的态度。即使搞得精疲力竭，我还是喜欢工作，而且会要自己'提起精神冲啊！'就算晚上喝得再怎么醉，隔天起来还是'开始干活了！'像无敌铁金刚出动一样，啪地就冲出门。回家的时候，我反倒喜欢那种把自己气力用光光的感觉。"

　　我觉得她总是将自己要跨越的栅栏架得很高，不断挑战。碰面时在我面前的不是口吐"王八蛋""畜生"等粗话的和田秋子，那都只是种为了角色而演出来的性格而已。真实的她是位礼貌周到，使用敬语恰当合宜，谈话也有条有理的人。也许因为如此，她在演艺界中才会如此受尊敬。

　　"哪里！我只是个傻大姐而已。"

　　虽然她很不好意思地这么说，不过现在她可是每周会固定两天不喝酒。为了不生病，在自己的健康管理上也颇用心思。睡不着的话也绝对不吃安眠药。

　　"我喜欢在睡前读国语词典。从最前面的あ行开始读下去，真能学到不少东西呢。读着读着开始茫茫发昏，不知不觉就睡着了。我啊，果然不是读书的料。"

　　说着说着就笑出来了。她真的是个很认真的人。

作家

山根一真篇

在《周刊文春》上连载《超级书斋游戏术》的山根一真先生是位爱玩机械的人。他的厕所会是什么样呢？我很感兴趣。

我打电话问他：

"厕所里大概有电话、文字处理机等种种通信机器吧！"

"不不，我的厕所非常窄，除了很普通的马桶以外什么都没有。很遗憾，完全不像河童先生您所期待的呢。"

一向讲话干脆利落的山根先生，今天却有点吞吞吐吐。后来突然好像想到了什么，连语气也变了。

"可不可以给我点时间？"

问他理由，原来他想改建厕所，试试看到底能将厕所书斋化到什么程度。

约过了四个月后，有天他打电话来：

"让您久等了！欢迎来参观。"

同时还传真附上住家的详细地图。

我马上按照地图登门拜访。开门迎接我的是山根先生和他的助手山村绅一郎先生，两人都整晚没睡的通宵脸孔。

"没想到最后的阶段那么费工夫，直搞到早上。总之，请先进厕所坐一坐。"

厕所里黑漆漆的。我一坐到马桶上就响起了一阵音乐。

类似镭射的五彩光线和着乐音，在墙壁及天花板上交错飞舞。

"这这这、这啥啊！"

"这和书斋的功能无关，只是对河童先生的服务而已。硬要说有什么意义的话，就是工作太累的时候进厕所让脑子清醒一下吧。不仅是音乐，也会感应到小便或咳嗽声，光线的形与色会跟着变化。"

看光影形色的变化的确对脑子有按摩的功效，这说法可以接受。这个装置已够让人目瞪口呆，但要说惊人，可还早呢！一打开电灯，发现墙上装满各式各样的电子机器。

"简直像驾驶舱嘛！"

"没错。如果把这么多机器全摆桌上，得占不小的空间。但只要像这样垂直固定在墙上，就可以变得很精简。这种驾驶舱式的配置安排不但节省空间，而且还一目了然，运用到书斋里就是这模样，的确可行。这对我来说真是一大收获呢。"

听他头头是道地一一说明墙上机器，我忍不住笑出来。

"这台文字处理机，以电话线直通位于美国的世界最大的1.8亿笔的数据库，在厕所可以边大便边检索。正面这台是卡西欧的电子合成器。比如只要说'河—童—先—生—'，就能编奏成这样的音乐。可以边大便边作曲呢。"

除此之外，还有许多让人不禁心生"？"的装置。

"左边的胃镜？难不成边大便边窥探自己的胃吗？"

"通过胃镜可以从窗子的隙缝看到访客的样子。近自5厘米、远到无限远的距离内都有办法对焦，方向、视野也能自由调整。如果想进一步确认从胃镜里看到的东西，可以用这个双眼望远镜放大。"

说是书斋，好像游戏的成分居多。

我以为山根先生原本就喜欢厕所，没想到正好相反。

"其实我很讨厌厕所。就像非到截稿日逼近我不动笔；要不是快拉出来了我也不进厕所。一进去也是恨不得快点出来。"

听说他吃饭不定时、上厕所时间不规律。便意大抵是随着精神紧张或兴奋状态而来。

"我最喜欢到秋叶原的电器街去逛，喜欢到和这条街一起死也愿意的地步。因此，从我走出秋叶原车站检票口的瞬间，精神就开始亢奋。一兴奋便意就来，真伤脑筋。我是恨不得能走快一点、多逛几家店、多发现有趣玩意儿，可是肚子往往痛到受不了。秋叶原的店大约7点就打烊了，但我通常是傍晚时

山根先生的终极厕所书斋

所有的机器都是以魔术贴贴在墙面板子上，所以能够自由地拿下、贴上。

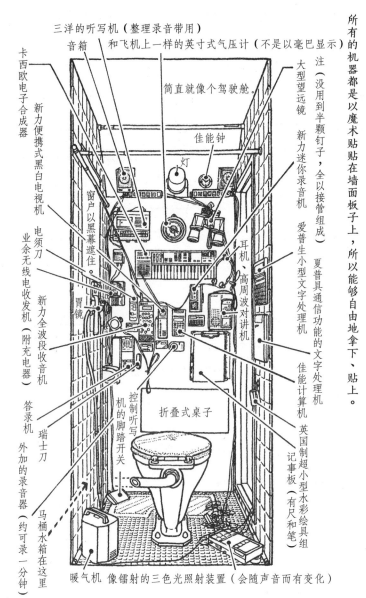

三洋的听写机（整理录音带用）

音箱

和飞机上一样的英寸式气压计（不是以毫巴显示）

卡西欧电子合成器

新力便携式黑白电视机

电须刀

业余无线电收发机（附充电器）

答录机 外加的录音器（约可录一分钟）

瑞士刀

新力全波段收音机

胃镜

窗户以黑幕遮住。

简直就像个驾驶舱。

佳能钟

灯

大型望远镜

新力迷你录音机 爱普生小型文字处理机

耳机、高周波对讲机

注（没用到半颗钉子，全以接管组成）

夏普具通信功能的文字处理机

佳能计算机 英国制超小型水彩绘具组 记事板（有尺和笔）

折叠式桌子

控制听写机的脚踏开关

马桶水箱在这里

暖气机 像镭射的三色光照射装置（会随声音而有变化）

才赶过去，时间不多。因为想早点把事情办好，所以哪里有厕所、哪间比较空，我可是一清二楚。无线电中心二楼的厕所应该是工作人员专用的。躲进那里往腹部压个 100 下，哗地一泻千里。拉完赶紧溜掉。不只秋叶原，连在神田旧书街、纪伊国屋、八重洲的 Book Centre 等大型书店也是。ADHOC，伊东屋等文具卖场，东急 Hands 之类的工具或零件卖场，Yodobashi 相机店，反正一到我喜欢的地方便意就随之而来。每次在连 5 分钟 10 分钟都很宝贵的时候厕所就会呼唤我，所以我很恨厕所。"

很少人会说"恨厕所"，他说了好几次。听说他在自家厕所里也不会慢慢看书。

"以往我总认为厕所就只是为了排泄；现在想法有点改变，开始思考厕所能不能变成一个更富知性的地方？这次在把厕所书斋化的游戏里，让我很讶异的是，在 84cm×103cm、约半坪的狭窄空间里，竟然可以营造出接近我办公桌的环境。这真令人感动。起初我只是拼命想做出一个有趣的厕所，不料却体会到在这狭窄空间里也能有这么多的乐趣。从今以后，别说是一进去就不想出来，厕所已经变成一个让我想工作的地方了呢。躲在厕所里整理录音带，或边听国外广播边做笔记。到了 21 世纪，上班族在自己家中工作应该会成为理所当然的事吧。我并非想提倡把厕所当书斋，但是狭窄的地方也能当书斋这个点子，不也挺值得参考的吗？"

俯瞰终极厕所书斋

山根先生是个不管做什么都全力以赴的人。虽然人家也这么说我，但根本就无法和他相比。听说他年轻时在饭店打工就这样。"我以为穿着滚金边的衣服就能拿到很多小费，抱着满心期待去，结果完全不是那么回事。我的工作是打扫客房。厕所的清洁检查很严格，但我总是全力以赴打扫得亮晶晶的。追求高完成度嘛。"

84cm×103cm 大的面积是至今看过的最狭窄的厕所。他是连在狭窄空间里也可以玩得起来的人。抽屉里放着事务机器的档案夹，里头以信封分类的资料竟有三千袋之多。他笑着说：『「山根式的档案」是不必花钱的百科词典。』

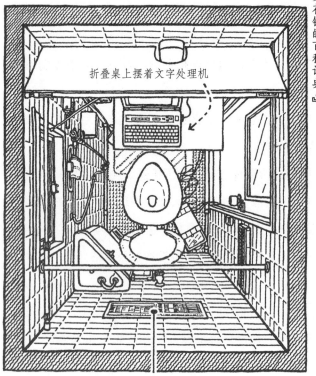

折叠桌上摆着文字处理机

目录板上贴了一片迷你计算机的内存，说是从垃圾场捡回来的。

　　他和我一样是 B 型血。他笑说自己是"脱线狂飙型"，经常从正题飙到意想不到的岔路上，突然又来个急转弯回到正题去。

　　我想每天跟他相处的太太大概很累吧！目前山根一真先生仍在继续试验他的"终极厕所"。

　　虽说是别人家的事，还是挺担心的。

作家
永
六
辅
篇

永六辅先生的日常生活是一连串的旅行。

听说一个礼拜中只有星期一会回东京自己家，而且那天还排了电台录音。因此他的生活和一般人很不一样。

"您的职业是'旅人'呢。"

我这么一说，

"对啊。就算回家也会说声'打扰了'，感觉像来借宿的客人。因为是这种情况，您想参观厕所，可不可以得问我太太才知道。因为家里的事不是由我发言的。"

他笑着回答。

"好，那我问您太太去。"

直接向昌子夫人提出要求，她爽快地答应了，可是，

"他真的这么说吗？如果是这样，那也不用照料他啰。"

外面的永六辅先生我蛮熟的，但也很想看看家里的永先

生，所以决定星期一去拜访他家。

"我只是个客人，这个家没有我的容身之处。"

夫人骂他"胡说八道"。在家里的永先生比平日还害羞，很好笑。

赶紧先问问旅行时有关厕所的事情。

"一年到头都在旅行，说来日本到处都有我的厕所。住宿的饭店就不必说了，车站、火车、飞机、船、街上的大楼，随时都有可能想去。"

"不管怎样的厕所都 OK 吗？"

"不，还是会挑自己喜欢的厕所。想上厕所的时候，通常已经蛮急了吧。所以平常会先去找些让我感觉不错的厕所，以备不时之需。"

很多人在投宿旅馆时会先搞清楚太平门和厕所的位置，永先生的调查则是全国性的。

"不只出外旅行时，连人在东京也很有用哦。能在自己家里吃饱上完厕所当然最好，可是我常常一吃完饭或还没吃完就得上路，不一会儿就得找地方解决。遇到这种时候就会边走边想，再忍一下就可以到某间厕所了。比如若在东京车站得到这间，人在新宿就去那间；若是银座的话……我心里大概都有个谱。百货公司会标示厕所位置，但一般大楼没有，可能是不希望过路人使用吧。但是就算没去过的大楼，凭直觉大概也都找得到。"

永先生家人用的厕所

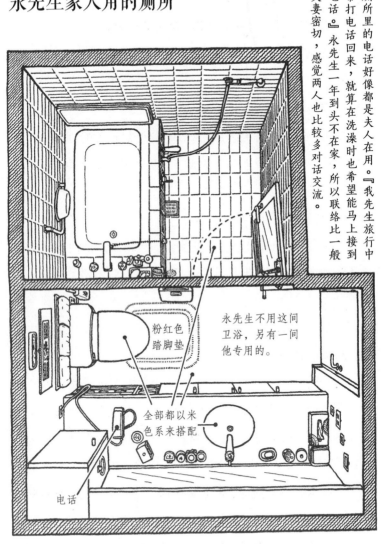

粉红色
踏脚垫

永先生不用这间
卫浴，另有一间
他专用的。

全部都以米
色系来搭配

电话

厕所里的电话好像都是夫人在用。『我先生旅行中常打电话回来，就算在洗澡时也希望能马上接到电话』。永先生一年到头不在家，所以联络比一般夫妻密切，感觉两人也比较多对话交流。

我也算是蛮会找厕所的，不管到哪里一找就中。而且绝不违背自己的生理需求，也不挑什么喜欢不喜欢，有就上。但永先生不一样，挑选标准颇为严格。

"我喜欢不会遇到人的厕所。对我而言这是非常重要的因素。上之前急得咬牙切齿、完事后如释重负，这两种表情我都不想被人看到，因为很丢脸。所以，首先希望能进到无人厕所。同一栋大楼的厕所也有差别，有人多的也有不挤的。譬如 TBS 电视台大楼里，因节目制作或演出而有外人出入的楼层就很挤。职员办公室的楼层就很空，不太会遇到人，我都在那里办事。"

永先生既纤细又害羞，所以有一套"排泄美学"。

"说到这里，最近有关厕所或粪尿的书出版了不少，可是论及排便方式啦、擦屁股的方法啦，或是礼仪等有关'排泄美学'的书却还没有呢。有关吃法或餐桌礼仪的书倒是很多。其实人的身体就像管子一样，光有'入口'的书却没有'出口'的书，不但不公平，对'出口'也太冷淡了吧。"

听说永先生小时候，他父亲曾教他如何大便。

"我们那时候上的是会'扑通'一声掉下去的汲粪式厕所。有东西掉下去通常会溅上来，我们叫'找零'。要避开'找零'得有些技巧。老爸教我不要让大便垂直掉下去，而是水平落下。因此在大便掉下去的瞬间要摇摇屁股，大便就会打横掉下去。这样'找零'就会横地找，不会往上溅。垂直的话，那零头可是溅得高呢。"

这招我可不晓得。我通常在大便掉下的瞬间赶紧把屁股翘高。

现在大家都改用抽水马桶，就不再需要这种"祖传秘方"了。

永先生说，"排泄美学"也该收录宝贵的纸的使用法。

我想起小时候曾在山里用树叶擦屁股。

永先生听了后说：

"不久前，就今年夏天的事，我还用树叶擦过屁股呢。"

每年他都会和一群落语家[1]从北陆[2]出发，穿过白川乡[3]到郡上八幡[4]，听说是发生在途中的事。

铜片制作的"居酒屋和马车"的音乐盒，是 高18cm 马车会边绕圈，边演奏 Country Road。

"山里哪有什么厕所，当然是拉野屎。车子一停，三三两两各自散开，躲到彼此看不见的角落，脱了裤子就蹲。那种情况也不觉得有什么丢脸的。那时是用树叶善后。来年经过同一个地点，不知是谁，又说想进山里去办事。看到去年那个地方

---

[1] 落语是日本一种曲艺，类似中国的单口相声。

[2] 北陆指靠近日本海的新潟、富山、石川、福井各县。

[3] 白川乡位于岐阜县大野郡的庄川上游地区。

[4] 郡上八幡位于岐阜县郡上郡。

客用厕所
也就是永先生用的厕所

永先生说："因为我是客人，厕所里摆的东西全都是依照我太太的眼光安排。我自己带进去的东西只有袖珍本。"

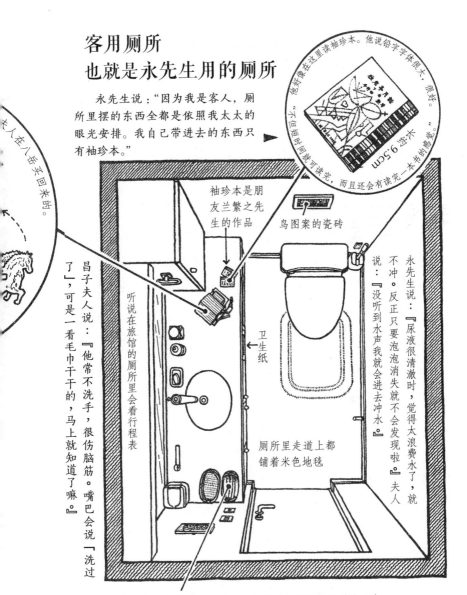

他好像在这里读袖珍本。他说铅字字体很大，很好。"关启相片期就可读完，而且还会有读完一本书的感觉。"实约 9.5cm

袖珍本是朋友兰繁之先生的作品

鸟图案的瓷砖

卫生纸

永先生说：『尿液很清澈时，觉得太浪费水了，就不冲。反正只要泡泡消失就不会发现啦』夫人说：『没听到水声我就会进去冲水』

厕所里走道上都铺着米色地毯

昌子夫人说：『他常不洗手，很伤脑筋。嘴巴会说「洗过了」，可是一看毛巾干干的，马上就知道了嘛』

听说在旅馆的厕所里会看行程表

夫人在八岳买回来的。

弯弯曲曲的藤编"韩国便当盒"里摆着五种粉色系的毛巾。

长满青青绿草，花也开得特别美，真让人怀念啊。那些花草树木可说是我们的纪念碑。不懂得人类上厕所的原点——拉野屎的人，没资格大便。同时大家也应该知道，不用纸一样可以把屁股处理得很干净。"

说着说着，接下去说到一件很离谱的事，女性朋友听了可不要昏倒。

"不过，现在不会有没卫生纸用的情况了啦。"

"不，还是有。而且昨天才发生。我到滨松町贸易中心二楼的厕所，上完才发现，没有卫生纸。或许是刚好用光了。身上也没带面纸，开始想该如何是好。手上只有一本书和装书的牛皮纸袋。我不想把书撕破，所以除了牛皮纸袋别无他物可用。于是我就慢慢舔，想用口水把它浸得软些。没想到，花了好多时间才把它弄得够软。舔的时候突发奇想，应该也可以用这方法捻纸绳吧。"

真是个什么都可以拿来玩的人。

永先生要出去工作的时刻到了，我与昌子夫人站在玄关送他。门一关上，昌子夫人就笑着说：

"虽然在家里把父亲的角色扮演得很好，但他本质上其实还是个小学低年级男生，光长岁数，生活应对完全没进步。"

听到这话的瞬间我僵住了。

虽然那是在说永先生，而不是说我。

作家

林真理子篇

林真理子小姐的作品我头一本读的是《买些兴高采烈带回家》。她在前言里写道：

"我决心成为文字的摔跤手，把从前那些漂漂亮亮的散文都摔到场外去。"

这种激烈言辞读起来真是痛快。

书里还有一段是这么写的：

"解脱了。折磨我一个多礼拜的便秘终于被大量便秘药降伏了。

"我带着极大的爽快感与幸福感看着那几乎要溢出马桶的排泄物。如果我有个不拘小节的老公，我一定会兴奋地大喊：

"'喂喂！来看啊！'

"兴奋过后的我，一想到这堆粪便即将面临的悲惨下场，突然一阵感伤涌上心头。我按下了马桶的把手。"

林真理子小姐可以如此赤裸裸地描写"粪便"。所以我想，对于许多女性共同的苦恼——"便秘"，她应该也能够侃侃而谈吧。

可是，我错了。

"我是个写文章的人，所以能大胆赤裸地写出来，但聊的话就没办法了。直接从嘴巴里说出来的言辞，好像传达了一种活生生的感觉，会让人很不好意思。而且，我可是还没结婚呢。"

我竟然把她当成便秘代表，实在是非常抱歉。没想到可以把自己的便秘写得这么露骨的人，却没办法从口中说出"便秘"二字。

"和朋友在一起的时候，如果讲到这种话题，我会叫她们别说了，结果就被说'你好假喔'。"

话虽如此，她可能担心采访无法完成吧，很坦白地继续说下去。不知道是否有点勉强自己。

林小姐是个心地善良的人。

"平常很容易便秘，可是只要酒一下肚，马上肚子痛。如果憋住不赶快上厕所，眼前就一片空白，像在看没有画面的电影一样，表示那已经是忍耐的极限了。可是，我又非家里厕所不上，所以常常就突然冒出一句：'我要回去了！'好像在生什么气似的。这时候约会的对象往往吓一跳，开始担心是不是自己做了什么破坏气氛的事。我当然没办法老实说是因为想上厕所才要回家。就这样，误解无法冰释，好几段恋情就此无疾而终。"

林小姐一年前曾经到维也纳参加每年在歌剧院举办的"大舞会"。对那次的经验，她陶醉又满足地说："打扮得像公主一样翩翩起舞，简直像在做梦一样。"她是这样的人，难怪不想给人"和排泄行为沾上边儿"的印象。

"没错，我之所以想成为小说家，就是希望能变成穿着漂亮衣裳的公主。也因为国中一二年级的时候读了《飘》，之后又看了改编成的电影《乱世佳人》，那时候很想变成郝思嘉。"

那时候的林小姐，每天早上起床前都会花一个小时闭着眼睛对自己说"我是郝思嘉我是郝思嘉"。她觉得变成作家的话，离这个梦想便会比较近一些。真是个喜爱幻想世界的人啊。

林小姐勇于将女性内心的愿望写出来或做出来，我想她的魅力就在于此，也因此吸引了大批书迷吧。

"可是，也有很多人不欣赏我哟。不是所有人都带着善意的眼光看我的，这我很清楚。不喜欢我的人，怎么看我都不顺眼。有人会认为我自以为是或很卖弄吧。人家看起来或许会觉得，这人真是爱表现啊，可是要我一个人躲在角落里暗自高兴，根本办不到。例如在旅行的时候，要是看到什么好玩的东西就想送给喜欢的人，也不管价钱多少，一口气就买五六个。吃东西也一样，绝对不会一个人独享，就算再少也要大家分着吃。有什么高兴的事，我也希望能大声说出来和大家分享。如

"现在大厦也难得看到这么小的厕所了。非常普通的厕所。有人会用书装点，或是摆个烟灰缸，我是尽可能让它保持简单的感觉。因为如果待太久，别人又会想我是不是便秘了，不喜欢这种感觉。"

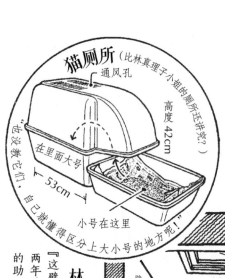

猫厕所（比林真理子小姐的厕所还讲究?）

通风孔

高度 42cm

在里面大号

53cm

小号在这里

"也没教它们，自己就懂得区分上大小号的地方呢！"

林真理子小姐家的厕所

『这壁纸是以前住的人贴的。』『温水洗净式马桶也是？』『那是大约两年前，在朋友家里用过，觉得蛮舒服的。其他东西全交给事务所的助理打点。』（两个月后林小姐宣布订婚，访问时全无迹象。）

Washlet GIII TCF-420

壁纸和刚搬进来的时候一样，米色底上面有小白花图样。

米色的塑料地砖

『因为工作的关系，会有很多人在这里进出，所以这里完全没有我个人特色。只有清洁』

淡粉红色

酒红色的踏脚垫和拖鞋

果说我爱表现，其实也不过就如此而已。"

一方面说自己爱表现，一方面又不想让别人看见"自己家里厕所"，好像是因为梦想与现实落差太大会觉得不好意思。

"浴室如果再宽敞舒适些就好了，实际上却单调又狭窄，不是读者期待的那种厕所，真是抱歉。"

的确，林小姐家的厕所一点也不像她，但有种无机质的清洁感。

"只有干净这点我会很讲究。我曾经和八个女孩子住在一间有六个房间的公寓，那里的厕所脏得要命。虽然住的人都是女孩子，却对共用厕所没什么责任感，弄脏也毫不在意。其实

林真理子小姐的猫儿们

据说是苏格兰折耳猫

右边的是公猫水雄（好奇心很强，喜欢玩水）；左边是美少女猫极美。

"说'我的猫'，不如'松任谷由实家猫咪的表兄妹'听起来响亮呢。去年秋天她打电话来问：'要不要养猫？'她从熟识的兽医那里要来的。"

我这个人很邋遢，自己的房间乱七八糟，但就是没办法忍受厕所脏兮兮的。有时候会花上半天时间，把厕所刷得亮晶晶的，简直像舔过一般。那时候如果和大家约定好以后轮流打扫，也许从此情况就不一样了，但要是什么都不说，接着也不会有人跟进。结果，那间厕所就莫名其妙地成了我的责任区域。那时的我看起来像是个乖孩子，其实只是不敢吭声而已。"

"那间厕所大约只有四张半榻榻米大；之前还是大学生的时候，住的地方厕所只有三张榻榻米大。"

"那时有 10 间房间，住了 8 个男生 2 个女生，可是厕所只有一间。我常常憋住不上，结果造成严重便秘。我跟朋友说肚子好痛，学校保健室的老师听了说：'那就早上早一点来学校上吧。'在校园里调查了一下，发现大讲堂地下室的厕所固定有人打扫，而且没什么人用。从此之后，每天上课前 9 点左右就去报到，右边数来第二间就成了我的私人厕所，然后在那里……"

林小姐还不好意思地问我："这样的谈话内容可以吗？"

真是个有礼貌又具有服务精神的人。

说到她的服务精神，连到国外旅行时也是始终如一。

"到越南旅行时被当地小孩儿包围，于是就帮他们画了像。不过我画得很差，一点儿都不像呢。"

最后她还为我演唱了歌剧《卡门》中有名的咏叹调《花之歌》。她的歌声颇具特色，听了不禁吓一跳。她好像打算来真的，连钢琴都买了。林真理子小姐真是个有意思的人。

美食评论家 山本益博 篇

以前和人称"美食风潮带动者"的山本益博先生对谈时，我曾当面称他为"天敌"。

虽然我算老饕，但不管什么都照吃不误，从不挑嘴，味觉标准也像伸缩自如的卷尺一样随时可变，其实没什么讲究。所以我觉得那些凭着自己舌头就能铁口直断食物好坏的人，实在是……

可是，后来他却有了一百八十度的转变。

"其实现在想起来还会不好意思。以前好胜心强，到餐厅去的时候简直是抱着踢馆子的心态，一家接一家地跑。"

世界著名珍味——肥鹅肝是拿高单位营养饲料对鹅强灌喂食，使其肝脏肥大。山本先生在 30 出头的时候肝脏已经肿胀得很，简直像人类版的肥鹅肝。山藤章二先生评论当时的他是个"味觉敢死队"。

"为什么那时会吃得这么拼命？"

"就像我开始接触落语时一样，我想用相同的方法深入。"

山本先生也是落语等传统艺术领域的评论家。他在 20 多岁的时候靠双脚走遍各处、增长见闻，淬炼出对落语的见解。

"前辈评论家听过早期知名艺人的演出，这是我所不及的；于是初出茅庐的我只能以听遍当代落语家的表演来与之抗衡。当时的落语家有二百人左右，我听过其中近九成的人演出。所以，现在的落语家有许多还在做暖场的时候，我就开始看他们的演出了。这样的四处奔走为我奠定了评论落语的基础。所以，为了了解各家餐厅的状况，就只能尽我所能地吃。总而言之，用自己的胃去体验是最好的。"

他一年在外面吃 850 餐，其中 240 餐是用了不少奶油与鲜奶油的法国料理。这样吃身体会不出问题才怪。

"这样吃难道不痛苦吗？"

"因为不是光吃想吃的东西，拉肚子就成了家常便饭。我想是因为'吃'这件事本身已经造成相当大的压力了。"

不只拉肚子，最后连肝脏都肿成一般人的三倍大，终于病倒了。接着住院，在病床上躺了 40 天。吃到这种地步真的是在拼老命了。

他说之所以这么拼命吃，并不只为了探究每间店的味道。

"与其说我在评论食物，不如说我是对做的人有兴趣。就像我遇到桂文乐、然后迷上他的落语一样，我也想找出料理界优秀的业者与名人。加上若不想被特定看法局限，就得跑上几百家，吃个几千次不可。'好吃''不好吃'的评语只是这成果的附属而已。在每年出版的法国餐厅指南《美食家》（*Gourmand*）里面，除了口味以外，我打算也写些厨师的部分。"

他以之为目标的米其林（*Michelin*）法国饮食指南除了味觉之外也相当注重卫生，而且评价的范围不单是厨房，连厕所也涵盖在内。

山本先生对餐厅的厕所当然也极为重视。

"说得夸张点，提供食物的工作可是攸关人命的，所以能作为清洁标准的厕所当然不能放过。"

"你能不能推荐一间三星级厕所？"

"最近新开张的意大利餐厅 IL SOLE。要不要去看看？"

我是个对什么都好奇的人，就先搁下山本先生家的厕所，直接先到餐厅去了。

一进店里就说要参观厕所实在很冒失，没想到他们一口就答应了，连女厕也对我们开放。山本先生也是第一次参观女厕。

"男厕很讲究，但女厕可是更豪华呢。"

"家里用这种厕所会感觉很做作，但是餐厅这地方就像剧院一样，反而能够尽情享受豪华的感觉呢。"

接着我们在 IL SOLE 用餐，他们的口味也相当不错，我就擅自给了颗★。

★ ★ ★ 三星厕所

这不是山本益博先生家的厕所。"哪间餐厅的厕所称得上是三星级的？"答案就是这里。于是就直接到这里参观。女厕的大小是男厕的三倍，在东京市中心要找间一楼的店面已经相当困难了，这里居然给厕所这么大的空间，而且如此华丽！清洁度、豪华度都是★★★。

和男厕不同，女厕里还有化妆间。不过这里没用温水洗净式马桶。我想大概是为了不让人联想到大号吧！

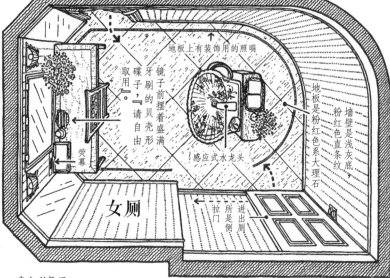

胡桃木

播放大自然风光影片的荧幕

纸卫生架

地板上有装饰用的照明

镜子前摆着盛满牙刷的贝壳形碟子，『请自由取用』。

荧幕

感应式水龙头

墙壁是浅灰底、粉红色直条纹

地板是粉红色系大理石

女厕

进出厕所是侧拉门

意大利餐厅
IL SOLE（意大利文＝太阳）

很可惜，这家店于 1992 年春天歇业了。
（编者）

山本益博先生家的厕所

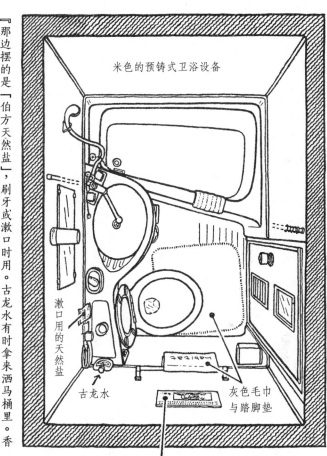

米色的预铸式卫浴设备

漱口用的天然盐

古龙水

灰色毛巾
与踏脚垫

『那边摆的是「伯方天然盐」，刷牙或漱口时用。古龙水有时拿来洒马桶里。香精油的舒爽气味很舒服呢。』

『答应接受河童先生的访问后，觉得厕所太单调了，本来想装个浴帘什么的。但又想，这种临阵磨枪应该马上就会被看破，所以最后还是维持原状。』

1988 年的奥黛丽·赫本的月历，山本先生很喜欢她。"平常月历都是挂在房间墙上，但这是最后一张奥黛丽·赫本，觉得可惜才挂这里。本来在想要不要拿下来，毕竟有点不好意思。"

餐后前往山本先生家。

"我家厕所跟刚才餐厅的相比，真是天差地别。本来怕会太单调乏味，想赶紧摆些什么作装饰呢。转念一想，这种刻意的小伎俩一定会被河童先生识破，所以就还是保持原样。"

"的确谈不上什么气氛，不过很干净，我给三颗星。"

我边量尺寸边说。

和他的谈话很自然会夹杂了食物与排泄的话题。

"好的大便是健康的象征。吃得好就拉得好，这点非常重要。我以前拼命吃，下场很凄惨。例如不管身体状况如何，硬是强迫自己把鳗鱼丼吃个精光。因为不吃完的话就不知道鳗鱼和饭的比例，也没办法了解师傅的想法，结果就把身体弄坏了。现在很注意吃的步调与速度，如果不行就不吃了。这跟健康地排便很有关系的。"

他之所以追求美味，是因为相信"美味的东西对身体有益"。在那场大病之后，他了解到舌头不仅是分辨美味与否及酸甜苦辣各种味道的器官而已。

"我觉得舌头原本的功能在于判断食物入口后对人体是好是坏。如果是身体必需的东西，舌头便判定为'好吃'。专业厨师所做的美味料理必定是精选食材加上合适的烹调手法，所以对身体应该颇有益处。而让人们享受这些食物的厨师就像医生一样。行家的料理可以强化我们的身体和精神，同时增进我们的思考能力。这就像练习相扑时借着横纲的胸膛练习。我的目标不单是写出关乎味觉的种种，还打算为料理人写些谈及手艺的文章。"

山本益博先生这么说。和随随便便的我不同，他在"吃"上头的确下了很大工夫。

主持人

塔摩利篇

听说"塔摩利先生对私生活向来采取不公开主义，所以答案可能是 NO"。

因此就算他不答应也是预料中事。没想到回答竟然是"OK"。不过他花了两个月调整工作行程，同时又附加了这番说明：

"人家要来家里采访可是全都拒绝的。一方面我家和普通人没两样，也不好意思让别人看到我们夫妻的生活。不过，还是请来参观吧。"

等塔摩利先生录完"Studio Atla"的现场节目，一起搭他的车驶向他家。

在车上，他说假日都会亲自下厨，不但能炸天麸罗，连杀鱼也行，功夫不错。

"礼拜天几乎都会进厨房呢。因为外头的菜没自己做的好吃。料理这东西，要是没什么概念和天赋，怎么也教不来。"

"咦？是在说您太太吗？"

"没错。我家那个真是完全拿她没办法。只会说'哇，好好吃'，然后就没了。"

"这么说她不好吧。"

"事实嘛！"

虽然塔摩利先生不太好意思多聊聊春子夫人的事，不过听说她是一位度量很大、很好相处的人。塔摩利先生15年前从福冈到东京来时，寄居在赤冢不二夫先生家，将近有半年时间身边的人都以为他单身。

"因为没人问嘛。我也不会特地去告诉人家我有老婆了。"

现在也一样，塔摩利先生就像只猫，突然跑出去又忽然回家。即使如此，夫人认为他迟早会回来，一点儿也不紧张。

看到春子夫人带着猫站在玄关迎接我们，好像以前就认识一般，有种很亲切的感觉。

"这人就是我太座。猫咪叫金永顺。念起来很好听，结果就取了个韩国名字'金永顺'。"

还有两只猫，佩佩和咪咪。三只猫都是迷了路自己闯进屋子来的。

"原本有只叫横山弥助的狗，但是撞车自杀了。"

听他介绍完家族成员后，就去参观厕所。

厕所有两间。他比较喜欢靠近寝室紧挨浴室的那间。

"房子的设计我们比较注重厕所和厨房。其他部分大抵委由设计者处理，但我们也会根据自己的喜好提出种种要求。因为吃和拉这两个出入口很重要。"

塔摩利先生早餐吃很多，午餐和晚餐吃得少，有时只吃两顿。总之，厨房和厕所是他最喜爱的地方。

"在厕所里会觉得很平静，所以一待就很久。虽然已经大完了，常常还一直坐着。才没几天前，竟然一坐就坐了 40 分钟。要说原因，好像是坐厕所的时间会随着年龄增长。年龄和上厕所的时间会一样长吧。18 岁时坐 18 分钟、20 岁坐 20 分钟、30 岁 30 分钟、40 岁就 40 分钟。最近自己也觉得实在待太久了，还是早点出来比较好，可是……在客厅时不会什么都不干，在厕所就不一样了，没东西可玩，又没办法动来动去，真的是就——一直坐着。倒也不是在思考什么，就只是放松自己一直坐着，这样不也很好？"

"也许有类似坐禅的效果。没看到厕所里有书，您在厕所看书吗？"

"大便时会带那种随时可以停下不看的杂志进去。最好的就是邮购型录 Dinos。不但随手翻开都可以读，而且百看不厌。有时候也会把附近中华料理店的外卖菜单拿进去，从头到尾仔仔细细地看了又看。厕所是我喜欢的地方，喜欢到就算在里面吃饭也无所谓。"

"您什么时候上厕所呢？"

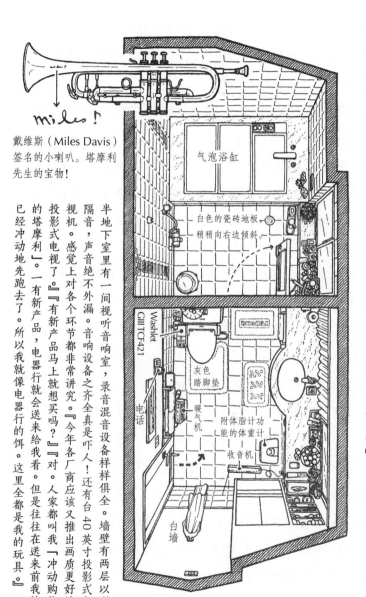

戴维斯（Miles Davis）
签名的小喇叭。塔摩利
先生的宝物！

塔摩利先生家的厕所

样宽敞的感觉。温水洗净式马桶的缺点就是太舒服了，冲完后都不想马上出来。」

天花板是倾斜的。这厕所是应塔摩利先生的要求而设计的。『我喜欢这

气泡浴缸

白色的瓷砖地板
稍稍向右边倾斜。

Washlet
Gill TCF421

电话

灰色
踏脚垫

暖气机

附体脂计功
能的体重计

收音机

白墙

半地下室里有一间视听音响室，录音混音设备样样俱全。墙壁有两层以利隔音，声音绝不外漏。音响设备之齐全真是吓人！还有台 40 英寸投影式电视机。感觉上对各个环节都非常讲究。『今年各厂商应该又推出画质更好的投影式电视了。』『有新产品马上就想买吗？』『对。人家都叫我「冲动购物的塔摩利」。一有新产品，电器行就会送来给我看。但是往往在送来前我就已经冲动地先跑去了。所以我就像电器行的饵。这里全都是我的玩具。』

"不一定。每次都是想去就去，不违逆身体的呼唤。"

原本以为塔摩利先生工作这么忙，应该会有固定上厕所的时间，没想到完全不是这么回事。

"拉得出来就赢。通常'阵痛'是突然发作的。所以就算录像即将开始，也不会硬憋而直奔马桶。"

说到这里，难怪听说《当然要笑》的节目制作人横泽彪先生曾在休息室门上贴上"录像前禁止大便"的告示。塔摩利先生就在旁边写上"请给艺人大便的自由"，然后还做了个"排泄是最基本人权"的标语牌。

"我也不愿意因为大便而搞乱工作进度。可是我告诉他'顾虑工作的话，便意会一去不复返'。"

那么，在任何时间地点都拉得出来吗？也不尽然。

他到萨摩亚（Samoa）某个岛屿时，由于公共厕所不干净，在那村子的三天里都没大便。他相当神经质。

"我是很神经质。如果隔壁有人就大不出来。所以总要一直等，直到隔壁的人出去。我也会举止小心，怕人家知道我进来了。我会小心到不让衣服发出摩擦声，像个忍者般一直等，等到没感觉，便意也消失。隔壁的人出去了就拉一点，再有人进来就只好又偃旗息鼓，等人走了再继续拉一点。因为我会这样，所以尽可能不在外头大便。话虽这么说，'阵痛'实在是让人忍不住，那时候只好死命忍住直到找到中意的厕所。"

塔摩利先生本人就在面前，只对着我一人开讲，感觉挺奢

塔摩利先生家的客用厕所

『这不是我的厕所，是给客人用的。』好像很多人为了塔摩利先生的亲手料理而来。『我是法国料理扑灭总部部长，做的当然是日本料理。只要有青花鱼、沙丁鱼、竹荚鱼，材料不够我也不担心。』

"我不在这里大便。只有小便。小便对我来说感觉不像上厕所。只有大便时才算上厕所。"

『我想独创一种特殊的小便方式，可惜失败了。不用手去扶还是不行。』

白墙

脚踏垫和毛巾
深咖啡色的

山藤章二先生所画的塔摩利先生像
Warmlet S II TCF105

和走廊一样的木地板

每个房间都经过精心搭配，很有整体感。

佟的。特别是讲到他少年时代有关大便的妙谈。

"我朋友家的厕所粪坑很浅，我怕大便一掉下去会溅上来，赶紧把屁股撅高，没想到头一低，啪一声溅到嘴唇上！"

他说时的那副表情，让人真想给个特写镜头公诸于世啊。

作家
阿川佐和子
篇

骑熊背上放个屁，

龙胆花儿凋谢了。

骑熊背上望着天，

人家说我是傻子。

阿川佐和子小姐说她很喜欢阪田宽夫[1]的这首诗。

"我对于放屁大便等话题没什么顾忌，总是大大咧咧地谈起来，所以节目的工作人员都说'形象错乱'，对我的幻想一天一天破灭了。"

收看由阿川小姐担任播报工作的《筑紫哲也 NEWS 23》的观众，如果和真实的她会面，必定会大吃一惊。

---

[1] 阪田宽夫，1925 年生于大阪，东京大学毕业，小说家、诗人。

"其实我这人很滑稽搞笑，人家却说电视上的我一脸严肃。节目要开始的时候我都会紧张得笑不出来，有人就教我，念三次'爱媛橘子'就可以了。结果每当'开始前10秒'的信号打出来，我就开始念'爱媛橘子爱媛橘子爱媛橘子'，紧接着才冒出'晚安'的问候。可是我常担心节目录到一半会突然冒出'爱媛橘子'来。"

请她让我参观厕所，结果：

"住的是租来的房子，所以非常普通。不过我很喜欢这类话题，欢迎欢迎。"

一到她家，先请我吃意大利面。

"要谈'出'的话题前先'进'一些吧！"

她边说边帮我浇上她拿手的番茄肉酱，真是美味可口。

很爱美食的她在《周刊文春》的"跑跑滑一跤，哎呀真糟糕"的随笔专栏里曾写道，有一次醒来的时候，居然发现自己睡在法国餐厅的厕所里。

"那天是要和一位很棒的男士用餐，我非常期待，从早上开始就没吃东西。等到吃饭的时候一方面人紧张，又空腹就喝葡萄酒，马上就很不舒服。向对方说声对不起，就踉踉跄跄地找厕所去了。到这里我都还记得。可是等我醒来，发现自己手搭马桶上整个人睡倒在地。昏过去了呢。还好那位男士什么也没发现。"

看她哈哈哈笑得很开心，那种毫无心机的模样和她父亲阿

佐和子小姐的厕所

　　她住处的餐厅只有餐桌和一张椅子，也没有接待客人的家具。屋里只有必需品。"很单调的房间吧！有人来采访时问我'是否刚搬家'，因为屋子里头堆满纸箱。其实已经搬来一年了。人家说'很像男孩子的房间'，听得我哑口无言。不过我的确不喜欢装饰品什么的。"

花洒座太高不好拿，所以摆在水龙头上。

听说阿川家家教很严格，特别是上厕所时一定得静悄悄的。『麻烦的是厕所就在我爸书房前面啊！』

白色的 Washlet

洗脸台、浴缸及瓷砖都以蓝色搭配

客厅里有架很棒的天文望远镜，是她主持 TBS 电视台《秋元秀雄情报站 TODAY》结束时拿回家作纪念的。鱼缸里养了 20 条鱼。佐和子小姐好像对许多事情都蛮感兴趣的。

川弘之[1]真像。

访问吉行淳之介先生时，他说：

"年轻时候曾经和阿川君比赛谁拉屎拉得快，结果我以45秒得胜。'输了！'他一副很不甘心的样子。"

这两位已经一把岁数的作家，真让人哑口无言。而这种开放明朗的粪尿学气质好像完全遗传给女儿了。

"少女时代有什么趣事？"

"中学时候老师带我们去野尻湖露营。六个人一间，住在半山腰的平房里。早上保健室老师巡视的时候问：'大家情况还好吗？'我们异口同声：'不好——会便秘——'那时大家都便秘，常常互相问来问去'你几天了？'常常积了好几天，现在想起来还蛮恶心的。"

现在，为了不影响每天的行程，总是很注意要拉得快。

"小便比较没办法控制。一紧张就想去，相亲时去得更频繁，很伤脑筋。明明要碰面前才去过的，结果'初次见面，您好'，刚打完招呼喝口茶，马上又想去。"

"这么说来，你觉得相亲很痛苦、很棘手吗？"

"可是我已经相过30次了呢。上电视以后也有三次。到底是不是真的想结婚啊，最近也不免开始怀疑了。"

总不至于因为爱上厕所而结不了婚吧。

---

[1] 阿川弘之，1920年生于广岛，东京大学毕业，小说家、艺术院会员。

佐和子小姐
的亲笔画 ▶

她摆出这个姿势，为我详细表演解说当时情况。读者可从这张画自由想象。

朝这样抬起来

伊索匹亚山村里的厕所

依照佐和子小姐的记忆描绘。

『为什么需要那么大的空间呢？使用方法完全不知道』▶

『门一关上，只有从木板缝照进来的光线而已』

只在角落有个洞

？

"我妈也是常要上厕所，可是我更严重，动不动就想去。听到'走，出门啰'，这时当然得上。一紧张间隔更短，出外采访时就很麻烦。我曾听檀文[1]说，有这两种毛病的女明星会惹人嫌：爱上厕所的，和有她在就下雨的'雨女'。"

"佐和子小姐也不是两个毛病都有啊。"

"没错。所以当不了女明星。可是就算不是女明星，人家也会讨厌哪。因为，'接着对谈开始。镜头转过来''啊啊，等一下，请让我先……'"

五年前为了 TBS 电视台《一起挖井吧》的活动到伊索匹亚去，那是她第一次到国外采访。

"加上又是严肃复杂的内容，采访时紧张得一直上厕所。老是被说'又要去了？'也只好装作没听到。伊索匹亚最常见的厕所是在地上随便挖个洞，但又会很慎重地摆上踏脚石。虽然是掏粪式厕所，但并非拿去当水肥，而是储存到一定程度后整堆移到别的地方挖洞埋起来。因为空气很干燥，整个儿会变得硬硬的，后来到处飞撒，自然就成为大地的肥料了。"

"没有独立一间的厕所吗？"

"有。从亚的斯亚贝巴（Adis Abeba）往北，沿蜿蜒山路往上到了某个村子时，我们在一间像茶店的小餐馆里吃饭。吃饱准备出发，我照例又要上厕所。有个小孩子带我出了后门，看

---

[1] 檀文，1954 年生，庆应义塾经济系毕业。作家檀一雄的长女。女演员，亦从事写作。

到鸡和山羊走来走去。从鸡群羊群间望过去，斜坡上有间小房子就是厕所。里头差不多四张榻榻米宽，只见角落有个小洞。如果是男人要小便倒挺方便的，但我可得怎么办事呢？只好两手扶墙上，抬起一只脚。"

说着说着她真把一只脚抬起来，对着房间的角落现场演出，看得我笑歪了。

"真的可以吗？这样写好吗？"

"没关系啊。"

恭敬不如从命，我就如实照写了。各位"阿川迷"，真是抱歉了。

作家

景山民夫 篇

午后 2 点，约定的时间。玄关的门一开，一个箭步抢在景山民夫先生前冲出来的是条大狗，扑到我身上。

"哈伯！不要这样！"

景山先生紧拉住这条金毛犬的项圈，看起来蛮吃力的。哈伯好像把我当成同类了，继续热烈欢迎，还把我压倒在沙发上猛舔我的脸。

"因为养狗得住独栋房子，找得很辛苦。搬来这里已经第四年了。我很满意，不过这房子构造蛮奇特的。"

二楼是客厅、餐厅和厨房，一楼是卧室和写作的地方。每层都有厕所，景山先生用的是工作室旁的那间。每个房间的门都比一般房子高，有两米。景山先生身高 1.85 米，所以刚刚好。

"过了 40 岁还在长，有点异常吧。如果照这样下去，70 岁的时候就会长到 2.3 米。我老妈说，'其实你五岁时曾跌到粪坑里'，我完全没印象。听说是到乡下亲戚家，架在粪坑上的板子已经腐朽了，结果我走过去时刚好断掉，扑通一声掉下去直淹到胸部，吓得我号啕大哭。可能那时的水肥太营养了，所以到现在还在长呢。"

景山先生很喜欢谈论厕所或粪便的话题，"话匣子一开就没完没了"。他边说边笑着带我去看厕所。

"厕所是我的避难所。工作累了或写得烦了就躲来这里。以前是'第 15 页症候群'，现在则是'第 8 页症候群'——差不多写到第八张稿纸就开始烦了。但不写不行啊，又没时间到楼上喝个茶，那偷个三分钟也好，就躲进厕所里。什么都拉不出来还是窝在那儿。大便一天三次。上厕所时绝对不想工作的事。"

厕所里堆了漫画《石井寿一选集》全套 18 本。他说这种书最适合放厕所里。

"以前上厕所时一定带本书进去，可是常常站在书架前犹豫老半天，不知该拿哪本好，那就干脆把从哪边都可以开始看的四格漫画全集放进来。"

听说从小他就觉得"书和厕所"是"成套"的。可能也就因为这样，每次一到书店就想大便。

"进去大型书店差不多过个 10 分钟就想上厕所，真的很头大。有这种毛病的人好像不只我一个，因为大书店的厕所总是人满为患。不知道是不是因为闻到纸的气味，才引起连锁反应，产生便意。"

仲畑贵志和山根真一两位也都这么说，看来同病相怜的人还真不少。

"如果要盖间理想中的厕所，在书库里不错呢。从书架间拉出一座马桶来，用完可以整个儿收回去。坐拥书城好好大个便，那还真是安心又愉快啊。"

他说如果自己有能力盖房子，头一个就以厕所、浴室、厨房为中心来考虑，其他的空间也想全部设置书架。

我以为景山先生会对厕所很讲究，没想到他好像哪里都OK。旅行时也是随遇而安，不太挑。

"婆罗洲（Borneo）水上人家的房子是搭在水面的长栈桥上。听说他们盖房子只要买到居住权，然后立起柱子、铺上地板，就可以住进去了。然后边在其中生活边架上屋顶、隔出走廊，厕所的围墙最后才加上去。厕所是在地板上挖一个三角形小洞，离水面约三米。然后人就蹲这儿'扑通扑通'，鱼儿便会聚集过来。我旅行通常跟老婆一起去，她也蛮能适应的。如果是没有围墙的厕所，她就披上我的大雨衣蹲着办事。"

最近景山先生到墨西哥沙漠旅行，夫人大津朋子女士也是带着雨衣去。

在西班牙乡下的话，就找岩石遍布的隐蔽之处，通常会发现大便成堆，看来关于办事地点的选择是"英雄所见略同"。接着他又谈到在印度时的体验，也是令人捧腹大笑。

"当时已经急得龇牙咧嘴，只见一间空屋草木丛生，跟朋友

景山先生的厕所

　　二楼虽然也有厕所，不过他只用这间。靠近书斋也有关系，但主要是跟这间感觉比较合。

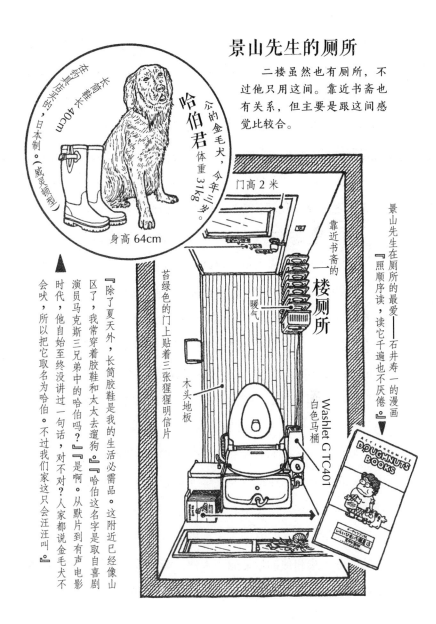

哈伯君

仑的金毛犬，今年三岁。

体重31kg

未裁剪长筒胶靴 40cm

住～密实柔软弹舌，日本制。（威灵顿型）

身高 64cm

景山先生在厕所的最爱——石井寿一的漫画『照顺序读，读它千遍也不厌倦』

门高2米

靠近书斋的一楼厕所

暖气

苔绿色的门上贴着三张猩猩明信片

木头地板

Washlet G TC401

白色马桶

『除了夏天外，长筒胶鞋是我的生活必需品。这附近已经像山区了，我常穿着胶鞋和太太去遛狗』『哈伯这名字是取自喜剧演员马克斯三兄弟中的哈伯吗？』『是啊。从默片到有声电影时代，他自始至终没讲过一句话，对不对？人家都说金毛犬不会吠，所以把它取名为哈伯。不过我们家这只会汪汪叫。』

跑进中庭里蹲了就拉。没想到四周的板窗和出入口'啪啪啪'地全打开了。原来板子是遮日晒用，这儿根本不是空屋，是人家办公室！这下可好啦，他们正好要午休出去吃饭，结果看到我们蹲在那里不知在干吗。对方一脸讶异，我们当然也吓坏了。他们以北印度话交头接耳，大概是说：'到底在干吗啊？'可是我们正拉到一半，没办法就此打住。就这样，我们在 80 多人不可思议的眼光围观下硬是把屎拉完。完事后我们像小狗般仔细用沙子掩好，说声：'实在很失礼！'夹着尾巴就逃。蛮恐怖的！"

听说潜到海底去大便，鱼群都围过来。

"婆罗洲、南太平洋、南中国海附近各处去。10 米处的水压差不多有两个大气压，所以大便的话感觉会回堵。还有，不管在哪里拉，鱼都会咻地游过来。不知道是不是因为比它们平常的食物还美味呢。浓度高，又有蛋白质、纤维素。"

这番话听下来，感觉景山先生是亲眼确认了食物链的存在，然后以对等交谈交往的态度看待鱼和动物们。

他的小说《来自远海的 COO》里有幻兽蛇颈龙上场，其中有一幕描写刚出生的小恐龙的粪便是白色的细绳状。此段叙述之具体及细腻，让我读来真觉得有蛇颈龙存在。

他说是在潜水时发现人为污染的可怕后才开始思考地球环境的问题。我和他的谈话始于大便，渐次转到热带雨林、垃圾处理及纸资源再利用等问题，告辞时已是傍晚时分。

景山家都吃糙米，几乎不吃肉。"大便形状好，拉得也顺畅。我想应该是食物纤维的功效。糙米吃的时候细嚼慢咽，一天可以只吃两餐也不觉得饿。不但百病全无，身体也会觉得很轻松。"

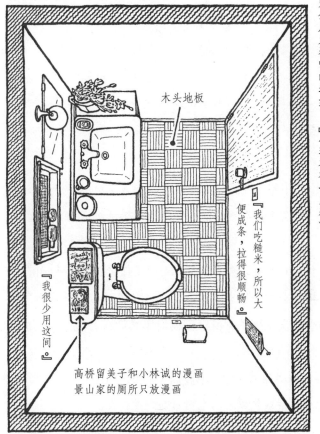

木头地板

『我们吃糙米，所以大便成条，拉得很顺畅。』

『我很少用这间。』

高桥留美子和小林诚的漫画
景山家的厕所只放漫画

景山先生家二楼的厕所

靠近厨房与餐厅，可是『我不太用这间厕所，现在感觉像是猫咪专用』。『？』『猫关在家里时，就把猫厕所放这里，把门开着。我们不在家的时候这儿就完全成为猫咪的地盘了。』（现在有一只猫）

景山先生之所以长得那么高，跟掉进粪坑没关系。他现年73岁的父亲大人身高176厘米，应该是遗传的因素吧。

作家
神津十月
篇

神津十月小姐在《神津家现在有十一人》里面，把一大家子与困难、危机事件奋战的滑稽笑闹描写得活灵活现，读起来真是有趣。

我和十月小姐的父亲神津善行先生工作过，二十几年前和她母亲中村玫子女士也合作过一出 243 集的连续剧。换言之，我从她还小就认识她了，所以见面时不禁脱口就说："长大了呢！"一副伯伯的口吻。

"爸爸妈妈工作不在家，要我向您问好。"

"不在家反而好。"

说完就以参观厕所为题，请十月小姐谈谈神津家的真实面貌。

"我们这家子看起来和乐融融，对吧？其实感情倒也没特别好，每个人心里都还是认为'自己是老大'。因为全家血型都是 O 型，每个人都很任性，奇怪的是偏偏又粗枝大叶想得开。常常'哎，也无所谓啦'，说了就做。厕所也是这样。我爸没和任何人商量，'就这样吧！'擅自决定装上粉红色马桶。其实我们最讨厌的就是粉红色。不过还是觉得'哎，算了，再怎么说他是爸爸嘛，总要给点面子'。"

不管哪个家庭，装潢厕所或选购马桶通常由女性决定，但玫子女士对此却没表示任何意见。

"我妈虽然是很情绪化的人，但对这件事只觉得'厕所就是厕所'，没什么特别意见。"

另一方面，身为户长的善行先生不但决定马桶的颜色，还从卫生观点彻底要求了好些事情。例如，"上完厕所后应该坐在马桶上洗手"。

"老爸说，擦完屁股就拉上裤子，这样会把衣物弄脏。所以应该先把手洗干净再穿裤子才对。"

是很合逻辑没错，不过未免也太洁癖了，我忍不住笑出来。

"跟普通人的爱干净可是很不一样的呢。例如一般的父母亲可以毫不在意地解决掉自己小孩吃剩的食物。可是我家老爸，如果我用我的汤匙舀东西递过去，"爸爸，要不要吃吃看？"他是绝对不会吃的。他也不会用自己的汤匙拿东西给别人吃，给人感觉蛮冷淡无情的呢。然而他就是这种人，这和喜不喜欢你是两码子事。"

神津家有四间厕所。我想大家族嘛，有四间也是应该的，听说神津善行先生不喜欢在工作桌上查些专业的事物，就把《音乐辞典》放厕所里。必要时就往厕所跑。可能受此影响吧，之后就改放大家都可以用的《国语辞典》。

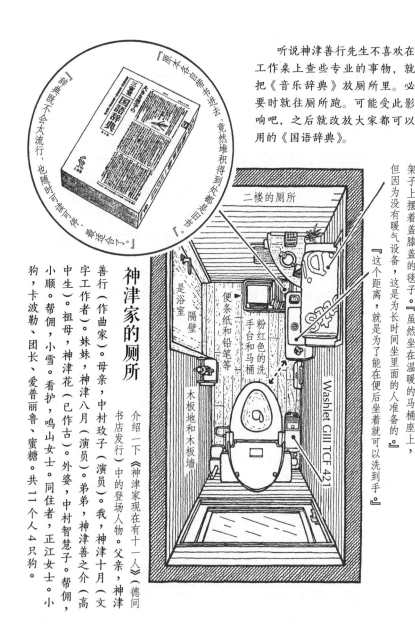

『带着辞典走进去，竟然堆积得到处都是书。』

『既不会太流行，也随时可拿后看。』

架子上摆着盖膝盖的毯子。『虽然坐在温暖的马桶座上，但因为没有暖气设备，这是为长时间坐里面的人准备的。』

『这个距离，就是为了能在便后坐着就可以洗到手』

二楼的厕所

是浴室

隔壁

便条纸和铅笔等

粉红色的洗手台和马桶

木板地和木板墙

Washlet GⅢ TCF 421

神津家的厕所

介绍一下《神津家现在有十一人》（德间书店发行）中的登场人物。父亲，神津善行（作曲家）。母亲，中村玫子（演员）。我，神津十月（文字工作者）。妹妹，神津八月（演员）。弟弟，神津之介（高中生）。祖母，神津花（已作古）。外婆，中村智慧子。帮佣，小顺。帮佣，小雪。看护，鸣山女士。同住者，正江女士。小狗，卡波勒、团长、爱普丽鲁、蜜糖。共十一个人4只狗。

可是……

"不，其实抢得很厉害。虽然说有四间，但是我爸地下室的工作室和祖母房间那两间厕所，大家都很少用，而是集中到另外那两间。使用率最高的是二楼有卫浴设备的那间。我爸早餐后一进厕所，就是包含刮胡子等全套作业。他刮起胡子来非常仔细，所以时间拖很长。先热敷软化、再修剪、再染，门一关就是一个钟头，根本就轮不到其他人用。所以我妹八月就很会抓时间，每次都早我爸一步冲进去，赶着冲澡洗头。所以，我们家虽说是很尊重老爸，其实还是女人的势力比较强。"

在 O 型血人的这番明争暗斗中，是谁占据厕所的时间最长呢？竟然是十月小姐。

"总计起来，应该是我在家的时间最长。说起来很没面子，或者说可怜：除了到厕所以外，我不知道还有什么方法可以转换心情。写文章的时候会每隔 15、20 分钟就进去一趟。明明也不是想上，就只是进去坐坐而已。"

十月小姐在 18 岁时曾到美国留学。住在宿舍里有好几个室友，应该是无法独占厕所。当时不知是什么样的情况？

"感觉像是种生存竞争，很严酷呢。宿舍的卫浴设在两间双人房中间，也就是说两个房间共用，所以进去后得把左右两边的门都锁上。但是四个人的使用时间都集中在早上上课前，因此不免爆发激烈的争夺战。即使上了锁，左右两边的门都咚咚咚敲个不停，根本没办法安心坐着。还有，她们不在意自己

一楼这间厕所里的马桶、洗手台、卫生纸架、香皂等，也都是以粉红色搭配。

靠近客厅的客用厕所。当然自家人也用，不过二楼浴室旁边的厕所较受欢迎。

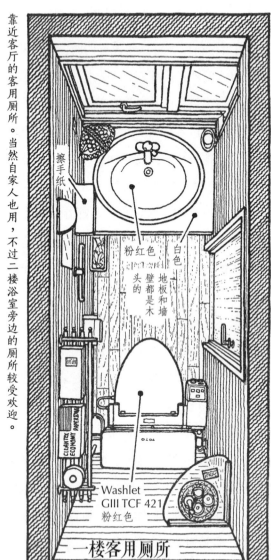

擦手纸

粉红色头的

白色

地板和墙壁都是木

Washlet
GIII TCF 421
粉红色

一楼客用厕所

坐马桶的时候有别人同时冲澡，不但很轻松地说'OK'，而且在房间里就脱得光溜溜才进浴室。刚开始我都不知道该把视线往哪里摆才好，很困扰，'不是说这国家很尊重个人隐私吗？这样还有什么隐私可言？'"

十月小姐在那里感受到的差异，除了生活习惯之外，还有毛发的颜色和马桶的高度。

"其他三个人都是细细的金发，即使掉在洗脸台或浴缸也看不太出来，可是我就算只掉一根头发，但因为是黑色的，就很显眼。所以每次用完浴室总要睁大眼睛打扫一番。还有，马桶的高度也让我很苦恼。一坐下去两脚就悬在那里着不了地，感觉真的是很屈辱啊。搬离宿舍住进公寓以后，我就摆了个踏脚凳。"

我想起到北欧旅行的时候，那里的小便斗也是高得很，结果只得踮起脚尖办事。回到日本我说：" 日本的便器真好啊！"还被大伙儿笑。

近年来，日本的便器高度不但降低，温水洗净式马桶也越来越多。《窥视厕所》所参观的地方几乎都安装了这种马桶，可见普及率之高。

神津家也是使用 Washlet 机型，之所以会采用是出于患有痔疮的户长的意见。

"现在全家人都爱用。可是刚开始的时候很害怕呢。担心不知道水有多烫、是不是对得准屁股。大家都战战兢兢进去，

十月小姐"传说中的露营车"

福特"Easy Order"车种

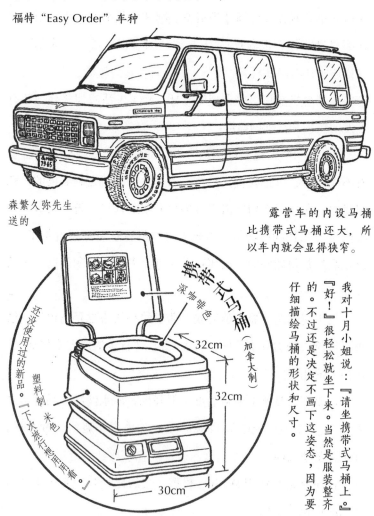

森繁久弥先生送的

露营车的内设马桶比携带式马桶还大，所以车内就会显得狭窄。

携带式马桶（加拿大制）

还没使用过的新品。『下水旅行彩笔再再啊。』

塑料制 米色

深咖啡色

32cm

32cm

30cm

我对十月小姐说：『请坐携带式马桶上。』『好！』很轻松就坐下来。当然是服装整齐的。不过还是决定不画下这姿态，因为要仔细描绘马桶的形状和尺寸。

不一会儿就'啊！'的一声。有人不只惨叫，衣服还弄得湿答答的，遮遮掩掩地出来。我祖母更好笑，竟然低头去看那个喷水孔，结果喷得满脸都是水。"

听她这么一说，温水洗净式马桶引起的骚动好像正热热闹闹地在眼前上演。

很多人用惯了这种洗净式马桶，就不喜欢在外面上厕所。听说十月小姐经常出外旅行。

"我到哪里都没问题，没那么神经质。说到这儿想起来，有次出远门，结果跟在海边玩的狗一起并排着办事呢。"

神津家玄关前停了一部露营车，这是喜欢到处跑的十月小姐那部"传说中的车"。

"以前我常在自己车里塞满各种东西到处跑。后来想，若是出外一星期以上，还是具有'居住性'的车子比较好，所以才买了露营车。"

她说自己很喜欢看地图，思考到哪里该怎么走也是件快乐的事。忽然想去旅行也是说走就走。

比如有一天，因为喜欢相扑力士旭富士，想到他的故乡青森县五所川原看看，于是就出发了。我想那种露营车一定有厕所吧，结果却不然。

"要不要有厕所和冲澡设备，当初的确犹豫了好一阵子，最后还是作罢。因为装厕所得自己打扫，而这种厕所和家里厕所的清扫方式可不太一样。有人劝告说：'积存在蓄便桶里的东西得带到有净化槽的地方扔掉，之后清扫蓄便桶也相当花工夫。'平常的厕所水一冲就没事了，露营车却不是这样啊。更何况，日本到处都有厕所，几乎不怕找不到，所以我才没有装马桶。但是下次如果换车，我还是想装个厕所。因为希望自己不要光拉而不善后，毕竟我也已经长大了嘛。"

听她这番话，我这个做伯伯的忍不住想赞美："这话说得好啊。"

探险作家 C. W. 尼寇篇

定居在长野县黑姬山麓的 C.W. 尼寇（C. W. Nicol）先生向来喜欢恶作剧，但在日本好像忍住不敢轻举妄动。

"我搬来黑姬山 10 年了，一直提醒自己千万不要搞恶作剧。在日本，人家或许不认为那是开玩笑，对方的反应不晓得会是一笑置之，还是会勃然大怒呢。"

他好像从小就特别爱恶搞，尤其有关厕所的恶作剧更是匠心独具。听他讲完之后，"尼寇篇"就变成"恶作剧特集"了。

首先是 14 岁时的小痞子行径。

"保鲜膜刚上市时，我和两个朋友比赛以保鲜膜来搞恶作剧，看谁厉害。有天夜里，我一个人潜入几英里外的女校，把所有马桶座都掀起来贴上保鲜膜，然后再恢复原状。可惜无法看到结果如何。"

我仿佛听到上完厕所的女学生惊慌失措的尖叫声。

"够恶劣吧!"他笑着说。

17岁时,他有个机会以生物老师助手的身份去加拿大北极圈内探险,可是得自筹旅费,因此去找了份体力劳动的工作。那老板是个趾高气扬讨人厌的家伙,因此想给他点颜色瞧瞧。

"老板在野外拉屎时总是蹲到茂密的草丛里办事。我和朋友就躲在后面的沟道,偷偷将铲子放在他屁股下方,待他在上头拉出一大堆屎后赶紧把铲子抽走。他办完事低头一看,大便不见了。他吓得要死,东张西望,居然拉下裤子再检查一次!最后脸色发青地跑回家了。他到现在恐怕还是百思不得其解吧!"

第二次从北极探险回来就进入圣保罗师范大学就读,当时19岁,和几个死党联手搞了一个大规模的恶作剧。

在一年一度的"恶作剧周"(Rag Week)里,大学生在镇上极尽能事地到处恶搞,然后以一场热热闹闹的游行闭幕。据说在这期间,学生募集的慈善基金可高达几千英镑。

他们的把戏从周五深夜盗取工程用帐篷开始。

"那顶黄色帆布帐篷是挖路时围住路面坑洞用的。其他像工作服、工作帽及整套工具等也一起偷了。隔天周六的清晨,我们四个摇身一变成了筑路工人,在邮局前石板步道上搭起帐篷。那个地点是当地居民最引以为傲的广场,两旁树木成荫,又有花坛,高级商店餐厅栉比鳞次。我们从早上8点开始拿鹤嘴镐、铲子、铁锹，撬开石板挖洞，其间也有警察跑来问，'是什么工程啊？'我们就搪塞说，'瓦斯漏气的紧急施工'。接着开始灌水泥、装马桶。几个小时后接近正午，购物人潮开始多了，就在这时候撤掉帐篷，里面出现一个坐在马桶上的男人！扮这角色的倒霉鬼是抽签决定的。他戴着老式礼帽、裤子拉到脚踝，边喝红茶边看报。来往行人看了无不大笑，纷纷抛来赏钱。警察终于过来了：'你到底在这里做什么？''大便。'结果我们那胖子朋友被警察带走；其他人正要去归还帐篷、工程帽时，'就是你们这群搞的鬼吧！'也全部被捕了。不过很快就展开救援行动，付了罚金及道路修缮费后就被释放了。市民在'恶作剧周'里也乐得很，一起开怀大笑。"

在《C. W. 尼寇的青春记》一书中他也写了："'恶作剧'必须富有想象力且不可伤害他人。把恶作剧的榫打进以权威为名的墙壁里。即使长大成人，只要保持着'恶作剧精神'，青春年代就永不结束。"

或许因为这样，他在已长大成人的 1974 年曾参加于加拿大举办的"世界放屁大赛"（？），并勇夺冠军。

"那缘于朋友间相互吹嘘多会放屁，结果演变成聚集各国放屁好手的大赛。评审的基准有五项。一是音量大小。二是味道。三是技巧，例如能放出'噗——～～呜～'之类的变化。四是火焰，要能点火烧得起来。五是必须穿着裤子。比赛前的准备才累人。得十分注意食物：多吃番薯、豆类；为了香气还

尼寇家的厕所

"这个木制马桶座是买来的。原本希望自己能满怀心意亲手雕一个，可是……总有一天会这样做。"尼寇先生说。

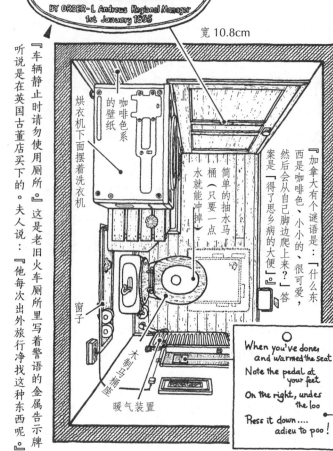

LMSR

LONDON MIDLAND AND SCOTTISH RAILWAY

WILL PASSENGERS KINDLY REFRAIN FROM USING THIS WATER CLOSET WHILST THE TRAIN IS IN A STATION

BY ORDER-L Andrews Regional Manager 1st January 1865

宽 10.8cm

尼寇先生所写的注意事项，如诗句一般。『当你办完事、马桶坐暖了，注意马桶右下方的踏板。踩它一下……再见了，大便。』（写在明治时代的古和纸上）

咖啡色系的壁纸

烘衣机下面摆着洗衣机

『加拿大有个谜语是：『什么东西是咖啡色、小小的、很可爱，然后会从自己脚边爬上来？』答案是『得了思乡病的大便』。』

简单的抽水马桶（只要一点水就能冲掉）

窗子

木制马桶座

暖气装置

『车辆静止时请勿使用厕所』这是老旧火车厕所里写着警语的金属告示牌。听说是在英国古董店买下的。夫人说：『他每次出外旅行净找这种东西呢。』

When you've done, and warmed the seat
Note the pedal at your feet
On the right, under the loo
Press it down….adieu to poo!

得吃高丽菜、奶酪。谣传胜利的会是意大利人，结果是我勇夺冠军。我单手吊梁悬空，一手拿着口琴吹奏英国国歌，然后放了很精彩的屁。"

"真的吗？"

"真——的！有录音带，要不要听听看？"

他马上拿出那卷证据录音带。

的确是场充满热闹气氛的大赛。实在是太离谱了，怎么会有这种蠢主意呢？让我笑得东倒西歪。

如果光讲恶作剧，大家对 C.W. 尼寇这人可能会有所误解，趁此机会也正经地问些有关厕所的事。

"北极圈的厕所有什么特别的吗？"

"厕所小屋下面装置橇刀。"

"什么意思？"

他曾经到北极探险 12 次，有五次担任队长。对于扎营之类的事情经验相当丰富，也曾好几次自己建造厕所。

其中一间建在加拿大西部北极区的奥德库儒（Old Crow），全出自尼寇先生的点子。

"1972 年春天，我们一行五人为调查马更些河（Mackenzie）的生态与环境，来到温图·库钦族（Vuntut Gwitchin）的村子里。他们是居住区域最北的印第安人。专为北极地区设计的组合屋虽然一天就搭建起来了，厕所可是大费周章。首先向村里的长老打听春夏时的主要风向，因为厕所得

在下风处才好。接着要选择到了夏天不会因融雪而泥泞不堪的
地方。然后在选定的地点用铲子挖洞，但因为是千年冻土，很
硬很难挖。队员揶揄我'在挖谁的墓啊？''在挖金矿吗？'
结果两米的洞我一个人挖好。接着搭建一间装着橇刀的小屋，
摆到深洞上头。等洞里的排泄物满了后，再到别处挖洞，然后
把厕所屋移过去。因为我们有个规矩：绝不在扎营地留下任何

痕迹。我所发明的移动式厕所完全符合这条件。而且里头还设计了摆书架、蚊香、卫生纸的地方，墙上甚至还贴着白纸好让人涂鸦呢。"

他说，"生活的中心是厕所"。因此不只在北极圈，也曾在伊索匹亚（Ethiopia）搭建过一间舒适的厕所。

"在挖了洞的台座下摆个桶，里头放消毒水以及类似艾草的能除臭的叶子。为不污染水源，桶里的排泄物必须拿到非水源地挖个深洞埋起来。那个厕所最讲究的就是马桶座。那是我朋友前田干男用一种手感特佳的木材雕成的绝品。任期结束回国几个月后，有封来信说：'安公主也上了尼寇做的厕所哦。'"

黑姬家里厕所的马桶座也是木制。

我光屁股坐坐看，虽然不是加温型便座，却有种木头的暖和感。或许他特意让厕所成为家中最温暖的地方吧。

"为什么厕所和浴室没在一起呢？"

"我最讨厌那样子。清洗身体的地方和大便的地方在一起，不是很奇怪吗？"

听说当初盖这栋房子时，原本厕所和浴室设计在一起，好让房间能宽敞些。但是"这样我可能会搞错，在浴缸里大便呢"。尼寇先生反对。

"尼寇先生是个喜爱恶作剧的小孩，也是抱着梦想长大的少年。"这样的描述想必他不会生气吧。

请尼寇先生画的『恶作剧周』的图。

说到梦想，明年即将竣工的新居将排泄物全都再生利用，这栋极具实验性的住宅就是他的梦想。他计划利用土壤中的细菌将废水净化成饮用水，把粪便分解、干燥成无臭的肥料来种蔬菜。能源方面，也全部利用太阳能来发电，希望能实现不制造废弃物、不浪费能源的生活方式。

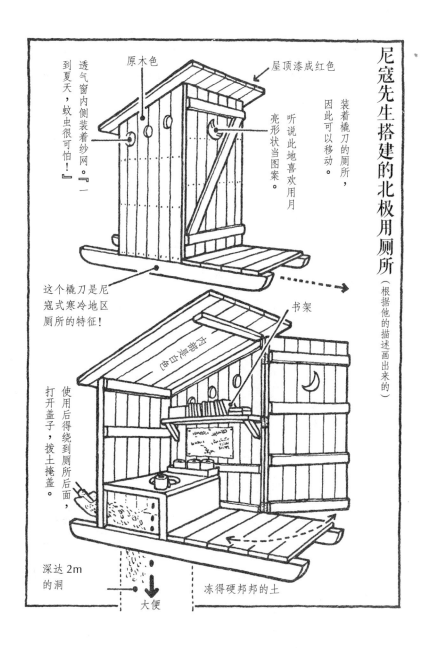

尼寇先生搭建的北极用厕所（根据他的描述画出来的）

原木色

屋顶漆成红色

装着撬刀的厕所，因此可以移动。

听说此地喜欢用月亮形状当图案。

透气窗内侧装着纱网。『一到夏天，蚊虫很可怕！』

这个撬刀是尼寇式寒冷地区厕所的特征！

书架

使用后得绕到厕所后面，打开盖子，拨土掩盖。

深达2m的洞

大便

冻得硬邦邦的土

"我希望以不破坏自然为前提来生活，即使只能做到一点点也好。虽然刚开始在设备上花费不少，但长久看来却很经济。其实这问题应该从施政层面来整体思考的。"

说到这里，尼寇先生的脸上由"爱恶作剧小孩"的笑颜一转为严肃大人的表情。

演员
桃井熏篇

和桃井熏小姐在剧场碰面时，

"要谈在沙漠拉粪的事？可以啊。"

她很爽快就 OK 了。到目前为止用"粪"这个字的她可是第一位。

我曾经和她一起工作过好几次，自认相当清楚"熏小姐"的真面目，然而每次见面总觉得有些地方不一样。

"自从到非洲沙漠旅行之后，我变了。以前常常会担心，如果不再当女星，该怎么活下去呢？现在我觉得，只要当个'人'，就可以了。"

她工作那么忙，还占用时间采访，太过意不去了——我以此为借口，故意挑她在自宅举办派对时拜访。其实我别有用心，因为想尝尝她的料理。

我在旁边看她在厨房中一一料理、利落地装盘摆饰，把人家送的美丽山樱插在大花瓶中，这形象和大家所认为的"桃井熏"迥然不同。

15 位客人 30 分钟后才会到，我想趁这空当问她一些问题，结果——

"没关系，就在派对中问也没关系。"

我是来采访的，还是来当派对的不速之客的，连自己都搞不清楚了。

"我的料理也不一样了。以往总觉得自己做的菜有点见不得人的感觉，小里小气、难登大雅之堂。不过，人在非洲可没办法那样呢。想想看，11 个工作人员要吃的饭非得一口气做出来不可，而日本女性只有我一个。"

两年前，朝日电视台制作记录片《撒哈拉沙漠纵贯幻想之行》，在两个月拍摄期间与她共处的工作人员对她的感性与温柔都赞不绝口。

"除我以外，每个队员都各有吃力的工作要做，只有我在那里无所事事，那可不成。在沙漠里，什么'女星桃井熏'的，这头衔一点儿意义也没有呢。所以我早上从车顶的储水箱取来六公斤水，到营地附近捡些枯枝，起火烧开水，做早饭。吃完饭用沙清理碗盘，再拆帐篷撤营。颠簸的吉普车坐得人屁股发肿，一个劲儿地在沙漠中奔驰，一到中午就卸下行李，盘腿坐到沙上，夹着砧板挥起菜刀。午餐用毕立刻出发。然后又继续前进，直到太阳西下再找扎营的地点。虽然一个多月不曾洗澡，

熏小姐家玄关旁的厕所

一开门就看到插着非常漂亮的茶花，让人不禁忘了这可是间厕所。

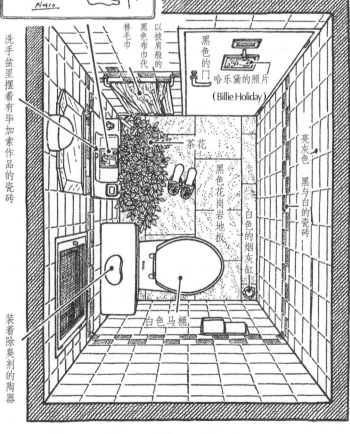

以披肩般的黑色布巾代替毛巾

黑色的门

哈乐黛的照片
(Billie Holiday)

茶花

亮灰色 黑与白的瓷砖

洗手盆里摆着有毕加索作品的瓷砖

黑色花岗岩地板

白色的烟灰缸

装着除臭剂的陶器

白色马桶

这间厕所以装饰艺术（Art Deco）风格运用了黑、白、灰色，让人有种非日常的感觉。

可是意外发现我还蛮耐燥的呢。这时才知道，原来我和自己所想象的完全不同。在沙漠里，只有活得下去和活不下去的区别而已。能够明白这道理，对我而言真是个珍贵无比的体验。"

制作人斋藤裕彦先生也说：

"有天早上眼睛一睁开，发现因为吹了一夜的强风，帐篷整个儿被埋在沙里了。各顶帐篷里都发出怪声，赶紧跑出去看。这时只见到有位头发眉毛全白的老婆婆站在那里。正觉得她在对我笑，突然间她开始在身上四处拍打，弄得一片沙尘滚滚。没多久，桃井小姐从飞扬的白沙中现身。那天的早餐是面包和咖啡。大家坐在帐篷里长椅子上开始用餐，一喝咖啡觉得嘴里好像残留着什么，吃了面包才发现原来是沙。咬在嘴里沙沙作响，但除了硬吞下去以外，别无他法。大家都默默无语地吃着，桃井小姐也是。看到那景象，很觉得欣慰呢。"

在水和食物都不充裕的严酷的自然环境里，摄影工作从清晨持续到深夜。在挑战体力和毅力极限的长期旅行中，只有在上厕所的时候有机会离开24小时都在一起生活的伙伴们。

"拿着铲子和卫生纸，晚上的话再带把手电筒，然后说声'我去小便了'。如果不先打声招呼，怕大家会担心。这已经不是害羞不害羞的问题了。听到的人会回句：'知道了，赶快去吧。'就是这么一个世界。好像童子军一般。"

她在日本时，因为都是用西式马桶，据说从没看过自己的"东西"。但在沙漠里头，那却是得知自己身体状况的标准。

二楼靠近卧室的
卫浴设备

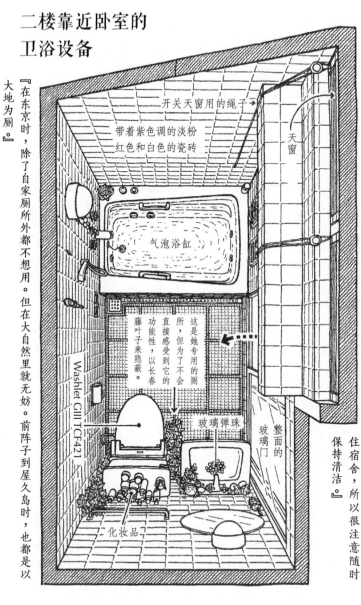

开关天窗用的绳子

带着紫色调的淡粉
红色和白色的瓷砖

天窗

气泡浴缸

这是为了不会所。
直接感受到它的
功能性，以长春
藤叶子来隐藏。

Washlet GIII TCF421

玻璃弹珠

整面的
玻璃门

化妆品

『我很不喜欢『扫厕所』的感觉。所以每天洗完澡一定会把浴缸及厕所好好洗干净。我小时候常住院或住宿舍，所以很注意随时保持清洁。』

『在东京时，除了自家厕所外都不想用。但在大自然里就无妨。前阵子到屋久岛时，也都是以

『大地为厕』。』

蕾小姐房间里的陶制人偶

（高44cm）

『姿势非常美，很性感吧。』

『大约三年前在夏威夷的古董店找到的。我不太喜欢人物造型的东西，但是一看到她就非常中意。然而却是非卖品呢。最后硬是把她买下，可花了我不少钱。』

"感觉是只要不拉肚子就没关系呢。完了就用沙子掩埋起来。"

原来如此。在沙漠里排泄物会自然干燥，她用"拉粪"来形容感觉很恰当。

那在和沙漠完全不同的都市生活里，她理想中的厕所又是如何的呢？

"装饰着青花釉彩的古代西式陶制便器，然后空间要宽敞。这样的厕所不错呢。如果太窄，感觉好像被隔离起来、逼着要思考些什么似的，那样很痛苦。还有，一个人进到四四方方的空间里，然后摆出大家都一样的姿势，那也有种猥琐的感觉。

所以我觉得，厕所最好要大到门一打开在里头还可以做些其他事。例如喝醉的时候也能坐在那里想些事情。总之，我不喜欢厕所直接的功能被一眼看透。不加以隐藏不行。拉屎应该有其隐秘性。"

果然桃井熏小姐神经质的部分和其他人不太一样。

"也许吧。我给人的印象好像很任性，可是任性和歇斯底里不同。我只是希望能认真地对待自己的视觉、听觉、嗅觉、味觉、触觉。如果妨碍到这五觉的运作，我就会生气。但是遇到在电车上被踩到脚我可不会生气喔。"

她说，她希望在生活里可以一感受到"美"或"舒畅"的事物，就能很直率地表达出来。

她在玄关插了一盆花，花器很像怪兽酷斯拉的蛋。听说最近她醉心捏陶。

题外篇 从『厕』到『化妆室』

西冈秀雄先生以收集世界各地的卫生纸闻名。这位庆应大学的名誉教授身兼"日本厕所协会"会长，是位很奇特的老师。

传闻他手上有七十多国的近五百种卫生纸，全部以国别分类，上头贴着卡纸，记录着获得的地点及年月日等信息。连喜欢收集东西的我听到这种事也只得甘拜下风，打消了收集各地卫生纸的念头。

我一直期待有朝一日能拜见他的收藏品，机会终于来了。而且不只卫生纸，还有让人对厕所的变迁一目了然的特别企划展。主题是"厕所考：从'厕'到'化妆室'"。

地点在东京都大田区立乡土博物馆，该馆馆长就是西冈先生。德国慕尼黑有个便器博物馆，但在日本以考察厕所为主题的展览这可是头一遭。西冈馆长能够有这样的企划让人十分高兴。

展馆里有不少在一般博物馆鲜见的年轻人及带着孩子的妈妈，显得非常热闹。展品包括实际的对象、迷你模型、照片数据等，解说得让人很容易理解。

"原来如此"，令人有恍然大悟之感，收获不少，于是决定呈现在纸面上，收入《窥视厕所》的题外篇。

首先看到的是绳文时代"川屋"的模型。旁边则摆着被称为"粪石"的粪便化石，可以通过放大镜观察。

从粪石里分析出的未消化碎骨、纤维、种子、花粉、寄生虫卵等，可以了解当时的食物内容、烹调方法、粪便排出的季节，进一步明白健康状态等等，很有意思。

"婆罗洲川屋"的模型也做得非常好。这种厕所在当地至今仍广泛使用。粪尿随河水流走的处理方式和五千年前日本的绳文时期相同，实在有趣。

落在河海中的粪便恰好成为鱼儿的美食。在菲律宾、越南、印度尼西亚等地，有许多在养鱼场上方架设厕所的例子。也许有人会觉得"好脏"，但这就是自然界食物链的真相，差别只在知不知道而已。

利用河川湖泊海洋的"川屋"是活用大自然的冲水式厕所，但以人工冲水处理的"抽水马桶"的历史竟出人意料地久远。

世界最古老的冲水式厕所出现在公元前2200年的美索不达米亚（Mesoptamia）的阿斯玛（Asmar）遗冢。最让人讶异

鸟滨贝冢绳文时代的川屋

（根据福井县三方郡鸟滨贝冢遗迹推想复原之物）

可能是从栈桥上突出屁股来大便

以粪石（粪便的化石）堆满桩柱附近看来，推测应该是川屋的遗迹。

婆罗洲的川屋（20世纪）

包含婆罗洲的太平洋诸岛及大洋洲地区，至今仍有架设在河面上的厕所。从岸边架着长长的栈桥过去，前端搭建一间简易的小屋就是了。日本绳文时期的川屋也有同样的厕所。

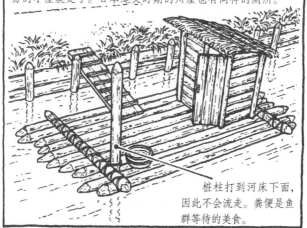

桩柱打到河床下面，因此不会流走。粪便是鱼群等待的美食。

的是这座宫殿里至少有六间厕所、五间浴室，而且废水及排泄物都排入下水道处理。展馆里展示了出土时的照片，里面有以砖砌成的坐式便器，但外形还不像现代的马桶。

"真的很像马桶"的东西出现在公元前 1350 年左右的埃及城市泰尔·阿马尔纳[1]。这次也展出了从城址挖出的马桶座模型。实物是以石灰岩制成，目前仍留存着。

如果以为那个时代的马桶座都是石制，那可就错了。其他遗址只挖掘出砌高的砖座，据此推测马桶座可能是木制的，所以没能保存下来。也许早在远古时代就已经有"要用触感舒服的木头做马桶座才好"的想法。即使在同一时代，对马桶座的材质也各有所好，发现这点真是蛮让人高兴的。

可是，石制马桶座的钥匙孔形洞穴也未免太小了吧。再大点比较方便吧？我又开始东想西想了。难道是古代埃及人和我不一样，行为举止都很中规中矩？

古罗马帝国的冲洗式马桶则令人叹服。从庞贝城遗迹的住宅复原模型可以看出系统设计完善，又注重使用的便利性，不禁令人击掌叫好。

在古罗马都市里的中央广场、剧场、公共浴场等公共场所中，设有利用上下水道的冲水式公共厕所。公元 315 年戴克里

---

[1] 泰尔·阿马尔纳（Tell el-Amarna）又名阿尔马纳圆丘，是位于尼罗河东岸、开罗南方 300 公里的埃及古城阿赫塔顿废墟（Akhetaton）的现代称呼。

石灰岩制的马桶座放在堆叠的砖块上。下头摆着便桶。

洞太小了？

约公元前 1350 年时的埃及马桶座

先大帝（Diocletianus）在位时的罗马有 144 处公共厕所，大部分都是冲水式的，够吓人吧！

人们坐在公共厕所里挖了洞的长椅上，边和邻座的人聊天边慢慢出恭。而完事后以海绵擦拭屁股的方法听起来合情入理，而且应该很舒服。

但是，进化到这种地步的厕所，在欧洲突然间消失了。随之而来的是粪尿四溢的地狱时代。

主要原因在日耳曼民族入侵欧洲，公元 476 年罗马帝国灭亡。日耳曼民族与建造都市定居其中、拥有都市文明的罗马人不同，他们是一边畜牧或耕种、一边移动，因此不觉得需要建造具功能性的厕所，大地就是他们的厕所。

民族大迁移结束之后，进入以基督教秩序为依归的中世纪，但对于粪尿的处理方式却毫无改善，反而认为"忍耐肉体上的痛苦即是善、舒适地过日子即是恶"——这种今人完全无法理解的宗教思想支配了整个欧洲。也正因为有这种思想，厕所文化停滞不前。西洋史里称中世纪为"黑暗时代"，卫生史上则称为"不洁时代"。

众所周知，当时人总是把自家粪尿从窗子往街上倾倒；这种惨状由中世纪至文艺复兴时期，乃至18世纪都一直上演着。甚至还传说当时的凡尔赛宫连间厕所都没有。不过这种说法是错误的，凡尔赛宫的确有厕所。

不但有，而且一般庶民家中的厕所简直没得比，凡尔赛宫里的厕所可是技术最先进的冲洗式马桶。

据说是路易十五觉得宫里实在太脏，因此才整修内部，兴建这种厕所。不过只有20间，仅供帝王后妃使用。

由英国人发明、在法国开始实际使用的抽水马桶，竟然历经两百年的岁月才普及至一般大众。

大田区立乡土博物馆的展览介绍了厕所发展至今的种种阶段，可惜无法在此详列说明。或许有人想前往参观，但遗憾的是展览已经结束了。

所幸西冈馆长说：

"如果有人很想看'厕所变迁史模型'，我们也可以从库房里拿出来。因为有人对这题目感兴趣，我也很开心啊。"

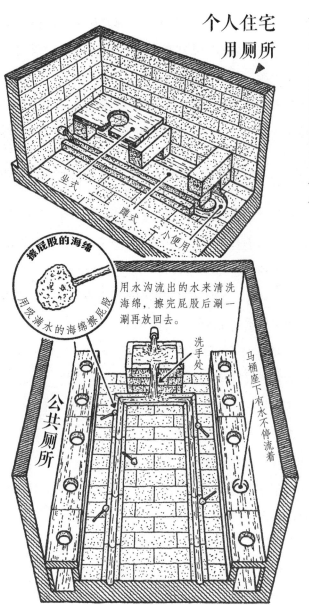

个人住宅
用厕所 ▶

古罗马帝国冲洗式厕所

（约公元前500年就已有这样的厕所）

坐式

蹲式

小便用

擦屁股的海绵

用吸满水的海绵擦屁股

用水沟流出的水来清洗海绵，擦完屁股后涮一涮再放回去。

洗手处

公共厕所

马桶座下有水不停流着

13世纪英格兰城堡中的厕所

中世纪的欧洲很少有像样的厕所，处理粪尿更是马马虎虎。这种如此具规模的厕所真可说是例外中的例外。三层楼的构造也很少见。

各楼层的排泄物积储于最下面的粪池里，然后定期清除。

粪池

凡尔赛宫的冲洗式厕所（18 世纪初）

宫殿里约有 20 间设置大理石马桶座的冲洗式厕所。路易十五曾坐在这种『英国式椅子』上。之所以称『英国式椅子』，乃因冲洗式马桶的发明者为英国的哈林顿（John Harrington）。

法国大革命时已被破坏，很可惜没留下实物。

洗屁股的冲水活塞

排水用的活塞

拉起这个活塞，就有水冲出来。

中国广东地区的坐式公共厕所（20 世纪）

并非所有公共厕所都像这样有瓦顶、靠背。地域辽阔的中国有各式各样的厕所，一般来说都没有隔间。有些乡下地方就直接在粪坑上搭块板子，形式非常简单。

是用厕所旁边的树叶来擦屁股吗？

『猪厕所』是从中国大陆传到台湾及冲绳的。在冲绳，视地区不同，有『Huru』『Huruyaa』『Hurumaa』等叫法。『Huru』即『风吕』（洗澡间）之意，是四周以墙壁围住的建筑形式的总称。这种石造的坚固『Huru』为冲绳的特色，战后已逐渐消失。

以木槿树叶代替卫生纸来擦屁股

木槿→

冲绳的猪厕所"HURU"

有意者请洽该馆学艺员清水久男先生，应该会有亲切接待（电话 03-777-1070）。

告辞之际，西冈馆长所说的话至今仍留在耳边，追记于下：

"日本人的每日卫生纸使用量，平均是男性 3.5 米、女性 12 米。换算起来，一天的用量可绕地球赤道 10 圈还有剩余。其实世界上只有三分之一的人口用卫生纸，其他三分之二的人不用纸。纸张也关系着森林采伐问题。在思考地球资源的问题时，不必以全球的观点来考虑，从自己每天的卫生纸用量注意起就可以。这也包括不要浪费水。重要的是，即使只是多想一点点也行，大家都应该对此加以关心。因为这是讨论今后的厕所文化时不可回避的重要课题呢。"

妹尾河童 篇

这回是《窥视厕所》的最终篇。

说来这个连载真是令我心有余悸。打电话给想采访的对象时总会忐忑不安。即使是平日很亲近的友人也一样。我总是先深呼吸一番，接着紧张地拿起话筒，就算到后来也没改善，有时甚至会吃螺丝。也许因为如此，这一年来白发急速增加。

"嗯，突然打电话给您真是抱歉。虽然很唐突，但，请问能否让我去参观府上的厕所？"

我总是噼里啪啦一口气把话讲清楚。讲些冠冕堂皇的理由反而难为情，再加上从对方有所反应的瞬间起，"窥视"就开始了。

近来厕所大多相当明亮，不像往昔又脏又臭、见不得人。话虽如此，但也还不是能毫不介意让人参观的地方。来访的客人因生理需求借用，自然会说"请便请便"，但突然有人开口要求"厕所让我参观一下",这就……

其实,我也被好几个人拒绝过。

"什么?这个实在……如果是别的企划的话……帮不上忙,真对不起。"

每次人家这么一说,我总会觉得是打这通电话的我该道歉。反正只要人家对此稍有排斥之心,我一定不再多说。

"有哪些人拒绝呢?"

常有人问我这个问题,但我口风紧得很,从不透露半句。只有一个人例外,那就是井上久先生。

曾在周刊连载的《窥视工作间》里首先登场的井上久先生这次就不愿意。

他本人说:"连我拒绝的理由也可以写出来。"因此就记下他的话。

"对我而言,书斋是个工厂般的生产场所。但厕所是本能地不想让人看的地方。请见谅!"

但是,前面也写过,田边圣子和吉行淳之介、松村友视诸位的想法就完全相反。

"若要窥视书斋也许会拒绝。被人看到并排成列的书籍等等,好像生理部分被窥视到了一般。厕所的话倒觉得蛮有趣的,所以 OK。"

一样是作家,每个人想法还是各有不同。不过井上先生拒绝的理由听了也很能理解。

"厕所是我唯一的隐秘场所。例如写不出东西、有种被追逼的感觉时，若想逃避就会把自己关进厕所。躲在那里我才能放松。那里若被窥视，河童先生画的俯瞰图又那么详尽，这不等于向全国公开我的藏身之地吗？这么一来，以后我就没有一个能安心躲藏的地方了。把厕所当成藏身之所是小时候养成的习惯。住在仙台的孤儿院时，也是一遇到什么事就会躲进厕所。"

他说，他拿到糖果时，怕被人发现，就和弟弟两人躲进厕所里分着吃。和现在不一样，当时的厕所应该是臭气冲天。但是在孤儿院里，唯一能让他安心、能让两兄弟独处的地方，就只有厕所。

听了这些话，整个儿心都揪在一起了。我想绝对不能去侵犯井上先生的圣地。

让我窥视厕所的人也是各式各样，也有人和我谈条件的。

"光去看别人的厕所，自己的却不给人家看，这不公平。最后一次请公开自家厕所。"

好几个人这么说。因此，最终篇只好来个"河童窥视河童的厕所"。

但是，这回的感觉跟先前的都不一样，很微妙。去窥视熟得不能再熟的自家厕所，这种行为不是很怪吗？因为所谓的"窥视"，原是"从隙缝看，窥探，从部分开始一点一点学习"呀。

不过约定就是约定，也算是种义务，所以一定得忍耐。边量尺寸心里边想："各位可真是让我看到了不少啊。"

其实，对于让我窥视的人，为表达谢意，我总会在每次的插图里暗藏一些东西。这只有被窥视的人才了解，无非是想博取他们一笑。

"把河童先生的插图拿到厕所比较，没想到连瓷砖的数目、牙刷有几把都完全相符，全家人看得哈哈大笑。这是外人无法明白的乐趣吧！"

听到这种话，好像对方也同乐了一番，感觉松了口气。

当初我就认为，答应这个"窥视厕所"企划的人通常不会讲什么应酬话，而会真心地把自己的执著或人生观坦承以告。若能通过厕所把此人不为人知的一面勾勒出来，那就很棒了。

就这样，五十多位好心人协助我、花费一年的时间，把这幅有点特殊的"众生相"给完成了。

我在这回当然也非来点告白不可，却不是什么大不了的事。

不过，倒让我想起自己好像从小就对粪便很感兴趣。

小学三年级的时候被取了个外号"吃大便的"，真气死了。我生于神户长于神户，那是个可以上午到山里、下午到海边玩的环境。有一天，我跑到后山去大便。和往常一样，我用树叶擦好屁股，瞧瞧大便，看到有颗完整的豆子混在里头。"会不会就在这儿发芽呀？"我边想边看，还把它搅一搅。没想到这时背后传来声响，回头一看，原来是三个调皮的朋友正鬼鬼祟

河童家的厕所

被我窥视的 49 家中，有 20 家装设温水洗净式马桶。高达 40.8％！超乎想象。很多人都说："还没使用以前——用温水喷屁股？总有种排斥感。使用后才觉得很舒服呢。"《窥视厕所》连载结束时，我家也重新整修厕所，装上了温水洗净式马桶。

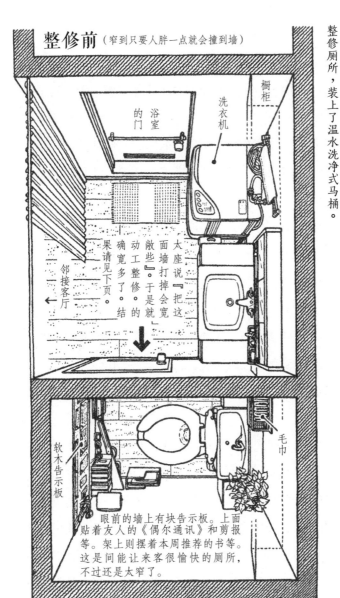

整修前（窄到只要人胖一点就会撞到墙）

浴室的门

洗衣机

橱柜

邻接客厅

太座说"把这面墙打掉会宽敞些"。于是就动工整修。的确宽多了。结果请见下页。

软木告示板

毛巾

眼前的墙上有块告示板。上面贴着友人的《偶尔通讯》和剪报等。架上则摆着本周推荐的书等。这是间能让来客很愉快的厕所，不过还是太窄了。

很多人认为，我家的设计图一定是出自身为『舞台美术设计家』的我之手。其实完全错了。我家的设计一切由风间茂子（太座大人）全权负责。『交由家庭生活的专业人士处理，一定既合理又绝不出错。』我说了这些就逃了。

整修后 厕所隔间的墙不见了，变宽敞了。

以米色系搭配

从卫浴及客厅两边都可开启的橱柜

树脂加工的软木地板

Washlet GX TCF 431

放在厕所的书就是推荐的书

软木告示板。放小东西的地方。

读书用的聚光灯

把杂志架镶在墙里头。

随时摆着六条毛巾

虽然比整修前宽敞许多，但与墙壁的距离却毫无改变，所以我家有名的告示板及厕所小东西（眼镜、各种笔记用具、剪报用剪刀）等仍摆在那里。我家虽然随着时代潮流改装了温水洗净式马桶，但环境和以前一样，来客应该还是可以安心久留。

一根火柴就能除臭。

只要把火吹熄，臭味就会消失，简直不可思议。请试试看！

我在厕所最讲究的是如何让火柴顺利冒烟。烧得太猛烟量就少。如何两者兼顾有很大的乐趣。效果绝佳。真的。

崇地笑着看我。然后，"看到了哦。看到你吃大便了。"我很慌张地喊："我只是看看而已啦！"隔天到学校，大家都躲着我，还大喊："吃大便的！吃大便的！"好悲哀。

同样是三年级时，我想人的大便难道不能是红色的吗？于是跑到田里偷了一个西瓜，自己一人把它全部解决掉。之后肚子绞痛不已，果然成功拉出带红色的大便。只是有点遗憾，不是鲜红色的。

四年级时，觉得鸟粪是白色的真是不可思议。于是就到动物园去调查各种动物粪便的颜色。

五年级时，到山里去露营，因为想知道吃同样食物的人的粪便形状和颜色是否会有差别，于是强迫同学让我看，结果被打小报告，挨老师一顿痛骂。

　　《窥视厕所》大概也源自于小时候爱窥视的因子吧！这么说来，无怪乎我得承受 50 人一同声讨。

　　虽然我已届花甲之年，感觉总还像个小萝卜头一样，毫无成长。然而，此次的连载让我在头发急速变白之间学到许多。

　　真的非常感谢大家！

图书在版编目（CIP）数据

窥视厕所／（日）妹尾河童著；林皎碧，蔡明玲译．—2版．—北京：
生活·读书·新知三联书店，2019.2
　（妹尾河童作品）
ISBN 978−7−108−06430−1

Ⅰ．①窥…　Ⅱ．①妹…②林…③蔡…　Ⅲ．①散文集−日本−现代
Ⅳ．① I313.65

中国版本图书馆 CIP 数据核字（2018）第 274670 号

责任编辑　樊燕华
装帧设计　朴　实　张　红
责任印制　徐　方

出版发行　生活·讀書·新知 三联书店
　　　　　（北京市东城区美术馆东街 22 号　100010）
网　　址　www.sdxjpc.com
图　　字　01-2018-5877
经　　销　新华书店
印　　刷　河北鹏润印刷有限公司
版　　次　2011 年 6 月北京第 1 版
　　　　　2019 年 2 月北京第 2 版
　　　　　2019 年 2 月北京第 4 次印刷
开　　本　889 毫米 × 1194 毫米　1/32　印张 13.125
字　　数　145 千字
印　　数　25,001−35,000 册
定　　价　50.00 元
（印装查询：01064002715；邮购查询：01084010542）